出版说明

胡立根、谢晨先生主编的"经典阅读课"丛书，致力于传承中华优秀文化基因，提升青少年核心素养，帮助中小学生在阅读经典中建构并丰富自己的精神图式。在编辑过程中，我们按照现代出版规范对选文进行了统一处理，对部分选文做了删减，力求提供一套符合现代文字规范的青少年读物，以建立对纯洁汉语的认知和体悟。敬请作者、译者见谅。

另外，我们已经联系到大部分选文的作者和译者，他们同意将作品列入"经典阅读课"丛书，但由于作者面广，仍有部分作者和译者无法取得联系。请作者和译者看到本丛书后，尽快与我们联系，以便奉寄样书和稿酬。

诚致谢意！

联系人：蒋鸿雁
电话：0755-83460371
Email：984213171@qq.com

深圳市海天出版社有限责任公司
2018年7月

青少年核心素养
经典阅读课

智者的哲思

文学顾问/曹文轩

主编/胡立根 谢晨

本册主编/陶波

编者/陶波 陈灿普 郭岸柳 侯恒雷

·深圳·

图书在版编目(CIP)数据

智者的哲思 / 胡立根, 谢晨主编. — 深圳 : 海天出版社, 2018.7（2020.7重印）
（青少年核心素养经典阅读课）
ISBN 978-7-5507-2127-2

Ⅰ.①智… Ⅱ.①胡… ②谢… Ⅲ.①阅读课—中学—课外读物 Ⅳ.①G634.333

中国版本图书馆CIP数据核字(2017)第325448号

智者的哲思
ZHIZHE DE ZHESI

出 品 人	聂雄前
项目负责人	蒋鸿雁
责 任 编 辑	刘翠文
责 任 技 编	梁立新
责 任 校 对	万妮霞
封 面 设 计	深圳市张达利设计有限公司

出版发行	海天出版社
地　　址	深圳市彩田南路海天综合大厦（518033）
网　　址	www.htph.com.cn
订购电话	0755-83460239（邮购、团购）
排版制作	深圳市龙瀚文化传播有限公司　0755-33133493
印　　刷	深圳市华信图文印务有限公司
开　　本	787mm×1092mm　1/16
印　　张	15.5
字　　数	242千
版　　次	2018年7月第1版
印　　次	2020年7月第2次
定　　价	32.00元

海天版图书版权所有，侵权必究。
海天版图书凡有印装质量问题，请随时向承印厂调换。

总序

阅读需要仰视

阅读,是对世界和生命的凝视。未经凝视的世界是毫无意义的。苏格拉底说:"认识你自己。"经由阅读,我们的心沉静下来,开始细心聆听远方的声音,聆听与自己相隔千里万里、相距千年万年的高贵的生命回响,从而更好地认识世界,认识自己。

阅读,让灵魂高贵,让生命丰盈。人的精神高度与阅读高度紧密相联,人因读书而高贵。经由阅读,你会获得一种让灵魂生香的高贵气质。阅读,让我们领略另一种不可能经历的时代和生命,让我们用一种新的眼光反思生活,面对人生。

阅读与写作相辅相成。阅读是张弓,写作是支箭。要想写作这支箭射得更远,就要让阅读这张弓更强。阅读就像采摘葡萄,在心土的深处发酵久了就变成了葡萄酒,这就是阅读给再创作带来的灵感。

阅读,要与高贵的文字结缘。书是有血统的。我们要读有高贵血统的书,这些书能照亮生命的旅程。对于成长中的孩子而言,要让他们在有限的生命长度里读有价值的书,多读能够打精神底子的书,读"有根的书",读经典。经典至高无上,阅读需要仰视。

深圳是一座有着自己的人文梦想的城市,深圳读书月已经开展了

18年，深圳青少年阅读也一直是一面迎风招展的旗帜。这些年来，我每年都要到深圳，和深圳的校长、老师、学生，也和更多的市民朋友讲阅读，我一直强调读书要有选择，青少年人生经历有限，学业压力大，读什么书是一个很重大的问题。我在很多情况下讲过，现在的很多孩子读的是没有用的书，没有"根"的书。这个根，就是要有"文脉"，能够传承下去。近年来，深圳市学生文联和胡立根工作室一直在做一件事情，那就是帮助、引导学生阅读经典。基于青少年核心素养的"经典阅读课"丛书，立足人生中必然面对的关于传统、关于生命、关于自然、关于亲情、关于家园、关于哲学、关于历史、关于审美等12大命题，精选古今中外经典名篇，加以导读，汇成12个主题读本。这套"经典阅读课"是知名特级教师胡立根、知名阅读推广人谢晨和他们的团队多年阅读教育和阅读推广实践的集大成，已经数年试用，效果良好。我乐于见到一个青少年经典阅读推广的阳光地带。

"经典阅读课"是一套有"根"的书。愿每一个青少年读者都能懂得仰望经典、凝视生命，在阅读经典的过程中建构精神家园，打好人生底色。

曹文轩
2017年12月于北京大学蓝旗营住宅

序言

传承文化基因，提升核心素养

"春江潮水连海平，海上明月共潮生。滟滟随波千万里，何处春江无月明……"

浩瀚的大海，蕴藏无数珍奇，充满神奇魅力。但是，沧海茫茫，却又令我们无所适从。于是，许多人一个猛子扎进去，纵然喝了满肚子的海水，但最终被淹没在大海之中。有的人跳进去，捞了几只鱼虾，上得岸来，也不管有没有毒，适不适合，便整条整条地吃下去，吃得津津有味，这样，虽是品尝了海味，但终是囫囵吞枣，难免中毒，更不知大海中还有许多更神奇的美味。于是有一些潜水高手，一些渔民，从大海中打捞出各种珍品，一股脑堆在那里，或者胡吃海吃，最终可能导致消化不良，难以有效吸收。

同样，当我们来到人类文化的大海之滨，渺小的我们，会不会像当年张若虚那样，被人类文化的浩渺所震撼，所吸引？面对人类浩如烟海的文化典籍，我们有这样几种做法，一种是一头扎进去，找到几本书，也不知适不适合自己，读了再说。这种阅读，当然有价值，但正如老子所言："吾生也有涯，而知也无涯。以有涯随无涯，殆已！"在信息化的当今时代，各种信息纷至沓来，新的知识层出不穷，令人应接不暇，尤其是学生，课业负担繁重，而大部分学生今后所从事的又并非狭义的文化类工作，哪有那么多时间一本一本地将文化典籍读完呢？这样我们所读的典籍终究有限。

于是我们有许多文人、学者、老师，从大量的文化典籍中遴选出优秀的篇章，编辑了各种各样的读本。这些读本因为经过了认真挑选，剔除了糟粕，浓缩了精华，应该是为读者提供了一定的精神食粮。这些读本虽然也形成了自己的所谓体例，也多是分单元阅读，但基本上是，或按作者，或按朝代，或按国别，或者取一个华美的单元标题，选文之间多缺乏内在的逻辑联系，选本没有形成独立的思维结构，因而仍然脱不了碎片化的嫌疑。大多只是将许多好东西送到了读者的面前，读者读完之后，虽不说是一地鸡毛，但很可能是一锅乱炖。

这就涉及我们今天为什么要阅读经典的问题。其中的一个目的，可能是了解，通过阅读经典，知道往圣先贤的生活、思想状况。但是，了解不应该是主要目的，读经典主要不是为了发思古之幽情。经典的阅读，不是让读者回到过去，更不是让孩子们穿着唐装汉服，摇头晃脑地之乎者也，经典阅读的目的应是指向未来；我们要将往圣先贤请到当下，让他们来指导我们当下的行为。因此经典阅读的目的，固然有丰富知识的因素，但是，知识不是我们的终极目的，经典阅读最终应该指向我们的行为，指向实践。

人类文化经典的形成，并不是一朝一夕之功，而是千千万万的先辈们，面对生命，面对人生，面对世界的诸多问题、诸多困扰，进行探索，从而形成他们的思考，形成他们应对的态度和精神。因此，所谓经典，本质上就是往圣先贤人生实践的精彩总结与记录。其中，最有价值的就是往圣先贤思考问题的方式、他们的精神态度、他们的人生趣味，这一切，我们不妨称之为思维图式、精神图式和审美图式。

早在19世纪，威廉·冯·洪堡特就说："在语言中，个别化和普遍性协调得如此美妙，以至我们可以以为下面两种说法同样正确：一方面，整个人类只有一种语言；另一方面，每个人都有一种特殊的语言。"①世界的语言无疑是多种多样的，但洪堡特为什么说整个人类只有一种语言？因为，每一种语言的背后，实际上隐藏着民族共同的认知与思维的方式和情感、价值观、世界观的共同趋向，甚至隐藏着整个人类相近的思维与认知方式，人类相近的情感价值观方向，也就是说，形形色色的语言背后，有民族的、人类的共有的思维图式、精神图式和审美图式在，正因为这样，不同语言的人群之间才能进行沟通和理解。而这些共有的图式，就是洪堡特所谓共有的语言，这些共有的思维图式，实际上就是民族和人类的文化基因。而经典，之所以能成为经典，就是因为承载了民族的、人类的共同的思维与情感的成果，隐含了一个民族甚至整个人类的共有图式。因此，民族的、人类的共有的思维图式、精神图式、审美图式应该是经典的内核。

  经典之所以成为经典，固然与经典语言的规范与生动有关，但经典往往并不代表当时语言的最高法则，即使经典的语言代表当时语言的最高法则，这些法则对于当今时代，其价值也是极其有限的。经典的最高价值，是人类和民族某一阶段、某一方面的思维图式、精神图式乃至审美图式的精致的凝固，是民族和人类的思维图式、精神图式、审美图式的瑰宝，是人类文化的优秀基因。这才是我们阅读经典最应关注的东西！对于读者来说，人生也许没有非读不可的书，就像苏轼没有读过《红楼梦》，奥巴马不一定读过《论语》，但是，人生一定有必须面对和思考的问题，所以，《红楼梦》中涉及的许多话题，苏轼都有过深邃的思考，《论语》中涉及的许多问题，奥巴马也应该做过探索。所以，今天读经典，可能并非必须读某一本书，但是，我们应该从经典中吸取往圣先贤应对人生问题的优秀的思维图式、精神图式和审美图式，从而优化我们自己的思维结构、精神世界和审美趣味，进而提升我们的核心素养。

---

① 威廉·冯·洪堡特.论人类语言结构的差异及其对人类精神发展的影响[M].姚小平,译.北京：商务印书馆，1999.

这样，经典阅读，实际上有三个层面，第一个层面是语音、文字、词汇和语法，这是最表层的东西，也是入门的东西；第二个层面是语言的技巧，包括修辞、章法、为文技巧等；第三个层面是思维图式、精神图式和审美图式。而第三个层面，实际上又包括两个层次：一是民族的思维图式和精神图式；二是人类的思维图式和精神图式。第三个层面才是经典阅读的关键所在。

但是，我们怎样从经典中获取这些高贵的文化基因？我们怎样才能掌握人类几千年来传承的思维图式、精神图式和审美图式？按照前文所述的第一种方式，一头扎进去，找几本书读一读，固然可能获取某一个作家的某种文化基因，但，一则可能将不良基因也一并收取，二则所获有限。如果按上述第二种方式，阅读各种优秀文章堆砌的读本，可能避免了不良基因的吸收，但是，这些选本多是文章的碎片化堆砌，并没有从思维图式、精神图式和审美图式的角度进行整合，在阅读中，我们可能只能形成碎片化的记忆，难以形成我们自己的优秀的思维、精神、审美的图式。

基于这样的思考，我们尝试着从人生必须思考的问题出发，精选人生问题的12个主题，研究往圣先贤对这些问题的思考、态度与趣味，从浩如烟海的经典中，抽取我们认为承载了优秀的思维图式、精神图式、审美图式的经典文本，按相关主题，从这三个图式的角度加以梳理，编辑了这一套"青少年核心素养经典阅读课"主题阅读丛书，以求有助于构建我们的思维图式、精神图式和审美图式。

本丛书共分12个主题。包括人生首先必须面对的生命问题、人生发展问题、情感问题，从这个层面，我们编辑了《生命的长河》《人生的智慧》和《情感的咏叹》三个主题读本；然后是人与自然的关系、人与家国的关系和人与历史的关系，从这个层面我们编辑了《自然的密码》《家园的守望》和《历史的声音》三个主题读本；再上升一层是本民族的文化传承、科学的问题和哲学思考，在这个层面，我们编辑了《传统的精髓》《科学的边界》和《智者的哲思》三个主题读本；作为经典的语文读本，我们还从审美的角度选取了三个主题，包括审美与艺术、经典美文、古典诗词，由此编辑了《审美的盛宴》《美文的品鉴》和《诗词的韵味》三个主题读本。

为了引导读者从思维图式、精神图式和审美图式的角度思考相关主题，在编辑中，我们力图体现以下编创原则：

一是经典性。在选文上，力求将人类关于相关主题的思想精华和最具艺术化的作品呈现给读者，尽量让读者占领相关主题的人类思维制高点。

二是建构性。该丛书与其他读本类丛书最大的区别在于，编者以人生必须面对的问题为切入口，以问题的思辨和解决为逻辑主线，选取相关经典，力图以此引导读者建立起相关的精神图式、思维图式。

三是可读性。考虑到本丛书的主要读者对象为青少年，在选文上尽量做到经典性的同时，适当降低了选文难度，难度稍大的选文，在"导读"和"交流之窗"中对阅读做一些梳理性的提示。在导读的用语上也尽量考虑以青少年为读者对象，尽量增强导读的活泼性和可读性。

四是思辨性。在选文上，将思辨性放在优选地位，以期给读者思想启迪，不少章节有意识地选取了一些持不同观点的文章，目的在于形成思想的冲击波。编者还为读者提供了相关主题的研究范本，试图引导读者对相关主题结合当下进行深入思考与研究，帮助读者形成相关主题的健全的意识与感悟、思考。

五是原创性。在编辑中尽量做到体例的原创，导读的原创，注释的部分原创。在体例上，根据相关主题的思维结构设计相关章节，试图以此形成相关主题的完整的思维结构和精神样式。每个主题的每一章设计有相关的导读，每篇选文设计有编者与读者的"交流之窗"，以引导读者深入思考。

六是大视野。选材范围力争广阔，力争站在一定的学术高度，所以除了国学主题之外，其他主题所选文章都涉及古今中外。而国学主题的选文则尽量从整个国学史的大视野，提取中华文化的优秀基因，选取国学经典，并从源流上对中华民族的优秀的思维图式、精神图式进行梳理。

　　本丛书能够顺利出版，非常感谢胡立根工作室的所有成员及编写工作的所有参与者的辛勤劳动。当然更要感谢促成本丛书出版的谢晨先生，感谢海天出版社的领导和编辑的大力支持。尤其要感谢安徒生文学奖得主曹文轩先生欣然担任本丛书的文学顾问并为本丛书作序，曹先生对本丛书的编辑给予了多方面的指导，提出了许多宝贵的具体建议，才能使本丛书有今天的高度。

　　当然，由于编者视野和水平所限，选文、体例、导读等等，难免有不尽如人意的地方，我们期待读者的宝贵意见。

胡立根

2017年12月于深圳羊台山

前言

> 我往昔的诗草，意气风发，
> 如今我，唉，落笔生悲，黯然且神伤，
> 看那些悲怆的缪斯，何以助我成章。
>
> ——波爱修斯《哲学的慰藉》

这是波爱修斯的哀叹，一声声萦绕在帕维亚宁静的夜空中。他在哀叹命运对他的残酷，既然让他出生于罗马的名门望族之中，让他年少政坛得意，在30岁时就成为王国的执政官，为什么又要让他在瞬息间从光辉耀眼的高空中跌落至万丈深渊，成为如今在监狱中等待执刑的死囚徒？命运是如此的无情，它完全只凭着自己的喜好而起伏不定，丝毫不顾众生的悲苦忧愁。波爱修斯在哀叹着，在感慨着该如何接受如此跌宕起伏的命途，在思索着该怎么面对即将到来的死亡。

他决定将命运的苦涩和自己对它的满腔愤恨诉诸笔端。然而，就在这个时候，哲学女神出现了。她一句一句与波爱修斯对话，一步一步引导着他攀登哲学的阶梯。在逐渐上升的过程中，波爱修斯慢慢地平息自己的愤懑，体悟到命运的本质，最终获得面对命运和死亡的智慧和宁静。于是黑夜消散，黎明到来。

波爱修斯与哲学女神的对话正是一个哲学思辨的过程。从命途的跌宕起伏带来的胸中难解的困惑与难平的愤懑开始，到对命运一步一步地追问和反思，最后到波爱修斯"看清"人在世间的命运，形成对世界和自我的一个新的认识为止，这就是一个哲学思辨的过程。这种哲学思辨是有力量的，而且力量巨大，完全足以使波爱修斯在苦涩的人生结局面前得到心灵的慰藉，在飘忽不定的命途中平静安然。从哲学思辨中得到力量的人从来都不止于波爱修斯，他们所进行的哲学思辨使他们"看清"了他们自身和未来，这种"看清"给予了他们勇气和信心去直面当前生存的困境、社会的动荡甚至接踵而来的更大的混乱。

然而，大众往往会将哲学视为一种极为深奥抽象并且远离生活的专门学问，因此对它要么抱有一种揶揄的态度，要么保持一种敬而远之的姿态。这种看法当然是不正确的。亚里士多德说，哲学起源于好奇，而好奇是人类的天性，因此哲学是与我们的天性相符合的。哲学也从来都不是悬在空中的楼阁，它植根于我们的生活，是我们对生活和世界的思索。从字面上看，哲学一词来自古希腊语philosophia，philo是爱的意思，sophia则是指智慧，因此，哲学就是爱智慧的意思。爱智慧强调的不是思考的结果，而是这个思索的过程，是我们对生活和世界一步一步地追问和反思。这种思索不一定会有结果，反而常常会让我们陷入更深一层的迷惑之中，但是这更深一层的迷惑仍然是我们向着看清我们的生活和世界所迈出的一大步。因此，哲学从来不会与我们的生活和世界脱离。

本书的目的在于向读者们展示一个不仅与我们的日常生活和身边世界息息相关，而且多姿多彩充满魅力的哲学形象。不停留在书本抽象的概念之上，而是要与我们的生活进行勾连。因此，本书从对生活的问题开始，一步一步攀登上哲学的阶梯，窥探缤纷多彩的哲学厅堂，展示哲学思辨的魅力，改变哲学通常给人的刻板抽象的印象。

本书的第一编从"我是谁？"和"世界从何而来？"这两个人们经常会发出的疑惑出发，展示了从公元前七世纪的古希腊到十八世纪的苏格兰，从西方到东方的人们对这两个问题的探索。在思索这两个问题的过程中，我们实际上已经推开哲学之门，进入第二编"推智慧之门"。因此，我们有必要看看古往今来的哲学家们是怎么看待哲学这门爱智慧之学的。继而我们就可以登入哲学的厅堂，领略先贤们对生活、死亡、真理、信仰、道德、政治、美和时间的思考，这是第三编的内容。第三编旨在介绍哲学家们所思考的问题，自然是全书的核心，然而篇幅所限，我们并不能面面俱到，因此我们着重讨论前四个主题，希望以此引起大家的兴趣，从而自己去做进一步的阅读、思考和探索。

第四编"以哲学的方式生活的人"则选取了十位我们认为对世界有足够影响力的哲学家，我们希望通过介绍他们的生平，或者选择他们生命中某一个重要事件，丰满哲学家的形象，进而丰富我们对哲学的认识。

在第五编"智慧的高地"中，我们节选了十篇有影响力的哲学篇章，让读者们跟随伟大的哲学家们一起思考，探索人类思想的高峰。这一编仍然具有相当大的阅读难度，是需要跳一跳才有可能攀登上去的高地。

第六编"中国的智慧"则将视角转向中国哲学。我们主要从儒释道等方面来理解我国古人对自我、社会和世界的思考，并且将更多的注意力放在儒家思想的发展上，从先秦儒学到宋明理学，再到近代西方思想冲击下人们对传统儒家思想的反思和总结对比。

我们不期望单凭本书就使读者对哲学有一个全面的了解，我们希望的是能够引起大家对某些问题的兴趣，从而愿意阅读更多的哲学书籍，更深入地探讨这些问题。我们始终相信哲学是充满魅力的，它曾经吸引着那些最聪慧的人为之奉献一生，我们也期待大家通过阅读本书被哲学吸引，踏上哲学的探索旅途。

编　者

目录 contents

001	**第一编 我是谁？世界从何而来？**		
004	我是谁？世界从何而来？	[挪威]乔斯坦·贾德	萧宝森 译
009	庄生晓梦迷蝴蝶		庄 子
010	我思，故我在	[西班牙]费尔南多·萨瓦特尔	林经纬 译
013	"我"只是一束知觉		邓晓芒 赵 林
014	天问		屈 原
016	世界的本原是水		邓晓芒 赵 林
018	世界的本原是火		赵敦华
020	人不能两次踏进同一条河流		汪子嵩
022	人一次也不能踏进同一条河流		汪子嵩
023	芝诺悖论		赵敦华
025	**第二编 推智慧之门**		
028	未经省察的生活是不值得过的	[古希腊]柏拉图	吴 飞 译
032	哲学起源于好奇	[古希腊]亚里士多德	李 真 译
034	智慧的诞生		周国平
042	作为一种生活方式的哲学	[法国]皮埃尔·阿多	李文阁 译
048	哲学就是生命		邓晓芒
053	哲学的作用	[美国]威尔·杜兰特	金发燊 译
057	智慧的痛苦		张志伟 欧阳谦
060	探究哲理就是学习死亡	[法国]蒙 田	潘丽珍 等译

065　第三编　智慧的厅堂

068	西西弗的神话	[法国]阿尔贝·加缪	杜小真 译
070	生？还是死？	[古希腊]柏拉图	吴飞 译
072	宁可苟活，也不愿死	[古希腊]荷马	王焕生 译
074	死也要活着（节选）		吴飞
081	研究事物的方法	[英国]培根	许宝骙 译
083	真理的两种类型	[美国]罗伯特·所罗门	张卜天 译
086	休谟的怀疑论	[挪威]乔斯坦·贾德	萧宝森 译
089	康德对休谟怀疑论的回应	[美国]罗伯特·所罗门	张卜天 译
091	帕斯卡的赌局		袁晓明
095	失控的电车	[美国]桑德尔	朱慧玲 译
098	谁来统治？	[美国]罗伯特·所罗门	张卜天 译
101	何为美？	[西班牙]费尔南多·萨瓦特尔	林经纬 译
105	时间的形象	[英国]彼得·柯文尼　江 涛	向守平 译

109　第四编　以哲学的方式生活的人

112	苏格拉底	[美国]威尔·杜兰特	金发燊 等译
118	柏拉图	[英国]罗伯特·艾伦	刘华 译
121	亚里士多德	[德国]威廉·魏施德	李文潮 译
125	笛卡尔	[法国]笛卡尔	王太庆 译
128	斯宾诺莎	[英国]伯特兰·罗素	耿丽 译
131	康 德		耀 文
134	黑格尔	[德国]威廉·魏施德	李文潮 译
139	尼 采		孙周兴
143	海德格尔	[德国]马丁·海德格尔	郜元宝 译
146	维特根斯坦		陈嘉映

153	**第五编　智慧的高地**	
156	理想国：洞穴比喻　[古希腊]柏拉图	郭斌和　张竹明　译
164	尼各马可伦理学：幸福 [古希腊]亚里士多德	廖申白　译注
167	忏悔录：上帝之光　　　[古罗马]奥古斯丁	周士良　译
169	神学大全：哲学与神学　　[意大利]托马斯·阿奎那	
	北京大学哲学系外国哲学史教研室	编译
172	第一哲学沉思集：我思，故我在 [法国]笛卡尔	庞景仁　译
177	利维坦：机械般的世界 [英国]托马斯·霍布斯	付邦　译
180	人类理智研究：因果关系　　[英国]休谟	吕大吉　译
182	纯粹理性批判：纯粹（先天）知识与	
	经验性（后天）知识的区别　[德国]康德	李秋零　主编
184	查拉图斯特拉如是说：上帝死了 [德国]尼采	钱春绮　译
189	哲学研究：语言游戏　　[英国]维特根斯坦	陈嘉映　译
193	**第六编　中国的智慧**	
196	儒家的"我是谁？"	陈壁生
202	以智慧取胜的老子	傅佩荣
204	菩提本无树	惠能　尚荣　译注
207	知行合一	梁启超
209	白马非马	冯友兰
211	濠梁之辩	庄子
212	塞翁失马	刘安
213	天人合一	黎康
217	中国哲学的问题和精神	冯友兰
221	略说中西文化	熊十力
224	中西哲学的差异与原因（节选）	张祥龙

第一编
我是谁？世界从何而来？

⊙ 秦秋寒印

● 本编导言

几乎所有人都被两个问题困惑过：我是谁？这个世界从何而来？也许你会回答：我就是现在站在你眼前的这个人。但这个"人"是指这一堆肉体还是指思想呢？如果是肉体，那当一个人因为意外失去两条腿之后，他还是原来的他吗？……因此，要回答这两个问题并不是那么简单，我们总可以寻根究底继续挖掘下去，然后逼迫你必须亮出你内心中对人和世界最根本的认识，并系统化自己的思考以支持那种认识。这就意味着你登上了哲学的阶梯。

这个攀登的过程是我们进行严谨思考的过程。我们也许会惊讶某些哲学家被称为洞见的想法我们之前也曾有过，然而缺乏系统化的思考作为支撑，我们的想法并不能"自圆其说"，因此仅仅只是一个念头而非哲学。也正是因为缺乏严谨的思考。

有相当一部分人会在思索这些问题的时候最终选择诉诸肤浅的哲学替代品，比如市面上流行的许多心灵鸡汤读物。这些替代品所进行的自然不是真正的哲学思考，它们充其量只是比较有意思的念头罢了。因此，严谨的思考对我们向哲学的攀登至关重要。

我们可以将这一编的文章分为两个部分，前四篇回答的是"我是谁？"这个问题，后六篇则回答的是"世界从何而来？"这个问题。笛卡尔、休谟以及古希腊的几位哲学家对这些问题的回答都是极具洞察力的，并且背后有着一整套系统化的思考作为支撑。跟随着这些哲学家的脚步，我们攀登哲学的阶梯会容易许多。

我是谁？世界从何而来？

[挪威]乔斯坦·贾德   萧宝森 译

苏菲放学回家了。有一段路她和乔安同行，她们谈着有关机器人的问题。乔安认为人的脑子就像一部很先进的电脑，这点苏菲并不太赞同。她想：人不应该只是一台机器吧？她们走到超市那儿就分手了。苏菲住在市郊，那一带面积辽阔，花木扶疏。苏菲家位于外围，到学校的距离是乔安家的一倍，附近除了她家的园子之外，没有其他住家，因此看起来她仿佛住在世界尽头似的。再过去，就是森林了。

苏菲打开花园的门时，看了看信箱。里面通常有许多垃圾信件和一些写给她妈妈的大信封。她总是把它们堆在厨房的桌子上，然后走上楼到房间做功课。今天，信箱里却只有一封信，而且是写给苏菲的。信封上写着："苜蓿路三号，苏菲收"。只此而已，没有写寄信人的名字，也没贴邮票。

苏菲随手把门带上后，便拆开了信封。里面只有一小张约莫跟信封一样大小的纸，上面写着：你是谁？除此之外，什么也没有。没有问候的话，也没有回信地址，只有这三个手写的字，后面是一个大大的问号。

苏菲再看看信封。没错，信是写给她的。但又是谁把它放在信箱里的呢？苏菲快步走进她家那栋漆成红色的房子里。当她正要把房门带上时，她的猫咪雪儿一如往常般悄悄自树丛中走出，跳到门前的台阶上，一溜烟就钻了进来。

你是谁？

她怎么会知道？不用说，她的名字叫苏菲，但那个叫作苏菲的人又是谁呢？她还没有想出来。

如果她取了另外一个名字呢？比方说，如果她叫作安妮的话，她会不会变成别人？这使她想起爸爸原本要将她取名为莉莉。她试着想象自己与别人握手，并且介绍自己名叫莉莉的情景，但却觉得好像很不对劲，像是别人在自我介绍一般。

她跳起来，走进浴室，手里拿着那封奇怪的信。她站在镜子前面，凝视着自己的眼睛。"我的名字叫莉莉。"她说。

镜中的女孩却连眼睛也不眨一下。无论苏菲做什么,她都依样画葫芦。苏菲飞快地做了一个动作,想使镜中的影像追赶不及,但那个女孩却和她一般的敏捷。

"你是谁?"苏菲问。

镜中人也不回答。有一刹那,她觉得迷惑,弄不清刚才问问题的到底是她,还是镜中的影像。

苏菲用食指点着镜中的鼻子,说:"你是我。"对方依旧没有反应。于是她将句子颠倒过来,说:"我是你。"苏菲对自己的长相常常不太满意。时常有人对她说她那一双杏眼很漂亮,但这可能只是因为她的鼻子太小,嘴巴有点太大的缘故。还有,她的耳朵也太靠近眼睛了。最糟糕的是她有一头直发,简直没办法打扮。有时她的爸爸在听完一首德彪西的曲子之后会摸摸她的头发,叫她:"亚麻色头发的女孩。"对他来说,这当然没有什么不好,因为这头直板板的深色头发不是长在他的头上,他毋需忍受那种感觉。不管泡沫胶或造型发胶都无济于事。有时她觉得自己好丑,一定是出生时变了形的缘故。以前妈妈总是念叨她当年生苏菲时难产的情况,不过,难道这样就可以决定一个人的长相吗?

她居然不知道自己是谁,这不是太奇怪了吗?她也没有一点权利选择自己的长相,这不是太不合理了吗?这些事情都是她不得不接受的。也许她可以选择交什么朋友,但却不能选择自己要成为什么人。她甚至不曾选择要做人。

人是什么?

她再度抬起头,看看镜中的女孩。

"我要上楼去做生物课的作业了。"她说,语气中几乎有些歉意。她很快走到了走廊。一到这儿,她想:"不,我还是到花园去好了。""猫咪!猫咪!猫咪!"苏菲追猫追到门阶上,并且随手关上了前门。

当她拿着那封神秘的信,站在花园中的石子路上时,那种奇怪的感觉又浮现了。她觉得自己好像一个在仙子的魔棒挥舞之下突然被赋予了生命的玩具娃娃。她现在能够在这个世界上四处漫游,从事奇妙的探险,这不是一件很不寻常的事吗?雪儿轻巧地跳过石子路,滑进了浓密的红醋栗树丛中。它是一只活泼的猫,毛色光滑,全身上下从白色的胡须到左右摇动的尾巴都充满了蓬勃的生气。它此刻也在这园子中，但却未像苏菲一样意识到这件事实。

当苏菲开始思考有关活着这件事时，她也开始意识到她不会永远活着。

她想："我现在是活在这世上，但有一天我会死去。"人死之后还会有生命吗？这个问题猫咪也不会去想。这倒是它的福气。

苏菲的祖母不久前才去世。有六个多月的时间，苏菲天天都想念她。生命为何要结束呢？这是多么不公平呀！苏菲站在石子路上想着。她努力思考活着的意义，好让自己忘掉她不会永远活着这件事。然而，这实在不太可能。现在，只要她一专心思索活着这件事，脑海中便会马上浮现死亡的念头。反过来说也是如此：唯有清晰地意识到有一天她终将死去，她才能够体会活在世上是多么美好。这两件事就像钱币的正反两面，被她不断翻来转去，当一面变得更大、更清晰时，另外一面也随之变得大而清晰。生与死正是一枚钱币的正反两面。

"如果你没有意识到人终将死去，就不能体会活着的滋味。"她想。然而，同样地，如果你不认为活着是多么奇妙而不可思议的事时，你也无法体认你必须要死去的事实。

苏菲记得那天医生告诉祖母她生病了时，祖母说过同样的话。她说："现在我才体认到生命是何等可贵。"大多数人总是要等到生病后才了解能够活着是何等的福气。

这是多么悲哀的事！或许他们也应该在信箱里发现一封神秘的来信吧！也许她应该去看看是否有别的信。

苏菲匆匆忙忙走到花园门口，查看了一下那绿色的信箱，她很惊讶地发现里面居然有另外一封信，与第一封一模一样。她拿走第一封信时，里面明明是空的呀！这封信上面也写着她的名字。她将它拆开，拿出一张与第一封信一样大小的便条纸。

纸上写着：世界从何而来？苏菲想："我不知道。"不用说，没有人真正知道。不过苏菲认为这个问题的确是应该问的。她生平第一次觉得，生在这世界上却连"世界从何而来"这样的问题也不问一问，实在是很不恭敬。

这两封神秘的信把苏菲弄得脑袋发昏。她决定到她的老地方去坐下来。这个老地方是苏菲最秘密的藏身之处。当她非常愤怒、悲伤或快乐时,她总会来到这儿。而今天,苏菲来此的理由却是因为她感到困惑。

世界从何而来?

她一点也不知道。她知道这个世界只不过是太空中一个小小的星球。然而,太空又是打哪儿来的呢?很可能太空是早就存在的。如果这样,她就不需要去想它是从哪里来了。但一个东西有可能原来就存在吗?她内心深处并不赞成这样的看法。现存的每一件事物必然都曾经有个开始吧?因此,太空一定是在某个时刻由另外一样东西创造的。

不过,如果太空是由某样东西变成的,那么,那样东西必然也是由另外一样东西变成的。苏菲觉得自己只不过是把问题向后拖延罢了。在某一时刻,事物必然曾经从无到有。然而,这可能吗?这不就像世界一直存在的看法一样不可思议吗?他们在学校曾经读到世界是由上帝创造的。现在苏菲试图安慰自己,心想这也许是整件事最好的答案吧。不过,她又再度开始思索。她可以接受上帝创造太空的说法,不过上帝又是谁创造的呢?是它自己从无中生有,创造出它自己吗?苏菲内心深处并不以为然。即使上帝创造了万物,它也无法创造出它自己,因为那时它自己并不存在呀。因此,只剩下一个可能性了:上帝是一直都存在的。然而苏菲已经否认这种可能性了,已经存在的万事万物必然有个开端的。

哦!这个问题真是烦死人了!

她再度拆开那两封信。

你是谁?

世界从何而来?

什么烂问题嘛!再说,这些信又是打哪儿来的呢?这件事几乎和这两个问题一样,是个谜。

是谁给苏菲这样一记当头棒喝,使她突然脱离了日常生活,面对这样一个宇宙的大谜题?

(选自《苏菲的世界》,作家出版社,1999年版,有改动)

【交流之窗】

　　作者以小说的形式,通过一名哲学导师向一个叫苏菲的女孩传授哲学知识的经过,揭示了西方哲学发展的历程。由前苏格拉底时代到萨特,以及亚里士多德、笛卡儿、黑格尔等人的思想都通过作者生动的笔触跃然纸上,并配以当时的历史背景加以解释,引人入胜。评论家认为,对于那些从未读过哲学课程的人而言,此书是最为合适的入门书,而对于那些以往读过一些哲学而已忘得一干二净的人士,也可起到温故知新的作用。"你是谁?""世界从何而来?"这是《苏菲的世界》里的哲学家最开始提出的两个问题。我们也常常问询这样的问题,并从周围人那里得到答案,而我们常常忽略对这两个问题的深刻思考,且只要他人的答案在问答的情境中稍有合理的因素便如同得到真理一般。但若我们稍加思索,就会发现我们所能得到的各种答案大多漏洞百出。这两个问题给苏菲当头棒喝,而我们若也能静静地思考,梳理一下我们所知的答案,我们也必会有受到棒喝之感。

庄生晓梦迷蝴蝶

庄 子

昔者庄周梦为胡蝶,栩栩然胡蝶也,自喻适志与!不知周也。俄然觉,则蘧蘧然周也。不知周之梦为胡蝶与,胡蝶之梦为周与?周与胡蝶,则必有分矣。此之谓"物化"。

(选自《庄子今注今译》,商务印书馆,2007年版)

【译文】

从前庄周梦见自己变成蝴蝶,翩翩飞舞的一只蝴蝶,遨游各处悠游自在,根本不知道自己原来是庄周。忽然醒过来,自己分明是庄周。不知道是庄周做梦化为蝴蝶呢,还是蝴蝶做梦化为庄周呢?庄周和蝴蝶必定是有所分别的。这种转变就叫作"物化"。

【交流之窗】

在这短小的故事里,庄子运用浪漫的想象力描述与探讨他在梦中化为蝴蝶和梦醒后蝴蝶复化为己这一事件。他的问题是他不知道人生与梦境孰真孰假、蝴蝶与庄周孰虚孰实。庄子的问题进一步拓宽了我们对"我是谁"这一哲学命题的思考。也许我们的人生其实就是一场梦,我们的所有举动甚至包括我们自己都只是看似真实、实际上都是虚假的。那么,当下的"我"真的存在吗?"我"究竟是些什么?

我思，故我在

[西班牙]费尔南多·萨瓦特尔   林经纬 译

　　笛卡尔提出了一个设想：所有我们认为真实的一切都可能只是一场梦，并且所有我们认为感觉到的东西以及看起来好像发生过的事情，实际上都只不过是梦中的场景和片断而已。一切完全只是一场梦，一场无止境的梦，在梦中我们有时梦见自己入睡，有时梦见自己醒来，梦中充满了我们想见的人和景，在梦中我们是国王或乞丐。总之，梦中的一切都是那么活灵活现。但是归根结底，梦还是梦。笛卡尔对于这样一个震撼人心的假设仍然感到不满足，又提出了另一个令人更加毛骨悚然的假设：也许我们只不过是一个恶的精灵、一个强大如神灵邪恶如魔鬼的实体手里的一颗棋子而已。它以无休止地欺骗我们为天职，使我们看到、触摸到、闻到根本就不存在的东西，目的只是以看到我们无止境地犯错误为乐。根据第一个关于永恒的梦的假设，我们是在自己欺骗自己；根据第二个关于恶的精灵的假设，我们是在被某个无比强大的人故意欺骗。在这两种情况下，我们都在无可救药地犯错误，并无时无刻不在将虚假的当成真实的。

　　对于一个现代人来说，这些巨大的疑问显得十分怪异：笛卡尔是否有点疯了？如果我们承认梦的概念只是相对于醒着的时候才有意义，那我们又如何可能永远都在做梦呢？此外，我们所梦见的只是我们醒着的时候认识的事物、人物和场景；我们梦见现实，因为我们时常与一些未被梦到的现实相接触。如果我们永远都在做梦，那跟从未做过梦就没什么两样。还有，笛卡尔所谓的"恶的精灵"是从何得出的呢？如果真的存在这样一个神灵或魔鬼，一心要策划一个在我们看来天衣无缝的现实，那我们何不就称其为"现实"并在这一现实中终了呢？如果一切都从来不是现实，那又何来欺骗呢？如果我们永远都在被欺骗，那么这种欺骗又如何与真实相区别呢？认识一个其中有很多事物的真实世界，与认识由一个顽皮但却真实的魔鬼制作的各种事物，又有什么根本不同呢？

当然，笛卡尔既没疯，也没有因泛滥成灾的想象力而乱说胡话。作为一位大哲学家，他一生都致力于提出一些表面上看起来十分古怪的问题。这些问题探索的是我们认为最显而易见的事物，以求证它们是否真像我们所想的那样不言而喻，就像有人在抓着一根绳子放心地向上攀登之前，需要反复地抻几下绳子试试它是否安全一样。有可能看上去这根绳子绑得十分结实，有可能所有人都说我们可以对这根绳子感到放心，但是……现在涉及的事关我们的人生，哲学家笛卡尔希望在开始攀爬人生的绳子之前尽可能地把绳子系牢。不，这位哲学家不是疯子，也不是个怪人，他只是比其他人对人们习以为常的事物更加没有信任感。他希望通过自己来认知和证明自己所知的东西。因此，笛卡尔将自己的质疑方式称为"方法论"，他在试着找寻一种认识现实的可靠方法。他的怀疑主义是探索研究的开端，而不是拒绝任何形式的探索和认知。

那好，就让我们假设"我"想知道的一切，都只是"恶的精灵"为了欺骗"我"而设计出来的梦境或幻象。在这种情况下，尽管"我"会无止境地犯错，可是难道就没有任何可以立足的确定性的东西吗？难道就没有一种确定无疑的东西，连精灵都不能将它变为虚假吗？有可能世界上根本就不存在树木、海洋或星星，有可能世界上除了"我"之外并没有类似的"人"这个物种，有可能"我"实际上根本没有"我"自以为拥有的躯体和外貌……但至少有一点，"我"是确定无疑的。不论"我"是对还是错，至少"我"能肯定"我"是存在的。如果"我"怀疑，如果"我"做梦，那"我"必须首先毫无疑问地存在，才能够做梦和怀疑。"我"有可能被骗得一塌糊涂，但是"我"必须首先存在，才有可能被骗。因此，笛卡尔在他的《第一哲学沉思集》的第二部分中写道："在充分考虑了这一切后，我最终必须得出这个结论：我是，我存在。这一命题，无论我在什么时候提出它或在心里思考它，它都必然是真的。" Cogito, ergo sum：我思，故我在。当笛卡尔说"我思"的时候，他指的并不仅仅是运用理性的能力，而是也包括怀疑、犯错误、梦想、知觉的能力，以及所发生的一切精神活动。一切都可能只是幻象，除了我存在这一点——我可能存在于幻象中，也可能存在于真实中。如果我说"我看见有一棵树在我面前"，我有可能是在做梦，也有可能是被一个滑头的外星人给骗了。但是如果我断言"我看见有一棵树在我面前，因此我存在"，那我必然是正确的，在这一点上没有神灵可以欺骗我,也不是梦在起作用。此处绳子已被牢固地拴好,我可以开始往上攀爬了。

(选自《哲学的邀请》,北京大学出版社,2007年版,有改动)

【交流之窗】

"我思,故我在",我们经常听,也经常使用这一名句,但有没有关注这句话在西方近现代哲学中的价值?笛卡尔认为:"我"在,是不容置疑的,因为"我思"本身是不容置疑的。这成为笛卡尔哲学的第一原理,也是他哲学的基础和出发点。那我是谁?我是一种精神一种理念吗?如果是,那么肉体的"我"与精神之"我"如何区分,又有怎样的关联?如果不是,我们又该通过什么途径来确定"我"的存在呢?

"我"只是一束知觉

邓晓芒 赵林

休谟指出,所谓"自我"(或"精神")与"物质"一样是不可知的,我们内心所经验到的只是一些具体的反省印象,从来就没有一个脱离各种特殊知觉而独立存在的"自我"或精神实体。他说:"当我亲切地体会我所谓我自己时,我总是碰到这个或那个特殊的知觉,如冷或热、明或暗、爱或恨、痛苦或快乐等的知觉。任何时候,我总不能抓住一个没有知觉的我自己,而且我也不能观察到任何事物,只能观察到一个知觉。当我的知觉在一个时期内失去的时候,例如在酣睡中,那么在那个时期内我便觉察不到我自己,因而真正可以说是不存在的。"进一步说,既然"实体"观念不过是心灵对一些感觉或反省印象进行综合的结果,是一种主观的杜撰,那么关于"上帝"这个"绝对实体"的观念也同样是心理活动的产物。

(选自《西方哲学史》,高等教育出版社,2005年版)

【交流之窗】
休谟不赞同大多数人都相信的只要一件事物伴随着另一件事物而来,两件事物之间必然存在着一种关联,使得后者伴随前者出现的思想观点。这也意味着,休谟并不认同笛卡尔的"我思,故我在"。休谟认为我是一束知觉,不断变化。人并没有一个独立而单纯的自我,因为每当我们提到自我时,其实都是在谈自我的某种经验或作用,如果离开这些经验与作用,根本无法想象什么是自我。这确实可以引导我们从另一个角度思索"我是谁?"。

天 问

屈 原

曰遂古之初,谁传道之?上下未形,何由考之?
冥昭瞢暗,谁能极之?冯翼惟像,何以识之?
明明暗暗,惟时何为?阴阳三合,何本何化?
圜则九重,孰营度之?惟兹何功,孰初作之?
斡维焉系,天极焉加?八柱何当,东南何亏?
九天之际,安放安属?隅隈多有,谁知其数?
天何所沓?十二焉分?日月安属?列星安陈?
出自汤谷,次于蒙汜。自明及晦,所行几里?
夜光何德,死则又育?厥利维何,而顾菟在腹?
女歧无合,夫焉取九子?伯强何处?惠气安在?
何阖而晦?何开而明?角宿未旦,曜灵安藏?

(选自《楚辞·天问》)

【译文】

请问:远古开始时,谁将此态流传导引给后代?
天地尚未成形前,又从哪里得以产生?
明暗不分混沌一片,谁能够探究其中原因?
大气一团迷蒙无物,凭什么将它识别认清?
白天光明夜晚黑暗,究竟它是如何安排?
阴阳参合而生万物,何为本原何为演变?
传说青天浩渺共有九重,是谁曾去环绕量度?
如此规模巨大的工程,是谁开始把它建造?
斗柄的轴绳系在何处?天极遥远延伸到何方?
八个擎天之柱撑在哪里?大地为何低陷东南?

天的中央与八方四面,究竟在哪里依傍相连?
边边相交隅角众多,有谁能统计周全?
天在哪里与地交会?十二区域怎样划分?
日月天体如何连属?众星列陈究竟何如?
太阳早上从汤谷出来,夜晚在蒙汜栖息。
从天亮直到天黑,所走之路究竟几里?
月亮有着什么德行,竟然能够死而再重生?
对月亮有什么好处,而有玉兔在其腹中?
神女女歧并没有丈夫,为何会有九个儿子?
伯强之神居于何处?天地和气又在哪里?
关闭什么门使得天黑?开启什么门使得天亮?
东方角宿还没放光,太阳又在哪里匿藏?

【交流之窗】

屈原的《天问》实际上是对宇宙和自然的本质的追问,是对"世界从何而来?"这一哲学命题的深刻思考。宇宙本体和宇宙生成问题,是哲学探讨和致力解决的基本问题。屈原以层层问难的方式提出如此深刻的哲学问题,虽然有浪漫主义文学色彩,但无疑这问题蕴含东方先哲对宇宙万物本原的深邃的哲学思考。

世界的本原是水

邓晓芒 赵 林

泰勒斯（约前624—约前547）出身于米利都的名门望族，早年曾到巴比伦、埃及等地游学，并将巴比伦的天文学、埃及的几何学介绍给了希腊人。他曾经准确地预测了公元前585年的一次日食，确定了365天为一个太阳年；运用几何学定理来测量海上船只的距离；预见到来年橄榄大丰收并乘机租借榨油机而发财致富。由于知识渊博，他与雅典城邦的立法者梭伦等人一起被列为当时希腊的"七贤"之一。据说泰勒斯有一次观察星象时不慎跌入一个坑里，他的仆人就嘲笑他能够认识天上的事物，却看不见脚下的东西。这个轶闻倒是反映了哲学家们往往更关注超越日常经验之上的事物而不是眼前的东西。

泰勒斯没有留下什么著作，我们是通过古代文献的转述而知道他的基本思想的。他之所以被誉为"哲学之父"，只是由于他表述了这样一个观点：水是万物的本原。这种关于万物本原的说法在今天看来是非常幼稚可笑的，但是它却是突破传统的神话宇宙论而用自然物质本身来说明万物本原的第一个尝试。在泰勒斯提出水是万物的本原之前，希腊人对于宇宙起源和自然演化的理解都是依据神话的生殖原则。亚里士多德认为，古代人在神话中将水当作最古老、最受尊崇和最神圣的事物的传统观点，例如海神夫妇是诸神和万物的始祖的观点，以及诸神把大海和冥河（斯提克斯河）作为发誓的见证的观点，对于泰勒斯提出水是万物本原的哲学思想是有一定的影响的。对于把海洋视为生存的命脉的希腊人来说，这种看法再平常不过了。泰勒斯的伟大创见则在于，他第一次摆脱了神话宇宙论的传统藩篱，试图在自然界的范围之内，用作为日常自然物质的水来说明万物的根源。

自然界的物质形态万千，泰勒斯为什么要把水说成是万物的本原呢？泰勒斯通过观察发现，"一切种籽皆滋生于润湿，一切事物皆营养于润湿，而水实为润湿之源"。在泰勒斯那里，水是具有运动变化的本性的，它不仅是万物由以产生的源泉，而且也是万物运动变化的原因。泰勒斯曾经说过"磁石有灵魂，因为它吸动铁"这样的话，他把灵魂理解为某种"具有引起运动的能力"的东西，并且主张万物都具有"灵魂"。但是泰勒斯所理解的"灵魂"不是一种精神性的东西，而是水所产生的湿气，这种湿气弥漫于宇宙中，构成了万物运动的原因，万物的质料因和动力因在他这里尚未分化。那种把物质性的本原看作是惰性的和被动性的，而将能动性归结于某种独立的精神实体的观点，是在较晚的希腊哲学中才产生的。

当泰勒斯把水当作万物由以产生的根源时，他第一次以哲学的方式（而非神话的方式）表述了关于本原的思想（尽管"本原"这个概念是由他的学生阿那克西曼德首先使用的）。他由此被看作希腊哲学的创始人。

（选自《西方哲学史》，高等教育出版社，2005年版）

【交流之窗】

正如文中所说，用现代的眼光来看，"万物的本原是水"这一说法非常幼稚可笑。但泰勒斯在2500多年前这样思考，它突破传统的神话宇宙论而用自然物质本身来说明万物本原，来思考世界从何而来，这种用哲学的方式表述关于世界本原的思想，无疑是伟大的！

世界的本原是火

赵敦华

赫拉克利特(约前540—约前480与470之间)出身于爱菲斯王族,他性格高傲,蔑视古代与同时代的贤哲,更傲视民众。他拒绝接受城邦民众通过的法律,把王位让给兄弟,自己隐居山间。著有《论自然》一书,现有残篇留存。从这些残篇来看,他以箴言表达思想观点,大有先知的风格。据说他故意把书写得晦涩难懂,以免被民众所轻视,现存残篇基本保留了他的宇宙观、自然观和伦理观。

赫拉克利特认为:"世界秩序不是任何神或人所创造的,它过去、现在、未来永远是永恒的活火,在一定分寸上燃烧,在一定分寸上熄灭。"在这段话里,需要注意"本原"的两层意思,一是火的活动状态,即火的燃烧和熄灭;二是世界秩序,它是永恒不变的原则,决定着火的活动的分寸,并在所有事物之中保持着自身的同一。这种原则观比米利都派的思想更加复杂,它没有简单地把世界的本原归结为某一种变化状态,而是在一与多、永恒和变化的关系中把握本原。赫拉克利特的意思似乎是这样的:世界的原初状态是火,火转化为万物,万物又转化为火。因此,世界的归宿也是火。火与万物之间的循环转化被说成是火的运动:火转化成万物是火的消耗和熄灭,万物转化成火是火的充裕和燃烧。

更重要的是,火的运动是符合自身本性的运动,或者说受一定的原则的支配。当火完成了向万物的转化,火的形态已经熄灭,取而代之的是气、水、土的形态。然而,出于火的本性的原则却是永恒不变的,仍然支配着气、水、土之间的转化。总之,万物向火归复的运动虽然表现为气、水、土的形态,但却受曾经支配着火生成万物的同一原则的支配。在此意义上,气、水、土之间的转化也是火的运动。根据以上分析,赫拉克利特的火本原说有两个方面:外在的本原是火的形态,它是世界的开端和归宿;内在的本原是符合火的本性的原则,它决定着世界运动的方向(生成或归复),控制着运动的节奏,支配着火与万物之间循环往复的转化。外在的本原可生可灭，变动不居；内在的本原是不变的同一原则，在各种形态（包括不是火的形态）的事物之中起作用。

（选自《西方哲学简史》，北京大学出版社，2001年版，有改动）

【交流之窗】

　　赫拉克利特向来以语言晦涩而闻名。在他的这个论断背后，隐含的是他对世界原初状态和运行规则的认识：世界的原初状态是火，但这火是一团活火，它燃烧和熄灭。也就是说，它转化为万物，同时万物也转化成它。因此，赫拉克利特的世界拥有"一"的本原，但这个"一"却是变动不居的，就如火变动转化一样。

人不能两次踏进同一条河流

汪子嵩

　　赫拉克利特的贡献在于将人们日常经验的事实加以概括，提出一般性的命题：万物都是在不断运动变化中的，并且用"人不能两次踏进同一条河流"这样生动的比喻来说明万物的变动。"人不能两次踏进同一条河流，它分散又结合，接近又分离""每个有生灭的自然物，都是在生成与消失之中的，呈现为一种模糊的不确定的形象"……

　　根据赫拉克利特的观点，人要两次踏进同一条河流是不可能的，正像将手两次摆在固定状态的有生灭的物体上一样不可能：由于它们的变化迅速剧烈，所以它分散又结合，而且与其说它是"又"或"后来"，不如说它是同时分散又结合，接近又分离；所以它的变动并不终止于存在……

　　"人不能两次踏进同一条河流"这句话确实最早见于柏拉图的对话《克拉底鲁篇》。据说赫拉克利特说过：万物都在运动中，没有静止的东西。他将它们比作河流，说过你不能两次踏进同一条河流中去。古代希腊的诗人和思想家们将万物的变化比作河流或流水是很普遍的。至于"人不能两次踏进同一条河流"是不是赫拉克利特自己的原话虽然难以确定，但他的残篇第十二说的"踏进同一条河流的人，遇到的是不同的水流"，实际上是同一个意思。由这句话自然可以推出：人不能两次踏进同一条河流。

　　无论这是赫拉克利特自己推论出来的，或是柏拉图替他概括出来的，实质上没有什么不同。所以基尔克和卡恩虽然不承认这是赫拉克利特的原话，但都承认这句话是符合赫拉克利特的原意的，是赫拉克利特的最具有深刻含义的说法。

（选自《希腊哲学史》，人民出版社，2010年版）

【交流之窗】

　　解释世界的本原，不仅仅要理解这个世界的本原是什么，还要明白这个本原是以怎样的状态存在的，是变动的还是不变的。赫拉克利特认为世界的本原是火，并且这个火是变动不居的。他用"人不能两次踏进同一条河流"这个比喻更加形象生动地说明了万物都是不断变化的观点。恩格斯曾高度评价了他的这个思想："这个原始的、素朴的但实质上正确的世界观是古希腊哲学的世界观，而且是由赫拉克利特第一次明白地表述出的：一切都存在，同时又不存在，因为一切都在流动，都在不断地变化，不断地产生和消灭。"赫拉克利特还认为，运动和变化都是对立面的斗争和统一造成的，他提到了生与死、醒与梦、少与老、冷与热、干与湿、善与恶、日与夜、冬与夏、战与和等大量对立统一现象。而这些都是赫拉克利特辩证法的经典反映，是赫拉克利特的辩证法思想在西方哲学史中的最早的表述。

人一次也不能踏进同一条河流

汪子嵩

亚里士多德说:"克拉底鲁(赫拉克利特的学生)批评赫拉克利特所说的不可能两次踏进同一条河流。将这种观点推到极端,便成为被称作赫拉克利特学派的克拉底鲁的看法,他最终认为人根本不能说什么,而只能简单地动动他的手指;他批评赫拉克利特所说的人不能两次踏进同一条河流,因为他(克拉底鲁)认为即使踏进一次也不可能。"

这就是将变动的观点推到了极端:当你这一次踏进河流去的时候,水已经在流,你踏进去的已经不是原来的河水了,所以连踏进一次也不可能。由此他又推论:人要说什么都不可能,事物瞬息变化,你要说它的时候,它早已不是原来的那个东西了;因此,人不能说什么,只能动动他的手指。这就夸大了运动变化的绝对性,根本否认在运动变化中还有相对静止的一面。

(选自《希腊哲学史》,人民出版社,2010年版)

【交流之窗】

赫拉克利特的运动理论是我们直觉上所能接受的,然而以克拉底鲁为代表的赫拉克利特学派的思想则不是那么容易被接受。这些哲学家被柏拉图在《泰阿泰德篇》中称为"你简直无法跟他们讨论"的"一群疯子"。他们坚守他们这种不断变化的理论,从来不肯停下来关注一个问题或者解释清楚自己的想法。然而,柏拉图指出,他们这样做事实上还是坚持了一条确定的真理——没有任何静止不动的东西,因此赫拉克利特学派是自相矛盾的。

芝诺悖论

赵敦华

一曰"二分法":运动着的事物在到达目的地之前,先要完成全程的1/2;在达到1/2处之前,又要完成它的1/2;如此分割,乃至无穷,永远也达不到目的地。

二曰"阿基里斯和乌龟赛跑":设想奥林匹克赛跑冠军阿基里斯和乌龟赛跑,乌龟先爬一段路程;当阿基里斯跑完这段路程时,乌龟又向前爬了一段路程;当阿基里斯跑完这一段时,乌龟又再向前爬了一段;一追一爬,以至无穷,阿基里斯永远也赶不上乌龟。这个悖论说明:运动中事物没有快慢之分。

三曰"飞矢不动":飞矢在一段时间里通过一段路程,这一段时间可被分成无数时刻;在每一个时刻,箭矢都占据着一个位置,因此是静止不动的;就是说,它停驻在这段路程的各个不同位置上,而不是从一个位置飞至另一个位置。

芝诺继承了思辨的风格,首次运用悖论方法进行诘难。这些悖论在人们习以为常的运动观念中提出连续和间断、无限和有限、整体和部分的矛盾,深化了早期自然哲学家关于一和多、不变和变之间关系的讨论。正因为芝诺悖论涉及上述运动学、认识论、数学和逻辑学问题,它在历史上引起长久的思索,至今仍保持着理论上的魅力。亚里士多德推芝诺为辩证法的创始者,这是有道理的。

(选自《西方哲学简史》,北京大学出版社,2001年版,有改动)

【交流之窗】

芝诺继承了他的老师巴门尼德对世界本原的看法,认为世界的本原应该是不变的。然而,泰勒斯和赫拉克利特等人可以质疑说,如果世界的本原是不变的,那么我们的世界就应该是不运动的,这显然是荒谬的。因此,芝诺用这个悖论回应这个诘难说,如果承认世界的本原是变动的,那么同样也会得出我们的世界是不运动的结论,并且这个结论还与前提自相矛盾,显得更加荒谬。你同意芝诺的这个回应吗?

第二编
推智慧之门

⊙ 道不远人　邹华桢书

● **本编导言**

在经历了前边的思想跋涉之后,好学的你一定已经对"哲学思辨"这一概念有了大致的了解了;那么,现在是时候尝试着再往前走一步,推开哲学的大门了!然而,我们不必急着进入哲学的殿堂,倒应该花点时间好好研究一下这扇哲学的大门,认识一下"哲学思辨"本身对研究它的人究竟意味着些什么。

在柏拉图的笔下,苏格拉底是第一个将哲学从"天上"拉回到"人间"的人。苏格拉底认为哲学不能仅仅研究自然,而不处理更有实际用处的人事问题,诸如正义、勇敢、明智等德性的定义。他主张"未经省察的生活是不值得过的生活"。生活方式的选择于我们事关紧要,我们不仅要严肃对待这个选择,而且要用一生去追问它、反思它。在苏格拉底之后,对于古希腊哲学家们而言,哲学沉思本身就意味着一种更好的生活方式。亚里士多德就论证说,每种存在物都有它的功能或目的,这种功能是跟该存在物特有的"活动"相一致的。而人特有的"活动"或功能就是理性(logos)的活动,哲学沉思正是发挥这一功能的典型,因此,人最幸福的生活就是一种进入哲学沉思的生活。

然而,对生活方式的忧虑实际上暗含着一种悲剧性因素——人是会死的。因为人是会死的,生活的时间是有限的,同时也是需要物质条件来支持的;所以怎么样生活的问题才会让人忧虑不止,让人在生活中常常会有紧迫感。因此,死亡的问题从一开始就萦绕在生活方式选择这个问题上。"死生亦大矣。"怎么生活?如何看待死亡?这两个问题需要刚刚推开哲学大门的我们好好思考。

未经省察的生活是不值得过的

[古希腊]柏拉图 吴 飞 译

⊙ 柏拉图 何作栋绘

你们看我为什么说这些。我想要告诉你们,对我的诬蔑是从何而起的。听到这话,我就自己寻思:"神说的究竟是什么,这到底是什么哑谜?我自己知道,我没有大智慧,也没有小智慧。那么他说我最智慧,到底是说的什么意思呢?而神不会说假话,因为这不是神的做法。"在好长时间里,我都不明白他说的到底是什么。随后,我很不情愿地转向下面这样的探讨。我去拜访一个据说很智慧的人,好像在那里就可以证明那说法是错的,回应神谕说:"你说我是最智慧的,但这个人比我更智慧"。

于是我仔细审视了他——他的名字我不必说,雅典的人们,那是一个政治家,我观察了他并且和他对话之后,得到这么个印象:我看到,虽然别的很多人觉得他很智慧,特别是他自己,但其实不然。随后,我试着告诉他,虽然他认为自己是智慧的,其实他不智慧。结果,我遭到他和在场很多人的忌恨。我离开那里,寻思,我比这个人更智慧。也许我俩都不知道美好和善好,但是那个人认为自己知道他不知道的事,而我既然不知道,也就不认为我知道。我觉得好像在这件事上总比他智慧一点,即我不知道的事,我就不认为我知道。我离开那儿,到另外一个看起来更智慧的人那里去,事情看来是一样的,于是我就遭到那人和别的很多人的忌恨。

在这之后,我拜访了一个又一个人,痛苦而恐惧地看到,我被人们忌恨,然而在我看来,完成神给的任务一定先于所有别的事——为了考察他说的神谕,就要去找所有好像有知识的人。天狗在上,雅典的人们——而我必须对你们说真话——我经历的就是这类的事。我按照神的说法考察之后,那些声名显赫的人在我看来是最无能的,而另外那些看上去更一般的人却好像更明智些。我必须告诉你们,我的奔波真是干苦活,我这才觉得那个神谕变得不可驳斥了。在这些政治家之后,我去拜访一些诗人,包括悲剧诗人、酒神的赞美诗人,还有别的诗人,自以为我在那里就可以当场发现,我比他们无知。我拿起在我看来他们最用心写的诗,细细询问，他们说了什么，也看我能从他们那里学到些什么。诸位，我简直羞于说出真相，而我必须讲出来。当时在场的人谈到他们花心血写的诗歌，没有几个人不比诗人自己说得好。于是，很快我就也明白诗歌了，作诗不是靠智慧作的，而是靠某种自然，被灵感激发，就像先知和灵媒一样：他们是说了很多很美的话，但是他们并不理解自己所说的。我明白了，诗人所感到的，也是他们的这种感觉。同时，我也看到，他们因为诗歌，就认为自己在别的事情上也是最智慧的人，虽然其实不是。

于是我离开了他们，结果认为自己更高明，就像我比政治家高明一样。

最后我走到匠人们当中。我知道，我是所谓的什么也不知道，而我也知道，我会发现他们知道很多美好的事情。这一点我没弄错，他们知道我所不知道的，在这一点上比我智慧。但是，雅典的人们，在我看来，这些能工巧匠们和诗人们有一样的毛病——因为能漂亮地完成自己的技艺，他们一个个就自以为在别的事情上，哪怕天下大事上，也是最智慧的，他们的这种自以为是遮蔽了那智慧。我从那个神谕的角度问我自己，我究竟是愿意这样是我所是，既不像他们的智慧那样智慧，也不像他们的愚蠢那样愚蠢，还是像他们那样，兼有二者。我对我自己和神谕回答说："是我所是"对我更好些。由于这种省察，雅典的人们，我遭到了很多人的忌恨，是最苛刻和最沉重的忌恨，因而其中也就出现了很多诬蔑，于是人们用这么个名儿来说我："智慧的"。

每一次，在场的人都认为，我在什么问题上驳斥别人，我在那个问题上就是智慧的。而其实，诸位，神才真是智慧的，他在那个神谕里表明的是这个人的智慧价值很小，几乎什么也不是。他好像是在这样说这个苏格拉底，其实是假借我的名字，用我做个例子，如同在说："你们中最智慧的，人类啊，就是像苏格拉底那样，知道就智慧而言，他真是毫无价值。"正是因此，我现在还在按照神的意愿，四处寻求和追问每一个我以为智慧的公民和外邦人。每当我发现他并不智慧，我就替神证明，指出此人不智慧。因为忙于这些，我没有空闲从事城邦里那些值得一提的事务，也无暇顾及家里的事，而是因为服务于神而陷入赤贫。

这个最伟大、最以智慧和力量著称的城邦的人，你只想着聚敛尽可能多的钱财，追求名声和荣誉，却不关心也不求知智慧和真理，以及怎样使灵魂变成最好的，你不为这些事而羞愧吗？如果你们中有人反驳，说他关心，我不会很快放他走，自己也不走，而是询问他，省察他，羞辱他——如果我发现他并没有德性，反而说自己有——责备他把最大价值的当成最不重要的，把更微小的当最重要的。

不要喧哗，雅典的人们，请遵守我要你们做的，在我说话时不对我喧哗，而是听我说。因为，我认为，听我说话也对你们有益。而我要对你们说一些话，也许这会让你们叫起来。但是永远不要这么做。而要清楚地知道，如果你们杀了我，而我是我所说的这样的人，那么，你们对我的伤害，并不比对你们自己的伤害大。没人会伤害我，无论是莫勒图斯还是阿努图斯——因为没人有能力——因为我想，让更好的人被更不好的人伤害，是渎神违法的。也许有人能杀死、放逐或羞辱我。此人和别人一定都认为，这是很大的坏事。但是我不这么想，而是认为，现在试图不义地杀人的人会给自己带来大得多的伤害。而现在，雅典的人们，我远不是像常人想象的那样，在为自己申辩，而是为你们申辩，以免你们判了我罪，从而对神给你们的赐予犯了错误。而如果你们杀死我，你们将不容易找到别的这类赐予了，即——打个不恰当的比方——像我这样，受命于神，献身城邦的一个，这城邦就如同一匹巨大而高贵的马，因为大，就很懒，需要一只牛虻来惊醒，在我看来，神就派我到城邦里来当这样的一个人，惊醒、劝说、责备你们每一个人，我整天不停地在各处安顿你们。

诸位，另外一个这样的人不容易出现在你们中间了，而如果你们听了我的，你们就放了我。也许你们立即会遭到烦扰，就像打盹的人被惊醒；如果你们要打我，听信了阿努图斯的话，很容易就能杀我。如果神不再操心，派另外一个来烦你们，随后你们就要在沉睡中度完余生。而我恰巧就是神派给城邦的这样一个人，你们由下面的事会明白的：我不关心我自己的所有事情，简直不像是人所能为，多年来，家里的事都得不到关心，而我总是为你们做事，亲自走到你们每个人那里，像父亲或长兄一样，劝你们关心德性。而如果我从中得到什么，或靠让你们做这些挣薪水，那还有些道理。现在，你们自己看，他们，那些控告者，虽然如此无耻地在别的所有事情上控告我，却不能厚着脸皮提供证人，证明我拿过或乞求过薪水。而我认为，我可以提供足够的证据，证明我说的是真的，那就是我的贫困。

对于我这年纪的人，此时被流放，轮番跑到一个又一个别的城邦去，又被赶出来，这可真是高贵的生活。因为我清楚地知道，我到哪里去，青年人都会像在这里一样倾听我的话。如果我赶他们走,他们会说服自己的长辈赶我走;而如果我不赶他们走,他们的父辈和家人会为了他们赶我走。

也许有人会说:"苏格拉底,你要是沉默不语,在从我们中流放后,不就可以过日子了吗?"要在这方面说服你们中那些人,是最难的。因为,如果我说那是不遵从神的,因此我不能保持沉默,你们不会被说服,好像我在出言讥讽。如果我又说,每天谈论德性,谈论别的你们听我说的事——听我对自己和别的人的省察,听我说,一个未经省察的生活是不值得人过的生活。这对人而言恰恰是最大的好,你们就更不可能被我说服了。正如我说的,就是这样的;但诸位,要说服你们可不容易。

(选自《苏格拉底的申辩》,华夏出版社,2007年版)

【交流之窗】

公元前399年,在雅典城内,当政的民主派组成一个五百人的法庭审判柏拉图的年逾古稀的老师——哲学家苏格拉底,这是苏格拉底在庭上的申辩词。审理在当天完成,苏格拉底被以"信奉自己捏造的神而不信奉城邦公认的神"和"败坏青年"的罪名判处死刑。苏格拉底的申辩词,逻辑严密,气势恢宏,"未经省察的生活是不值得过的",令人警醒。为什么要审视生活?只有审视生活,人们才可以认识到真知识,从而拥有智慧。什么是审视生活?就像苏格拉底一样,不断发问,不断问自己知道什么、不知道什么、自己知道的东西是否可靠,从而摒弃错误的观点或者想法,不断提高自己,接近真知识和智慧。因此,苏格拉底觉得审视过的生活比未经审视过的生活更加值得度过。苏格拉底作为哲学家,一方面为自己申辩,训导世人,一方面也在告诉人们哲学是为整体人生提供一个反省的视角和基本的态度。

哲学起源于好奇

[古希腊]亚里士多德　李真译

　　它不是一门生产的科学,即使从最早的哲学家的历史来看也是很清楚的。因为人们是由于惊奇,才从现在开始并且也从最初开始了哲学思考。他们最初惊奇于明显的困难,然后一点一点逐步进展。并陈述关于较重大问题的困难,例如关于月亮、太阳和星辰的现象,以及关于宇宙的生成的问题。而且一个人在困惑和惊奇的时候,认为他自己是无知的,因此,因为他们是为了免除无知而进行哲学思考,显然他们是为了认识而追求科学,而不是为了任何实用的目的。并且这一点是由事实加以确证的,因为那是在几乎所有的生活必需品以及提供舒适和娱乐的事物都已得到保障时,才开始寻求那样的知识的。那么,很明显,我们不是为了任何其他利益的缘故而寻求它;而是当人们自由的时候,人们是为了自己的缘故而不是为了别的人而存在时。所以我们追求这门作为惟一自由的科学,因为它只是为了它自身的缘故而存在的。

　　也由于这个缘故,拥有它可以公正地被认为是超出人类的能力的;因为在许多方面人的本性是受束缚的,所以正如西蒙尼德所说,"只有神能有此特权",并且人们应当不满足于寻求适合于他们的知识,则是不恰当的。如果诗人们的确说出了某些道理,而对于神的权能来说,妒忌是自然的话,那么它也许首先会发生在这个情况下了,而所有在这种知识中超越了的人将会是不幸的。但是神的权能不可能是妒忌的,任何其他科学也必定不会被认为比这样一门科学更为荣耀。因为最神圣的科学也是最荣耀的,而惟有这门科学在两种方式中是最神圣的。因为最适合于神具有的科学是一门神圣的科学,因而任何处理神圣对象的科学也是如此,而只有这门科学具有这两种性质,因为神被认为是在所有事物的原因中间,并且是一个第一原理,而且这样一门科学或者只有神能具有,或者是在所有事物中神首先具有。的确,所有科学都比这门科学更必需,但是没有任何科学比它更好。

(选自《形而上学》,世纪出版集团、上海人民出版社,2005年版)

【交流之窗】

亚里士多德正面回答了"哲学是什么?"这一问题,哲学并不神秘,它起源于人的困惑和好奇,人在困惑和好奇中会认识到自己的无知,为免除人的无知就需要进行哲学思考。困惑是会思考的人生必经的风景,而好奇是人的天性,因此哲学是符合人性的,而进入哲学沉思的生活是人最幸福的生活方式。

智慧的诞生

周国平

⊙ 周国平　莫丹绘

一

许多年里,我的藏书屡经更新,有一本很普通的书却一直保留了下来。这是一册古希腊哲学著作的选辑。从学生时代起,它就跟随着我,差不多被我翻破了。每次翻开它,毋须阅读,我就会进入一种心境,仿佛回到了人类智慧的源头,沐浴着初生哲学的朝晖。

古希腊是哲学的失去了的童年。人在童年最具纯正的天性,哲学也是如此。使我明白何谓哲学的,不是教科书里的定义,而是希腊哲人的懿言嘉行。雪莱曾说,古希腊史是哲学家、诗人、立法者的历史,后来的历史则变成了国王、教士、政治家、金融家的历史。我相信他不只是在缅怀昔日精神的荣耀,而且是在叹息后世人性的改变。最早的哲学家是一些爱智慧而不爱王国、权力和金钱的人,自从人类进入成年,并且像成年人那样讲求实利,这样的灵魂是愈来愈难以产生和存在了。

一个研究者也许要详析希腊各个哲学家之间的差异和冲突,把他们划分为不同的营垒。然而,我只是一个欣赏者。当我用欣赏的眼光观看公元前五世纪前后希腊的哲学舞台时,首先感受到的是哲学家们一种共同的精神素质,那就是对智慧的热爱,从智慧本身获得快乐的能力,当然,还有承受智慧的痛苦和代价的勇气。

二

在世人眼里,哲学家是一种可笑的人物,每因其所想的事无用、有用的事不想而加嘲笑。有趣的是,当历史上出现第一个哲学家时,这样的嘲笑即随之发生。柏拉图记载:"据说泰勒斯仰起头来观看星象,却不慎跌落坑内,一个美丽温顺的色雷斯侍女嘲笑说,他急于知道天上的东西,却忽视了身旁的一切。"

我很喜欢这个故事。由一个美丽温顺的女子来嘲笑哲学家的不切实际，倒是合情合理的。这个故事必定十分生动，以致被若干传记作家借去安在别的哲学家头上，成了一则关于哲学家形象的普遍性寓言。

不过，泰勒斯可不是一个对于世俗事务无能的人，请看亚里士多德记录的另一则故事："人们因为泰勒斯贫穷而讥笑哲学无用，他听后小露一手，通过观察星象预见橄榄将获丰收，便低价租入当地全部榨油机，到橄榄丰收榨油机紧缺时再高价租出，结果发了大财。"他以此表明，哲学家要富起来是极为容易的，如果他们想富的话。然而这不是他们的兴趣所在。

哲学家经商肯定是凶多吉少的冒险，泰勒斯成功靠的是某种知识，而非哲学。但他总算替哲学家争了一口气，证明哲学家不爱财并非嫌葡萄酸。事实上，早期哲学家几乎个个出身望族，却蔑视权势财产。赫拉克利特、恩培多克勒拒绝王位，阿那克萨戈拉散尽遗产，此类事不胜枚举。德谟克利特的父亲是波斯王的密友，而他竟说，哪怕只找到一个原因的解释，也比做波斯王好。

据说"哲学"（philosophia）一词是毕达哥拉斯的创造，他嫌"智慧"（sophia）之称自负，便加上一个表示"爱"的词头（philo），成了"爱智慧"。不管希腊哲人对于何为智慧有什么不同的看法，爱智慧胜于爱世上一切却是他们相同的精神取向。在此意义上，柏拉图把哲学家称作"一心一意思考事物本质的人"，亚里士多德指出哲学是一门以求知而非实用为目的的自由的学问。遥想当年泰勒斯因为在一个圆内画出直角三角形而宰牛欢庆、毕达哥拉斯因为发现勾股定理而举行百牛大祭，我们便可约略体会希腊人对于求知本身怀有多么天真的热忱了。这是人类理性带着新奇的喜悦庆祝它自己的觉醒。直到公元前三世纪，希腊人的爱智精神仍有辉煌的表现。当罗马军队攻入叙拉古城的时候，他们发现一个老人正蹲在沙地上潜心研究一个图形。他就是赫赫有名的阿基米德。军人要带他去见罗马统帅，他请求稍候片刻，等他解出答案，军人不耐烦，把他杀了。剑劈来时，他只来得及说出一句话："不要踩坏我的圆！"

三

凡是少年时代迷恋过几何解题的人，对阿基米德大约都会有一种同情的理解。刚刚觉醒的求知欲的自我享受实在是莫大的快乐，令人对其余一切视而无睹。当时的希腊，才告别天人浑然不分的童稚的神话时代，正如同一个少年人一样惊奇地发现了头上的星空和周遭的万物，试图凭借自己的头脑对世界作出解释。不过，思维力的运用至多是智慧的一义，且是较不重要的一义。神话的衰落不仅使宇宙成了一个陌生的需要重新解释的对象，而且使人生成了一个未知的有待独立思考的难题。至少从苏格拉底开始，希腊哲人们更多地把智慧视作一种人生觉悟，并且相信这种觉悟乃是幸福的惟一源泉。

苏格拉底，这个被雅典美少年崇拜的偶像，自己长得像个丑陋的脚夫：秃顶，宽脸，扁阔的鼻子，整年光着脚，裹一条褴褛的长袍，在街头游说。走过市场，看了琳琅满目的货物，他吃惊地说："这里有多少东西是我用不着的！"

是的，他用不着，因为他有智慧，而智慧是自足的。若问何为智慧，我发现希腊哲人们往往反过来断定自足即智慧。在他们看来，人生的智慧就在于自觉限制对于外物的需要，过一种简朴的生活，以便不为物役，保持精神的自由。人已被神遗弃，全能和不朽均成梦想，惟在无待外物而获自由这一点上尚可与神比攀。苏格拉底说得简明扼要："一无所需最像神。"柏拉图理想中的哲学王既无恒产，又无妻室，全身心沉浸在哲理的探究中。亚里士多德则反复论证哲学思辨乃惟一的无所待之乐，因其自足性而是人惟一可能过上的"神圣的生活"。

但万事不可过头，自足也不例外。犬儒派哲学家偏把自足推至极端，把不待外物变成了拒斥外物，简朴变成了苦行。最著名的是第欧根尼，他不要居室食具，学动物睡在街面，从地上拣取食物，乃至在众目睽睽下排泄。自足失去向神看齐的本意，沦为与兽认同，哲学的智慧被勾画成了一幅漫画。当第欧根尼声称从蔑视快乐中所得到的乐趣比从快乐本身中所得到的还要多时，再粗糙的耳朵也该听得出一种造作的意味。难怪苏格拉底忍不住要挖苦他那位创立了犬儒学派的学生安提斯泰说："我从你外衣的破洞可以看穿你的虚荣心。"

学者们以两条线索划分希腊伦理思想：一是从赫拉克利特、苏格拉底、犬儒派到斯多葛派的苦行主义，另一是从德谟克利特、昔勒尼派到伊壁鸠鲁派的享乐主义。其实，两者的差距并不如想像的那么大。德谟克利特和伊壁鸠鲁都把灵魂看作幸福的居所，主张物质生活上的节制和淡泊，只是他们并不反对享受来之容易的自然的快乐罢了。至于号称享乐学派的昔勒尼派，其首领阿里斯底波同样承认智慧在大多数情况下能带来快乐，而财富本身并不值得追求。当一个富翁把他带到家里炫耀住宅的华丽时，他把唾沫吐在富翁脸上，轻蔑地说道，在铺满大理石的地板上实在找不到一个更适合吐痰的地方。垂暮之年，他告诉他的女儿兼学生阿莱特，他留下的最宝贵的遗产乃是"不要重视非必需的东西"。

对于希腊人来说，哲学不是一门学问，而是一种以寻求智慧为目的的生存方式，质言之，乃是一种精神生活。我相信这个道理千古不易。一个人倘若不能从心灵中汲取大部分的快乐，他算什么哲学家呢？

四

当然，哲学给人带来的不只是快乐，更有痛苦。这是智慧与生俱来的痛苦，从一开始就纠缠着哲学，永远不会平息。

想一想普罗米修斯窃火的传说或者亚当偷食智慧果的故事吧，几乎在一切民族的神话中，智慧都是神的特权，人获得智慧都是要受惩罚的。在神话时代，神替人解释一切，安排一切。神话衰落，哲学兴起，人要自己来解释和安排一切了，他几乎在踌躇满志的同时就发现了自己力不从心。面对动物或动物般生活着的芸芸众生，觉醒的智慧感觉到一种神性的快乐。面对宇宙大全，它却意识到了自己的局限，不得不承受由神性不足造成的痛苦。人失去了神，自己却并不能成为一个神，或者，用爱默生的话说，只是一个破败中的神。

所谓智慧的痛苦，主要不是指智慧面对无知所感觉到的孤独或所遭受到的迫害。在此种情形下，智慧毋宁说更多地感到一种属于快乐性质的充实和骄傲。智慧的痛苦来自内在于它自身的矛盾。希腊哲人一再强调，智慧不是知识，不是博学。再博学的人，他所拥有的也只是对于有限和暂时事物的知识。智慧却是要把握无限和永恒，由于人本身的局限，这个目标永远不可能真正达到。

　　大多数早期哲学家对于人认识世界的能力都持不信任态度。例如，恩培多克勒说，人"当然无法越过人的感觉和精神"，而哲学所追问的那个"全体是很难看见、听见或者用精神掌握的"。德谟克利特说："实际上我们丝毫不知道什么，因为真理隐藏在深渊中。"请注意，这两位哲学家历来被说成是坚定的唯物论者和可知论者。

　　说到对人自己的认识，情形就更糟。有人问泰勒斯，世上什么事最难，他答："认识你自己。"苏格拉底把哲学的使命限定为"认识你自己"，而他认识的结果却是发现自己一无所知，于是得出结论："人的智慧微乎其微，没有价值。"而认识到自己的智慧没有价值，也就是人的最高智慧之所在了。

　　当苏格拉底承认自己"一无所知"时，他所承认无知的并非政治、文学、技术等专门领域，而恰恰是他的本行——哲学，即对世界和人生的底蕴的认识。其实，在这方面，人皆无知。但是，一般人无知而不自知其无知。对于他们，当然就不存在所谓智慧的痛苦。一个人要在哲学方面自知其无知，前提是他已经有了寻求世界和人生之根底的热望。而他之所以有这寻根究底的热望，必定对于人生之缺乏根底已经感到了强烈的不安。仔细分析起来，他又必定是在意识到人生缺陷的同时即已意识到此缺陷乃是不可克服的根本性质的缺陷，否则他就不至于如此不安了。所以，智慧从觉醒之日起就包含着绝望。

　　以爱智慧为其本义的哲学，结果却是否定智慧的价值，这真是哲学的莫大悲哀。然而，这个结果命中注定，在劫难逃。哲学所追问的那个一和全，绝对、终极、永恒，原是神的同义语，只可从信仰中得到，不可凭人的思维能力求得。除了神学，形而上学如何可能？走在寻求本体之路上的哲学家，到头来不是陷入怀疑主义，就是倒向神秘主义。在精神史上，苏格拉底似乎只是荷马与基督之间的一个过渡人物。神话的直观式信仰崩溃以后，迟早要建立宗教的理智式信仰，以求给人类生存提供一个整体的背景。智慧曾经在襁褓中沉睡而不知痛苦，觉醒之后又不得不靠催眠来麻痹痛苦，重新沉入漫漫长夜。到了近代，基督教信仰崩溃，智慧再度觉醒并发出痛苦的呼叫，可是人类还能造出什么新式的信仰呢？

　　不过，尽管人的智慧有其局限，爱智慧并不因此就属于徒劳。其实，智慧正是人超越自身局限的努力,惟凭此努力,局限才显现了出来。一个人的灵魂不安于有生有灭的肉身生活的限制,寻求超越的途径,不管他的寻求有无结果,寻求本身已经使他和肉身生活保持了一个距离。这个距离便是他的自由,他的收获。智慧的果实似乎是否定性的:理论上"我知道我一无所知";实践上"我需要我一无所需"。然而,达到了这个境界,在谦虚和淡泊的哲人胸怀中,智慧的痛苦和快乐业已消融为一种和谐的宁静了。

五

人们常说:希腊人尊敬智慧,正如印度人尊敬神圣,意大利人尊敬艺术,美国人尊敬商业一样;希腊的英雄不是圣者、艺术家、商人,而是哲学家。这话仅在一定程度上是对的。例如,泰勒斯被尊为七贤之首,名望重于立法者梭伦,德谟克利特高龄寿终,城邦为他举行国葬。但是,我们还可找到更多相反的例子,证明希腊人迫害起哲学家来,其凶狠决不在别的民族之下。雅典人不仅处死了本邦仅有的两位哲学家之一、伟大的苏格拉底,而且先后判处来自外邦的阿那克萨戈拉和亚里士多德死刑,迫使他们逃亡,又将普罗塔戈拉驱逐出境,焚毁其全部著作。毕达哥拉斯和他的四十余名弟子,除二人侥幸逃脱外,全部被克罗托内城的市民捕杀。赫拉克利特则差不多是饿死在爱非斯郊外的荒山中的。

希腊人真正崇拜的并非精神上的智者,而是肉体上的强者——运动员。四年一届的奥林匹克运动会上的优胜者不但可获许多奖金,而且名满全希腊,乃至当时希腊历史纪年也以他们的名字命名。克塞诺芬尼目睹此情此景,不禁提出抗议:"这当然是一种毫无根据的习俗,重视体力过于重视可贵的智慧,乃是一件不公道的事情。"这位哲学家平生遭母邦放逐,身世对照,自然感慨系之。仅次于运动员,出尽风头的是戏剧演员,人们给竞赛获奖者戴上象牙冠冕,甚至为之建造纪念碑。希腊人实在是一个爱娱乐远胜于爱智慧的民族。然而,就人口大多数言,哪个民族不是如此?古今中外,老百姓崇拜的都是球星、歌星、影星之类,哲学家则难免要坐冷板凳。对此不可评其对错,只能说人类天性如此,从生命本能的立场看,也许倒是正常的。

令人深思的是，希腊哲学家之受迫害，往往发生在民主派执政期间，通过投票作出判决，且罪名一律是不敬神。哲人之为哲人，就在于他们对形而上学问题有独立的思考，而他们思考的结果却要让从不思考这类问题的民众来表决，其命运就可想而知了。民主的原则是少数服从多数，哲学家却总是少数，确切地说，总是天地间独此一人，所需要的恰恰是不服从多数也无需多数来服从他的独立思考的权利，这是一种超越于民主和专制之政治范畴的精神自由。对于哲学家来说，不存在最好的制度，只存在最好的机遇，即一种权力对他的哲学活动不加干预，至于这权力是王权还是民权好像并不重要。

在古希腊，至少有两位执政者是很尊重哲学家的。一位是雅典民主制的缔造者伯里克利，据说他对阿那克萨戈拉怀有"不寻常的崇敬和仰慕"，执弟子礼甚勤。另一位是威震欧亚的亚历山大大帝，他少年时师事亚里士多德，登基后仍尽力支持其学术研究，并写信表示："我宁愿在优美的学问方面胜过他人，而不愿在权力统治方面胜过他人。"当然，事实是他在权力方面空前地胜过了他人。不过，他的确是一个爱智慧的君主。更为脍炙人口的是他在科林斯与第欧根尼邂逅的故事。当时第欧根尼正躺着晒太阳，大帝说："朕即亚历山大。"哲人答："我是狗崽子第欧根尼。"问："我能为你效什么劳？"答："不要挡住我的太阳。"大帝当即叹道："如果我不是亚历山大，我便愿意我是第欧根尼。"

如此看来，希腊哲学家的境遇倒是值得羡慕的了。试问今日有哪个亚历山大会师事亚里士多德，有哪个拉依斯会宠爱第欧根尼？当然，你一定会问：今日的亚里士多德和第欧根尼又在哪里？那么，应该说，与后世相比，希腊人的确称得上尊敬智慧，古希腊不愧是哲学和哲学家的黄金时代。

（选自《周国平自选集》，海南出版社，2004年版）

【交流之窗】

周国平用通俗的语言详细地阐释什么是哲学，哲学就是"爱智慧"，哲学家就是爱智慧之人。而对古希腊哲人来说，哲学不是一门学问，而是一种以寻找智慧为目的的生存方式。但寻找智慧是痛苦的,因为智慧要把握无限和永恒,而人本身却是有限,所以,这一目标恐怕永远也不可能达到。

　　但爱智慧强调的不是思考的结果,而是这个思索的过程,是对生活和世界一步一步地追问和反思。这种思索不一定会有结果,但这是我们向着看清我们生活和世界迈出的步伐。

作为一种生活方式的哲学

[法国]皮埃尔·阿多　李文阁　译

　　不论是希腊人还是巴比伦人,他们都追求智慧,过着一种完美、高洁的生活。他们既不违犯正义也不报复他人,他们避免与好事之徒交往,蔑视耗费他们时间的地方——法庭、议会、市场、集会。简言之,看不上那种毫无思想的人们参加的会议或聚会。他们的目标是和平、宁静的生活,所以他们仔细观察自然以及其中发生的一切:他们非常专注地探索地球、海洋、空气、天空以及它们的本质。在思想上,他们以月亮、太阳和其他旋转的行星为伴,不论这些行星是固定不动的还是四处漫游的。虽然他们的身体在地球上,但是他们给自己的灵魂插上了翅膀,使它们飞上了天空,那是一个适于真正成为世界公民的人居住的地方,在那里他们可以看到居住在那里的强人（powers）。这些强人把整个世界看作他们的城邦,而城邦里的居民都是智慧的伙伴,他们依靠德行获得自己的公民权,包括管理全世界公共财富的权利。他们十分完美,拥有所有优点。他们不再习惯于考虑肉体的不适和外在的邪恶,他们把自己训练得对无足轻重的事情漠不关心,把自己武装为既反对享乐又抵制欲望,简而言之,他们一直努力使自己摆脱激情的控制……他们从不屈服于命运的打击,因为他们预见到了使我们能够更容易地承受与我们的意愿相违背的最困难的事情,因为一旦有了预见,我们对所发生的事情就不再感到陌生和新鲜,对它们的感觉就会迟钝,好像它们与那些陈旧、过时的事情有联系。非常明显,这些强人在德行中找到乐趣,他们整个一生都在庆祝一个节日。可以肯定,这样的人数量非常之少,在我们的城邦,他们像智慧的余火在慢慢燃烧。是他们使得德行没有被完全消灭,没有从我们这个族类中消失。如果所有的人都像他们那样行事,变得像他们那样:无可挑剔,无可指责,热爱智慧,为美丽之物而欢喜,仅仅因其美丽之故,且认为再也没有比它更好的了……那么我们的城邦就会洋溢着幸福,城邦之人将不知道任何引起痛苦和恐惧的事情,他们生活中的每时每刻都充满了开怀大笑。的确，对他们而言，所有的时间都将成为节日的欢庆。

亚历山大的斐罗（Philo）所说的这段话显然展示了古希腊和罗马时代哲学的一个最基本方面。在这一时代，哲学是一种生活方式。这不仅是指它是道德行为的一个特殊类型，因为在上面所引的斐罗的话中，我们很容易就能看出自然的沉思所起的作用，而且意味着哲学是在世的一种方式，它必须在每时每刻都要被践行，其目标是从整体上改造个体的生活。

对于古人而言，仅仅philo-sophia（爱智）这个词就足以表达这种哲学观。在《会饮篇》，柏拉图已经展示，苏格拉底，这个哲学家的典范，就可以被当作爱神厄洛斯（Eros），那个珀罗斯（Poros, 丰富神）和皮尼埃（Penia, 贫乏神）的儿子。厄洛斯缺少智慧，但是他却知道如何去获得智慧。哲学因而呈现为这样的形式：思想、意志和一个人在世的练习，其目标是达到一个人类事实上难以进入的状态：智慧。哲学是提升精神的一个方法，它要求个体存在方式的根本改变和转换。

因此，哲学是一种生活方式，不论就其是一种练习和获取智慧的努力，还是就它的目标是智慧本身而言都是如此。因为真正的智慧并不仅仅吸引我们去知道，它还使我们成为另外一个人。古代哲学的伟大之处也是其自相矛盾之处就在于，它意识到这样一个事实：智慧是难以企及的，与此同时，它又确信追求精神进步的必要性。用昆特林（Quintillian）的话说："我们必须……追求最高级的东西，就像很多古人所做的那样。即使他们相信从来没有人成为圣人，他们仍然没有停止教授智慧的箴言。"古人知道他们并没有使智慧成为他们稳定的、明确的状态的能力，但是他们至少希望在某个特殊的时刻接近它，智慧是指导他们行为的超验准则。

智慧因而是一种能够带来心灵的平静（ataraxia）、内在的自由（autarkeia）和宇宙的意识的生活方式。首先也是最重要的，哲学表现为一种治疗，意在治愈人类的痛苦。这样一种观念在斯诺克瑞斯（Xenocrates）和伊壁鸠鲁那里得到明确表达："我们不必假定，我们从自然现象的知识中除了得到心灵的平静和纯粹的自信外，还会有其他的收获。"这也是斯多葛哲学和怀疑主义的一个重要观点，S.恩皮里克（Sextus Empiri-cus）在描绘下面一个杰出人物的形象时也表达了同样的观念：

著名画家埃皮勒斯（Apelles），想在一幅画中再现马嘴里流出的唾液。但他总是做不好，决定放弃。于是，他把用来擦画笔的海绵扔向画布。当海绵击中画布时，在画布上留下的不是别的，恰好是马的唾液的形象。同样，怀疑主义也像其他的哲学家那样开始，寻求心灵的平静，寻求在判断时的坚定和自信。而当他们无法做到时，就悬置判断。偶尔，一旦他们这样做，他们就做到了，也就是说，随着判断的悬置，心灵也就平静了，就像影子跟随身体一样。

因此在古代，哲学呈现为一种达到独立和内在自由（autarkeia）的方法，那是一种自我仅仅依赖自身的状态。在苏格拉底的思想里，在犬儒学派的门徒中，在亚里士多德的著作中——对他来说，只有沉思的生活才是独立的，在伊壁鸠鲁那里，在斯多葛学派的人中间，我们均能发现同样的主题。尽管它们的方法论不同，但在所有的哲学派别中，我们都能发现同样的、把人的自我权利从与它相异化的事情中解放出来的意识，即使是怀疑主义学派也有这种意识，它拒绝做任何判断就体现了这种意识。

对于伊壁鸠鲁哲学和斯多葛哲学来说，它们的宇宙意识又强化了这些基本观念。所谓"宇宙意识"，我们指的是这样一种意识：我们是宇宙的一个部分，是我们的自我经由万物本性中的无限性的必然放大物。用伊壁鸠鲁的学生迈特道瑞斯（Metrodorus）的话说："记住，尽管你会死，且只在一个有限的范围内生活，然而，经由沉思自然，你已经提升到无限的时间和空间，你可以看到所有的过去和全部的未来。"马克·奥勒留这样说道："理性灵魂……在环绕着它的整个宇宙和虚空游荡……它进入了一个无穷大的无边无际的区域，观察和思索万事万物的周期性重生。"古代的圣人在每一时刻都意识到自己生活在宇宙中，都自觉保持与宇宙的和谐。

为了更好地理解古代哲学在什么意义上是一种生活方式，或许有必要求助于斯多葛哲学关于哲学会话与哲学自身的区分。对于斯多葛哲学而言，哲学的组成部分——物理学、伦理学和逻辑事实上并不是哲学自身的组成部分，但却是哲学会话的组成部分。经由这个区分，他们要说明的是，当要去教哲学的时候，必须排列出一个逻辑学理论、物理学理论和一个伦理学理论，知识的、逻辑的和教育学迫切要求这些区分。但是，哲学自身并不是一个可以分成部分的理论，而是一个完整的行为，存在于活的逻辑学、物理学和伦理学之中。在这种情况下，我们不再研究逻辑理论，就是那种使人好好地表达和思考的理论，我们只是好好地说和想；我们不再构建关于物理世界的理论，我们只是沉思宇宙；我们也不再把我们的道德行为理论化，我们只是以正确的、正义的方式行动。

哲学会话与哲学并不是一回事儿。帕雷蒙（Polemon），柏拉图学园（Old Academy）的主持之一，经常这样说道：我们应该在实际生活而不是在什么辩证思考中磨练自己，后者正像一个人狼吞虎咽地读了一些关于和声的书，但却从来没有把它付诸实践。同样地，我们不能做这样的人，他们可以用他们在三段论推论方面的技巧来打动听众，但他们的生活却与他们的教义相矛盾。

五百年之后，伊壁鸠鲁对此做出了回应：一个木匠不会走上前，对你说，"听我谈谈关于木工的艺术"，但他会签订一个房子的合同，并建造它……你自己也要这样做。像人一样吃，像人一样喝……结婚，生子，参与城邦生活，学会忍受侮辱，学会宽容他人。

我们马上就可以看到这一区分的影响，这个区分由斯多葛哲学提出，但却得到大多数哲学家的承认，它涉及的是理论与实践的关系。一个伊壁鸠鲁主义者的话很清楚地表达了这种影响："说哲学家的言论并不治疗人的任何痛苦是愚蠢的。"哲学理论（philosophical theories）服务于哲学生活。这就是为什么在希腊化和罗马时期，哲学理论被变成了一个理论的、系统的、相当浓缩的原子核，能够施加非常强烈的心理影响，相当容易掌握，以便能够随时上手。而哲学会话（philosophical discourse）是不系统的，因为它想要提供一种对于整个实在的、完整的、体系化的解释。进言之，哲学理论之所以是系统的，是为了使它可以为人提供少量的紧密相连的原则，是因为这种系统性可以产生巨大的说服力，也容易记忆。基本的教义被归纳为简短的格言，有时甚至采取非常醒目的方式，为了使学生能够很容易按照这些基本原则来生活。

那么，哲学生活仅仅是那些为解决生活问题的、容易掌握的法则在每时每刻的应用吗？事实上，当我们仔细地思考哲学生活的含义时，我们就会认识到，在哲学理论与现实活动的哲学化之间，存在着一个无底的深渊。举一个相似的例子，这就像艺术家，在其创作活动中，只是在应用规则,然而,在艺术活动与关于艺术的抽象理论之间,也存在着巨大的差距。当然,在哲学中,我们所涉及的不仅仅是一个艺术工作的创造问题,哲学的目标倒不如说是改造我们自身。因此一个真正遵循哲学方式的生命活动与实在的秩序是一致的,它完全不同于哲学会话活动。

对于斯多葛哲学来说,对于伊壁鸠鲁哲学也是这样,哲学化就是一个连续不断的行动,持久且与生活本身相等同,在每一刻都必须被更新。对于这两个学派来说,这个行动可以解释为注意力的定向。

在斯多葛哲学那里,注意力被定向在目的的纯粹性上。换言之,它的目标是我们个体的意志与宇宙自然(universal nature)的意志相一致。与此相对照,对于伊壁鸠鲁哲学而言,注意力被集中到快乐上,归根结底,这是一种存在的快乐。而为了达到注意力的这种状态,一系列的练习是必需的:对于根本教义的深入沉思,不断翻新的对生命之有限的觉知,对人之意识的省察,以及最为首要的,一种对于时间的特别态度。

斯多葛哲学和伊壁鸠鲁哲学都规劝我们生活在现时(the present),以便我们既不被过去所折磨,也不为未来的不确定性而烦恼。对于这两个思想派别而言,现存就足以满足幸福的需要,因为现存才是属于我们、依赖于我们的实在。它们也都承认每一瞬间的无限价值:对它们来说,像经历过永恒的智慧一样,每一瞬间的智慧同样是完美的、圆满的。尤其对于斯多葛学派的圣哲来说,每一瞬间都容纳和包含宇宙之全体。此外,我们不仅能够,而且必须现在就感到幸福。理由非常急迫,因为未来是不确定的,还有死亡这个固定的威胁:"如果我们一直等待幸福,生命就会从我们的指缝溜走。"惟当我们假定在古代哲学中,存在着一种对于生存的无限价值的敏锐意识,上述态度才能被理解。在宇宙中生存,在这个独一无二的宇宙进程中生存,被认为具有无限的价值。

因此,正如我们已经看到的,哲学在希腊化时期(Hellenistic and Greek period)呈现为一种生活方式,一门生活的艺术,一种存在方式。诚然,这也不是什么新观点,古代哲学的这一品格至少可以追溯到苏格拉底。那时就有一种苏格拉底式的生活(犬儒学派的人就模仿这种生活),苏格拉底的对话就是一种练习,它使苏格拉底的对话者怀疑自己、关注自己,把自己的灵魂变得尽可能地美好和聪明。同样,柏拉图把哲学定义为练习死亡,把哲学家看作不畏惧死亡的人,因为他思考的是时间和存在的全体。有时有这样一种观点,亚里士多德是纯粹的理论家,但对他来说,哲学同样不能被降低为哲学会话或者说知识的体系。更确切地说哲学之于亚里士多德是精神(mind)的一种品质,是内心转变的结果。而亚里士多德所赞美的生活形式就是理性的生活。

因此,我们没有必要像人们时常所做的那样设想,哲学在希腊化时期完全转变了,不论是在马其顿统治希腊城邦之后还是在帝国时期都是如此。另一方面,顽固的、广布的陈词滥调让我们相信,希腊城邦国家以及伴随它的政治生活在公元前330年之后就已死亡,但情况并不是这样。首要的是,作为一门生活艺术和形式的哲学观念,与政治环境没有关系,或者说,与那种逃离机械论、追求内心自由以补偿失去的政治自由的需要没有关系。对于苏格拉底及其弟子而言,哲学就已经是一种生活方式,是一种精神生活的技能。哲学在古代的整个发展历程中,都没有改变这种本质。

总之,哲学史家们很少关注这个事实:古代哲学,首先也是最重要的,是一种生活方式。

(选自《世界哲学》,2007年第1期)

【交流之窗】

古希腊哲人把哲学作为一种生活方式,作者对此做了生动的阐释。古希腊哲人们追求智慧,他们把自己训练得对无足轻重的事情漠不关心,把自己武装为既反对享乐又抵制欲望,努力使自己摆脱激情的控制,不屈服于命运的打击,以哲学的方式去生活。哲学是一种治疗,意在疗治人类的痛苦。哲学是一种生活方式,不论就其是一种练习和获取智慧的努力,还是就它的目标是智慧本身而言,都是如此。真正的智慧并不仅仅吸引我们去"知道",它还使我们成为另外一个人,成为一个以哲学的方式去生活的人。

哲学就是生命

邓晓芒

记得二十多岁的时候，有一次，一位老者听说我在读哲学方面的书，便告诫我：哲学书是要过了四十五岁以后才读的。

上星期，我正好过了四十五岁的生日，自己似乎也差不多要成为"老者"了。我现在也不光是读哲学书，而且还写哲学书给别人读，那读者，当然绝不限于四十五岁之上。

四十五岁，是人在生命中开始走下坡路的标志，生活渐渐失去了它的新奇和丰富，人们习惯了在"阴影的王国"中行走。为了"老"得更久一些，我也像公园里大清早那些老爷爷老太太们一样，开始练上了气功，与那个未经科学证实的"阴性物质世界"打交道。

虽说在我自己经营的思想园地中，仿佛还是一片阳光明媚，但近年来，我的确已有了一种像是沮丧、却又不完全是沮丧的情绪在滋长。（面对）"哲学到底有什么用？"的质问，总是一次又一次地将我的一点点傲气打下去，总是正当我得意忘形、进入角色之际大煞风景。

两年前，当我写那部后来被人称为一枚"苦果"的四十多万字的《思辨的张力》时，曾对一位朋友说，我是想"改变中国人的思维方式"。话一说出口，心里先就虚了。改变？你改变得了吗？

中国人就按老的方式思维，你的书根本没人看，更没人懂，奈何？或者不说"改变"，而说"改进""改善"。同样也有问题。为什么要改善？原来的思维方式，怎么就不好了？譬如一头牛，原来一直吃草，你要"改善"它，给它喝汽油，行吗？哪个更"好"？自然还是吃草。改成喝汽油，就会毁了它。

书出了。我一时间将它视为毫无价值，它既不能改变什么，也不能改善什么，就像穷山沟里诞生了个既聋又哑的婴儿。只是敝帚自珍的缘故，我才时不时将它打开，重新咀嚼一番。

我为写它，曾导致我的胃严重"自我否定"（胃溃疡），它毕竟是改变了我,使我感到了它对于我的意义和价值。不管对别人有没有用,它就是我。我实现了我自己,我就是这么个人。

至于别人会怎样说,或是否会有什么人来说一说,这根本没有什么意思。说了又怎么样?夸奖几句又怎么样?我已不再天真,以为人心那么容易相通。真正的相通,大半倒在不言之间。

我们这一代人,实在背负着太沉重的负担,或如人们常常带着讥讽说的,"活得太累"。我们是属于世纪末的一代人,但世纪末还未到临,我们即已过时,被那些脚步轻快、行动潇洒的后来者远远地抛在了荒芜之地。

当我们说,我们要"改变"什么的时候,在现代青年看来也许会觉得可笑,因为我们是认真说的;可是当我们说,我们不再想"改变"什么时,他们又会觉得迷惑,也因为我们是认真说的。

是的,我们太认真了,所以我们也活得"累"。但我们活得多,活得充实。不累,怎么能叫作"活"?我们有时也觉得太累了,想稍微休息一下,但立刻就警醒,倾听,拔起沉重的腿,迈着踉跄的步子前行。因为,休息即意味着不存在,死亡。

其实,要"改变"什么的想法会使人觉得累,而不想"改变"什么,在某种意义上会使人觉得更累,因为人失去了生命的支撑点,而要将整个沉重的自我当作自己个人的责任来独立承担。

他会发现,并没有现成的、既定的支点可以让他去移动地球,必须移动的是他自己,他必须在一片空虚中由自己去建立支点。

他还会发现,在空虚中建立自己的支点,这对于他个人来说是一个生死攸关的问题,正如一个哲学家没有自己独创的哲学,或一个艺术家没有自己独创的作品,他就不曾存活一样,哪怕他这时仍会受到众人的夸奖,哪怕他比那些想要有所创新的人"活"得更自在;但人们夸奖的并不是真正的"他",只是一件"皇帝的新衣",使他感到"自在"的那些奖赏,同时就成了他的殉葬品。

当我怀着要"改变"什么的意图来搞学问时,我看起来是很"累",其实还是轻松的,因为我不用去确定自己搞什么,怎么搞,一切都取决于那个有待改变的"什么",它是现成的摆在面前的。

但是,一旦我将这个"什么"置之度外,我似乎刹那间感到"一身轻了,但这种轻松感立即伴随着茫然、不知所措。人必须用自己本身的存在去填充那无边的空虚;但人不是上帝,只是一粒微尘,他做得到吗?然而,人是与上帝相似的存在。或者说,上帝其实就是人的本质。上帝在创造出世界来之前,也曾是多么孤独无依:

伟大的世界主宰,

没有朋友,深感欠缺,

为此他就创造出诸多精神,

反映自己的幸福,以求心赏意悦。(席勒:《友谊》)

同样,一个人,如果真对自己具有责任感,对自己的生命之宝贵具有强烈的自我意识,这种茫然就会对他形成一种强大的压力,逼迫他去探求生命的意义——对他自己的意义。

"生命是没有意义的。"——"个人是没有什么意义的。"果真如此吗?说出这种话的人,如果不是经过深思熟虑,那就不值得一顾;如果经过了深思熟虑,那就是提出了一个问题,于是,探讨生命是不是有什么意义,就成了每个活着的并被赋予唯一一次生命的人的"责任"。

生命从此就至少有了一种最基本的意义,这就是:探求生命的意义。或者说,生命的意义就在于自我探求。这种探求,在理论上,就是哲学;在实践上,就是艺术。更确切地说,它就是作为艺术的哲学和达到哲学层次的艺术。

曾经有学生问我:什么是哲学?我回答得很干脆:哲学就是生命,是作为生命本身的生命。从历史上看,"什么是哲学"是数千年来哲学家们讨论的一个核心问题。

科学家可以不讨论什么是科学,数学家可以不讨论什么是数学,艺术家也可以不讨论什么是艺术,唯有哲学家不能不讨论什么是哲学。哲学的这种独特性,恰好表明它就是生命本身,因为生命不是别的,它仅仅是对生命的追求,说得直白一点,生命就是"要活"。

人每时每刻实际上都面临着哈姆雷特所说的"活,还是不活"的问题,只是他并非时刻都意识到这一点。他把"要活"变成一种日常的"习惯":人们每天摄取各种营养,满足自己的各种需求,避开随时随地可能的危险,为的是能继续活下去,但一般人对于"活着"的意义,对于继续"活下去"的理由,从来不过问;他甚至不觉得自己是"要"活着,而只觉得自己"被活",甚至觉得"要活"挺累人的,"被活"则显得轻松、潇洒。

这种活法,实际上是生命的腐败和解体,它也许会散发出某种烂苹果的香味,也许还会酿出些醉人的酒浆,于沉沦和麻醉之中自得其乐;但只要他还有意识,"死亡""虚无""不存在"的暗影将始终笼罩着他,使他在梦魇中惊醒,使他觉得最潇洒的莫过于干脆"不活"——但他又没有这胆量,因为"选择"不活仍然是一种活法,他却缺乏选择不活的活力,他连死都只能像死人一模一样地去死、"被死"。

据说,学哲学就是学习怎样去死。我同意这种说法,但是还想补充一点:只有活人才能、也才愿学习怎样去死。一具行尸走肉,本来就不曾存活,死对他构不成什么威胁。他用不着学习怎么死,那根本不是"他的"死,他只是偶然地遭遇到死。我们看到许多人,他的行为、意图和计划,就好像永远不会死一样。有人直到临死的一刻,都并不直接面对面地考虑死的问题,或即便考虑,也只为活着的人考虑,而不为自己考虑,好像他的死只与别人有关,而与他自己不相干似的。

当然,直到临死才来考虑死亡的问题,才把死当作"自己的"问题来考虑,一般来说是"太晚"了。人应当尽早地考虑自己怎么死的问题。这不是说,人早早地为自己买下棺材,为临死那一刻作准备,而是说,人生下来就在走向死亡,人时刻应把自己当作一个"必死者"来看待、来筹划,才能有一种要活、要更多地活的渴望,有一种"赶快活"的紧迫感。

只有考虑到自己怎么死,才是真正地考虑怎么活;人只有时时面对死亡,才能立即做他一生最想做、最重要的事;也只有生命力强的人,才可能习惯于面对死亡,熟悉死亡,而不是害怕和逃避死亡。

这样的人,才真正是一个独立的、自由的、不为外界所动而能动地把自己实现出来的人。

这样看来,哲学,我们可以说,哲学在通常意义上是完全"无用"的,也决不能"改变"任何东西;但哲学的"无用之用"也正在于此,它能激发人的内在生命力和生命意识,使人成长和成熟。

对于没有个人、自我的人来说,哲学什么也不是;对于真正有了自我的人来说,哲学可以是一切。然而,改变了个人,不也就改变了社会吗?

社会无非是一些个人组成的,任何个人的改变也不会不对社会留下痕迹,正如一位哲人说的,你要对社会有所贡献,首先必须把你自己变得不再是个混蛋。否则的话,你越把自己奉献出去,社会就越糟糕。

但对于哲学来说,这种"社会效益"毕竟只是它的一个结果,而不是它的出发点。这正如艺术一样。艺术家如果时时关注的只是他的作品给人带来什么教育意义和启发意义,他的作品就只能成为道德说教。

哲学家当然也要考虑世界、社会、历史等问题;但他之所以要考虑这些,只是因为他在考虑自己的问题时发现,他自己的问题同时也就是别人的问题、全人类问题。

而如果从不想到自己的问题,其结果必然只是从一个人一时一地的不自觉的情绪冲动出发来判断一切,只是虚假地"超越个人""胸怀世界",实际上仍局限于浅薄的个人。尼采在《查拉图斯特拉如是说》中说:"我的受苦和我的同情算什么呢?然则我贪求幸福么?我贪求我的工作罢了!"

一切均为虚妄。唯有工作是实在的,"我的工作"。

要做自己愿做的工作。这样,工作得越多,就生活得越多。

世界的支撑点全在生命,而生命的支撑点,就是生命自身。我想。

(原载于《1999独白》,上海远东出版社,1998年版,有删改)

【交流之窗】

学生问"什么是哲学?",邓晓芒先生回答"哲学就是生命",并用自身的生命历程来诠释哲学是生命的内涵。哲学在通常意义上是完全"无用"的,也绝不能"改变"任何东西,但哲学"无用之用"也正在于此,它能激发人的内在的生命力和生命意识,使人成长和成熟,使人更深刻地去探索生命的意义。

哲学的作用

[美国]威尔·杜兰特　　金发燊　译

　　哲学具有一种乐趣,哪怕是形而上学的海市蜃楼也有它引人入胜的魅力。我们大多数人都知道在"生命之夏"有某种黄金时代,那时候哲学事实上是柏拉图称之为的"那种可爱的娱乐";那时候,爱好相当难以捉摸的真理,无可比拟地比肉欲的享受和世俗的追求要光荣。早期追求智慧的努力,在我们身上永远留有某种令人难以忘怀的东西。"生命具有意义",我们和勃朗宁有同感,"寻求它的意义就是我无上的乐趣"。我们的生活有许许多多是毫无意义的,优哉闲哉,无所事事,举棋不定,虚掷光阴;我们和我们周围与内心的种种纷乱无序做斗争;但是我们始终愿意相信,只要我们能剖析我们自己的灵魂,我们身上有某种不可或缺、意味深长的东西。我们需要懂得,"生命对我们来说,意味着不断地把我们现在所拥有、所碰到的一切,都转化为光亮和火焰";我们像《卡拉马佐夫兄弟》中的米蒂亚,都是"不求富贵荣华,只求给自己的疑问找到答案的那些人中的一个";我们需要把握眼前事物的价值和前景,从而使自己超脱日常环境的漩涡;我们需要懂得小事就是小事,大事就是大事,作适当处理,以免悔之晚矣;我们需要现在看待事物就宛如它们将来永远显示的那样——也就是"从永恒的观点"来看待事物。我们需要学会笑对无可避免的事物,甚至对死之将至也一笑置之。我们需要浑然一体,以评议和协调我们的意愿使我们的精力配合一致;因为通力合作在伦理学、政治学上是完美的事物,在逻辑学、形而上学中兴许也是这样。索罗说:"做一个哲学家,不仅仅是要具有敏捷的思想,甚至也不是要创立一个学派,而是要热爱智慧,按它的意旨过一种简单朴素、独立自主、豁达大度和克尽厥职的生活。"我们深信,只要我们能找到智慧,其余的一切也就能唾手可得了。培根曾告诫我们:"你首先应追求思想的完美,其余的东西,不尾随而来,也会失去了而浑然不觉。"真理不能使我们富有,但是它能使我们自由。

也许有缺乏教养的读者会在这里打断我们，告诉我们说，哲学跟下棋一样毫无用处，跟愚昧无知一样懵懵懂懂，还跟骄傲自满一样停滞不前。西塞罗说："荒诞不经的东西莫过于我们在哲学家的著作中所能见到的了。"诚然，有些哲学家几乎无所不通，唯独不懂常识，而许多哲学思绪的翱翔正是由于空气稀薄容易展翅高飞的力量。愿我们在这次航行中，决心只在光明之港停泊，避开形而上学泥泞的溪流和神学争论"百涛齐鸣的海洋"。但是哲学停滞不前了吗？科学似乎总在前进，而哲学却似乎总在丧失阵地。然而这只是因为哲学承担着艰难困苦的任务，要处理科学方法迄今还没有解决的问题——诸如善与恶、美与丑、秩序与自由、生与死等；一旦有一个研究领域产生了精确的系统知识时，它就立即被人称为科学。每门科学都始于哲学而终于艺术；它起源于假说，结果却大有成就。哲学对未知事物做假说性解释（如形而上学），或者是对不确切认识的事物做假说性解释（如伦理学或政治哲学），它是追求真理的开路先锋。科学是被征服的土地，它的后面还留着那些脱身不出去的领域。其中知识和艺术缔造了我们不完美却又奇异的世界。哲学看来似乎原地踏步，不知所措了；但是那只是因为她把胜利的果实留给她的女儿们——许多门科学了，而她自己则怀着神圣的永不满足的情愫又继续向前，去思考那些未曾探索的事物。

我们是否要说得更有点儿专业意味呢？科学是分析性说明，哲学则是综合性解释。科学总是要把整体分解成部分，把机体分解成器官，把朦胧的转化为明确的。它不问事物的价值，也不问它们的总体和终极意义；它满足于说明它们的现状和作用，它只一心一意侧重观察事物原来的性质和运动过程。科学家，正如屠格涅夫诗中的大自然，是无所偏爱的；他对跳蚤的腿和天才创作的阵痛都同样有兴趣。可是哲学家却并不满足于描写事实；他还想探求事实与经验的普遍联系，从而把握事实的意义与价值；他将事物联系在解释性的综合之中；他千方百计将寻根究底的科学家所分拆开了的那座伟大的宇宙钟比以前更好地安装在一起。科学告诉我们如何治疗、如何杀戮；它精打细算地减低死亡率，却又在战争中大规模地杀死我们；唯独智慧——按照全部经验通力合作的愿望——才能告诉我们什么时候要救，什么时候要杀。观察事物运动过程并构想出解决手段来的是科学；评议并协调目的的是哲学。而且当前因为我们的手段和工具数量的增长远远超过我们对理想和目的的解释与综合,我们的生活就充满着喧嚣吵嚷,没什么意思。因为事实除非跟人的愿望有联系,便无足轻重;除非跟某种目的和整体有联系,它便是不完备的。没有哲学的科学,没有前景、没有价值的事实不能使我们免于劫难和绝望。科学赋予我们知识,只有哲学才能赋予我们智慧。

明确地说,哲学意味着包括五个研讨的领域:逻辑学、美学、伦理学、政治学和形而上学。逻辑学探讨思维和研究的理想方法:观察和反思,演绎和归纳,假说和实验,分析和综合——这些人类活动的形式都是逻辑学企图理解和引导的;对我们大多数人来说,这是一门枯燥乏味的学问。然而思想史上重大的事件都是人们在思维和研究方法上有所改进的结果。美学是研究理想形式或美的科学,它是艺术的哲学。伦理学研究理想的行为;苏格拉底曾说,最高的知识是关于善与恶的知识,是关于生活智慧的知识。政治学研究理想的社会体制(并非如有人可能设想的那样,是研究攫取并保持政权的艺术和科学),君主政体、贵族政体、民主政体、社会主义、无政府主义、男女平权主义——所有这些都是政治哲学戏剧中的人物。最后,形而上学(它招致极大的麻烦,因为它并不像其他哲学形式那样,企图按理想的模式来协调实际的事物)研究所有事物的"终极实体",研究"物质"的根本属性(本体论),研究"意识"的根本属性(哲学心理学),研究感知和思维过程中"物质"和"意识"的相互关系(认识论)。

这些就是哲学的组成部分;但是这样肢解开来,它就失去了美和乐趣。我们将不在它枯燥乏味的抽象思维和教条形式中去寻觅哲学,而是把它与天才人物栩栩如生的生活方式联系在一起来加以表达;我们不仅仅要研究哲学,也要研究哲学家;我们将和思想史上的圣人贤哲、殉道者一起度过时光,让他们辉煌的精神在我们四周跳跃,直到我们或许也在某种程度上分享利奥纳多所说的"那最崇高的愉悦,那种理解宇宙人生的乐趣"。这些哲学家只要我们悉心去领悟,谁都能给我们一定的启示。埃默森曾这样问道:"你知道真正学者的秘密吗?每个人身上都有我可以向他学习的地方,就这一点说,我便是他的学生。"确确实实,我们可以对历史名家采取这样的态度而不会有损于自己的自尊!我们还可以自鸣得意地对待埃默森的别的想法,他认为先哲跟我们讲述时,我们觉得影影绰绰地想起我们自己在遥远的青年时代，也曾经有过先哲如今所说的一模一样的思想，可是我们却没有本领或勇气找到表达形式并说将出来。不错，伟人的话，只是在我们有心去听时，只是在我们内心深处起码也有他们身上所流露出来的东西时，才有意义。我们也有他们所有的经验，可是我们却没有完全吸收那些经验的奥秘与妙谛：现实在我们四周嗡嗡作声，我们对它的弦外之音却并不敏感。天才能谛听出弦外之音，谛听天体的乐曲；天才懂得毕达哥拉斯说哲学是最高妙的乐曲时是什么意思。

  所以让我们聆听这些人的话，准备宽恕他们偶然的过失，殷切地领受他们殷切教导的训诲。老苏格拉底劝告克里特说："别在乎你的哲学老师是好是坏，只思考哲学自身，那么你就会通情达理了。要充分而又诚挚地验证她；如果她是邪恶的，就试着叫所有的人背弃她；但是，如果她正是我所信奉的那样，那么就要追随她，效忠她，而且还要是心甘情愿地。"

（选自《哲学的故事》，生活·读书·新知三联书店，1997年版，有改动）

【交流之窗】

  把哲学与科学放在一起比较，哲学的作用就得到了凸显。正如作者所言，科学一方面告诉我们如何治疗、如何精打细算地降低死亡率，一方面却又在战争中大规模地杀死我们。面对这样的矛盾，类似问题如何解决？要依赖于哲学。人类需要哲学，科学赋予我们知识，只有哲学才能赋予我们智慧。没有哲学的科学，没有前景、没有价值的事实不能使我们免于劫难和绝望。但哲学的作用显然不止于此，哲学评议并协调人类行为的目的，哲学还是追寻真理的开路先锋。

智慧的痛苦

张志伟　欧阳谦

在《圣经·创世记》中有一则关于伊甸园的神话，说的是上帝在创造世界之后感到有些孤单，便用泥土照着自己的样子创造了亚当，后来又用亚当的一条肋骨创造了夏娃。上帝在东方辟了一个园子叫作伊甸园给亚当和夏娃居住，那里简直就是天堂。在伊甸园里有许多树，其中有两棵树最特别：一棵是生命之树，一棵是智慧之树。据说吃了生命之树的果子可以长生不老，吃了智慧之树的果子便有了智慧。上帝告诫亚当和夏娃，伊甸园中惟有智慧之树的果子不能吃，吃了就会死。但是后来亚当和夏娃禁不住蛇的诱惑，终于偷吃了智慧之树的果子，于是悲剧发生了：他们因此被赶出了伊甸园，而且子孙万代都不得不为这个"原罪"付出代价。由此可见，智慧与原罪密切相关，甚至可以说智慧就是人的原罪。

亚当和夏娃只是因为吃了智慧之果就被逐出天堂，实在不值得。因为上帝只是说智慧之树的果子不能吃，却没有禁止他们吃生命之树的果子。如果亚当和夏娃先吃生命之树的果子，然后再吃智慧之树的果子，那么他们就与上帝没有什么区别，上帝也拿他们没有办法。所以，人类犯有原罪带有某种偶然性。

其实不然。伊甸园神话具有非常深刻的象征意义，它并不是说人是因为追求智慧才成为有死的，而是说人是因为追求智慧才知道自己是有死的。智慧的痛苦就源于此。

当人类从自然母亲的子宫中分娩出来，割断了连接他与自然的脐带而独立存在之后，他就再也不能依靠自然的本能行动，必须依靠理性的眼睛在数不清的可能性中为自己作出选择，从而便置身于危险之中。一方面"人"是自然的成员，像其他有限的自然存在物一样受不可抗拒的自然法则的限制，生生死死，不能自已；但另一方面"人"又是一种有理性的存在，他不仅试图以此来把握自然的规律，同时亦生发出超越自身有限性的理想，然而作为自然存在物他又不可能违背自然规律现实地实现这一理想，但是无论如何也无法改变他追求和向往这一理想的信念。终有一死的人向往永生，向往永生的人终有一死，这就是人生在世最根本的内在矛盾。正是从这一最根本的内在矛盾之中，生发出哲学问题。人被抛入这样的境域：自始至终面临着有限与无限、相对与绝对、暂时与永恒、现实与理想、此岸与彼岸之间的激烈冲突，在冲突的双方之间横着一道不可逾越的鸿沟。

显然，只要当无限、绝对、永恒、理想和彼岸从遥远的地平线上升起，人就注定了追求和热爱智慧的命运，所以我们说智慧是一种痛苦，而且是一切痛苦中最痛苦的痛苦。它的刻骨铭心之处不仅在于人注定了要追求智慧却也注定了不可能通达智慧的境界，而且更在于追求智慧便使人知道了自己的有限性，知道了自己的有死性。其实，千百年来人类上天入地、建功立业，归根结底不过是为了超越自身有限性这一理想，然而迄今为止仍然没有找到一条通达智慧境界的出路。不过尽管如此，人类亦不可能由于这理想不能实现就放弃追求，因为这一追求乃源于人之为人的本性。结果，这一切就被寄托在了追求和热爱智慧的过程之中。

不仅如此，伊甸园神话还意味着人的自由。

在基督教神学内部向来存在着关于人的自由意志的悖论：上帝无所不包、无所不在、无所不能，所以人没有自由；但是如果我们没有自由，就不可能因为选择了对上帝的信仰而使自己的灵魂得到拯救，然而如果人是自由的那就会伤害上帝的绝对权威……伊甸园神话最令人难以理解的是，如果上帝是全知全能的，亚当怎么可能犯罪呢？难道说上帝眼睁睁地看着亚当犯罪而不加干涉吗？难道上帝不能预知亚当会犯罪吗？难道上帝明知亚当犯罪也不去制止他，任由他成为千古的罪人而且还株连他的所有后人吗？

从宗教的角度看，可以有一种合理的解释：人是上帝所创造的最高级的产物，它的"高级"就体现在自由上，因为创造一个完全被上帝所支配的造物不可能真正显示上帝的荣耀。所以，不是人凭他自己就可以违背上帝的意志，而是上帝赋予了人违背他的意志的自由。

如果我们不从宗教的角度来思考这个问题，伊甸园神话给予我们的启示是，无论我们能否解释这一事实，无论他的自由受到了多大的限制，甚至不管他能不能实现他的自由，人都应该被看作是一种自由的存在。也许海德格尔说得对，人被抛入可能性的境域之中。"可能性"意味着自由，而"被抛"则意味着限制和不自由。所以这句话的意思是：人不由自主地成为了自由的存在，或者说，人是被迫自由的。这看起来是自相矛盾的，但实际上的确揭示了人的存在的内在矛盾。

就此而论，我们或许可以给哲学问题永恒无解、万古常新的本性以一种比较合理的解释：由于人是某种尚未定型、永远开放的自由存在，因而他的至高无上的终极理想本身也一定是一种尚未定型、永远开放的对象。既然如此，哲学问题当然不可能有最终的解决，如果有的话，那时人也就终结了，或者说结束了自己的"进化"。

由此可见，爱智慧根源于人的本性，这是人必须经历的痛苦，正是在这种痛苦之中，人成其为人。人"成其为人"的意思并不是说，有一个永恒不变的"本质""等待"着人去实现。而说是"人是人的未来"，他的"本质"是未定的和开放的，由他自己来塑造自己本身。

（选自《西方哲学智慧》，中国人民大学出版社，2002年版）

【交流之窗】

一方面人是自然的成员，受自然法则的限制，譬如生生死死；另一方面人又是一种有理性的存在，不仅试图把握自然的规律，还有超越自身有限性的理想。这样，人就会面临有限与无限、相对与绝对、暂时与永恒、现实与理想、此岸与彼岸之间的激烈冲突，人就有了追求和热爱智慧的冲动，追求智慧的痛苦也就不可避免。人在追求智慧中会使自己更明白自己的有限性，更清楚地知道自己的有死性。千百年来人类上天入地、建功立业，归根结底不过是为了超越自身有限性这一理想，然而迄今为止仍然没有找到一条通达智慧境界的出路。尽管如此，人类亦不可能由于这理想不能实现就放弃追求，因为这一追求源于人之为人的本性，因为这一追求推进了人看清自己和世界。

探究哲理就是学习死亡

[法国]蒙 田　潘丽珍 等译

西塞罗说，探究哲理就是为死亡做思想准备，因为研究和沉思从某种意义上说可使我们的心灵脱离躯体，心灵忙忙碌碌，但与躯体毫无关系，这有点像是在学习死亡，与死亡很相似；抑或因为人类的一切智慧和思考都归结为一点：教会我们不要惧怕死亡。的确，理性要么漠不关心，要么应以满足我们为唯一的目标。因此，世界上形形色色的思想，尽管采用的方法不同，都一致认为快乐是我们的目标，否则，它们一出笼就会被撵走。谁能相信会有人把痛苦作为目标呢？

在这个问题上，各哲学派别的看法分歧仅仅是口头上的。"赶快跳过如此无聊的诡辩"，过分地固执和纠缠是与如此神圣的职业不相符的。但是，不管人们扮演什么角色，总是在演自己。不管人们说什么，即使是勇敢，瞄准的最终目标也都是快感。"快感"一词听来很不舒服，但我却喜欢用它来刺激人们的耳朵。如果说快感即极度的快乐和满足，那勇敢会比其他任何东西更能给人以快感。

勇敢给人的快感强健有力、英武刚毅，因而那是严肃的精神愉快。我们应该把勇敢称作快乐，而不像从前那样叫作力量，因为快乐这个名称更可爱，更美妙，更自然。其他低级的快感，即使无愧于快乐这个漂亮的名称，那也该参与竞争，而不是凭特权。我觉得，那种低级的快感不如勇敢纯洁，它有诸多的困难和不便。那是昙花一现的快乐，要熬夜、挨饿、操劳和流血流汗，尤其是种种情感折磨得你死去活来，要得到满足无异于在受罪。千万别认为，这些困难可以作为那些低级快感的刺激物和佐料，正如在自然界，万物都从对立面中汲取生命一样，也决不要说，困难会使勇敢垂头丧气，令人难以接近，望而却步，相反，勇敢产生的非凡而完美的快乐会因为困难而变得更高尚，更强烈，更美好。有人得到的快乐与付出的代价相互抵消，既不了解它的可爱之处，也不知道它的用途，那他是不配享受这种至高无上的快乐的。人们反复对我们说，追求快乐困难重重，要付出艰辛，尽管享受起来其乐无穷，这岂不是说，快乐从来也不是乐事吗？他们认为人类从来也没有办法获得这种快乐，最好的办法也只满足于追求和接近它，却不能得到它。可是，他们错了，汲汲于我们所知的一切快乐，这本身就是件愉快的事。行动的价值可从相关事物的质量上体现出来，这是事物的重要组成部分。在勇敢之上闪烁的幸福和无上快乐填满了它的条条通道，从第一个入口直到最后一道门。然而，勇敢的丰功伟绩主要是蔑视死亡，这使我们的生活恬然安适，纯洁温馨，否则，其他一切快乐都会黯淡无光。

因此，所有的规则都在蔑视死亡上面相遇汇合。尽管这些规则一致地引导我们不怕痛苦、贫穷和人类其他一切不幸，但这同不怕死不是一回事。痛苦之类的不幸不是必然的（大部分人一生不用受苦，还有些人无病无痛，音乐大师色诺菲吕斯活了一百零六岁，却从没有生过病），实在不行，如果我们愿意的话，可以一死了之，这样一切烦恼便可结束。但死亡却是不可避免的：

我们每个人都被推向同一个地方。

我们的命运在骨灰瓮中躁动，

迟早都会从里面出来，

将我们送上轻舟，

驶向永恒的死亡。（贺拉斯）

因此，如果我们怕死，就会受到无穷无尽的折磨，永远得不到缓解。死亡无处不在，"犹如永世悬在坦塔罗斯头顶上的那块岩石"，我们可以不停地左顾右盼，犹如置身于一个可疑之地。法院常常在犯罪的地点处决罪犯，在带他们去的路上，任凭你让他们经过漂亮的房屋，给他们吃美味佳肴：

西西里岛的盛宴，

不会令他垂涎欲滴。

鸟语和琴声

不会把他带入梦乡。（贺拉斯）

那些罪犯能高兴得起来吗？旅途的最终目的地就展现在他们眼前，难道不会使美景和佳肴变得索然寡味吗？

他探听去路，掐算日子，

估计着要走的路程,

想到未来的极刑,不禁五内俱焚。(克劳笛乌斯)

死亡是人生的目的地,是我们必须瞄准的目标。如果我们惧怕死亡,每前进一步都会惶惶不安。一般人的做法就是不去想它。可是,如此粗俗的盲目是多么愚蠢!这就如同把笼头套在马尾巴上,

决定倒退着走路。(卢克莱修)

人们常常误入陷阱,这是不足为怪的。只要一提到死,人们就倏然变色,大多数人如同听到魔鬼的名字,心惊胆战,惶恐不安。因为遗嘱涉及死的事,所以在医生给他们下死亡判决书之前,你就别想让他们立遗嘱。可当他们知道自己快要死时,又痛苦又害怕,在这种心情下,天知道他们会给你揉捏出怎样的遗嘱。

…………

死亡同你的生与死均无关系:生,因为你存在;死,因为你不存在。

寿数未尽谁都不会死。正如你生前的时间不属于你一样,你死后的时间也不属于你,不再同你有任何关系:

要知道,在永生前消失的时光,

与我们毫不相干。(卢克莱修)

你的生命不管何时结束,总是完整无缺的。生命的用途不在于长短,而在于如何使用。有的人活得很长,却几乎没活过。在你活着时,要好好地生活。你活了很久,这在于你的意愿,而不在于你活的年头。你曾认为,你不懈地前往的地方,永远也走不到吗?可是,哪条路没有出口呢?

如果说有人相伴会使你轻松一些,那世界不是和你结伴而行吗?

你死后,万物将与你同行。(卢克莱修)

世界万物不是都和你同步吗?许多东西不是和你一起衰老吗?在你死去的那一刻,多少人、多少动物和生灵也在与世长辞!

从黑夜到白昼,从白昼到黑夜,无时无刻不听到婴儿的啼哭,

同葬礼上的哭丧声混成一片。(卢克莱修)

既然后退无路,又何必后退呢?你见过不少人死时有理由高兴,因为这使他们免遭许多不幸。可是,你见过有人死时有理由不满意吗?你和别人没有经历过的事,你偏要批评责难,岂不太幼稚了吗?你为什么要抱怨我,抱怨命运?我们什么地方对不住你?是你管我们,还是我们管你?虽然你寿数

未尽，但你的生命已经完成。小孩和大人一样，也是一个完整的人。

　　人以及人的生命是不能用尺子来度量的。当喀戎被他的父亲告知永生的条件时，他便放弃了永生。你细想一下，假如我不给人类规定寿命，让他们永生不死，那他们会更难受，更痛苦。你若真的永生不死，肯定会不停地诅咒我剥夺了你死的权利。我有意给死加了些苦味，免得你看到死来得容易便迫不及待地去死。为了使你沉着理智，像我要求的那样，既不逃避生，也不躲避死，我让生带点甜味，让死带点苦味，使它们保持平衡。

　　第一个哲学家泰勒斯明白了一个道理；生与死没什么区别。因此，当泰勒斯被问及他为什么不死时，他聪明地回答说："因为都是一样的。"

　　水、土、火以及我这座大厦的其他构件，既是你生命也是你死亡的组成部分。为什么要害怕最后一天呢？这一天不会比任何一天对死的作用更大。这最后一步不会增加疲劳，但它表明你已精疲力竭。每一天都在向死亡迈进，而最后一天则到达终点。

　　以上就是大自然——我们的母亲给予我们的忠告。然而，我常思忖，不管是从我们身上，还是从别人那里看到的，死神的面目在战时似乎不像平时在我们家中那样狰狞，没有医生接踵而来，没有家人哭哭啼啼。同样是死，可村民和地位卑贱者却比其他人处之泰然。我们用恐惧的表情和可怕的治疗将死亡团团包围，说实话，我认为这些比死亡更让我们害怕。那是一种完全不同的生活方式：老母妻儿大哭大喊，亲朋好友惊惶失措，纷纷前来探望，佣人们吓得脸色苍白，呜呜咽咽，忙前忙后，房内点着大蜡烛，幽暗晦冥，床头围着医生和说道者，总之，周围一片惊恐。我们人未死就已入殓埋葬。孩子们看见自己的朋友戴假面具就会感到害怕。我们也一样。应该把人和事物戴的假面具摘掉。一旦摘去面具，我们就会发现死其实没什么可怕：我们面临的死，同不久前我们某个贴身男仆或女仆毫无惧色经历的死是完全一样的。死亡一旦甩掉这些无聊的准备工作，该是多么幸福！

（选自《蒙田随笔全集》，译林出版社，1996年版，有改动）

【交流之窗】

　　人受自然法则的限制，注定有死性。死亡是人生的目的地，是我们必须瞄准的目标。人类的一切智慧和思考都可归结为教会我们不要惧怕死亡。如果我们怕死，就会受到无穷无尽的折磨，永远得不到缓解。如果我们惧怕死亡，每前进一步都会惶惶不安。既然后退无路，又何必后退呢？这样思考，学习哲学是不是就是学习毫无惧色地去生活呢？因为只有毫无惧色地面对生活的艰难困苦，才可能毫无惧色地去面对死亡。

第三编

智慧的厅堂

⊙ 陈连强绘

● 本编导言

　　哲学的厅堂琳琅满目,每个角落都丰富多彩,足以令人流连忘返。生与死的问题自然是哲学所关注的核心问题。柏拉图曾经用一个神话故事告诉我们,人当前的处境就是必须自己来规划自己的生活。规划自己的生活,意味着生活的意义不再那么清晰可见,需要我们去寻找。然而,十九世纪末以降,加缪等人却开始认为,人的生活充满荒谬,毫无意义可言。那么,我们该怎么处理?苏格拉底说,他不知道活着好还是死了好,但也说有些原则是他宁死也不愿放弃的。而被苏格拉底视为英雄的阿喀琉斯却说他宁可苟活于世,也不愿意在冥府中号令群鬼。《活着》中的老全说自己死也要活着。他们对生与死的考虑究竟是什么?这些都是值得我们去探讨的。

　　真理在哪里?我们该怎么认识真理?关于真理的问题反复困扰着哲学家们。特别是自笛卡尔以降,西方唯理论和经验论的争辩更是甚嚣尘上。休谟对因果关系的怀疑打断了康德"独断论"的美梦。虽然最后康德解决了休谟之后的许多问题,然而他也遗留了许多的问题。我们人类对真理的讨论并不会到康德停止。对真理的谈论总是不可避免地牵涉到信仰。上帝存在吗?为什么要信仰上帝?是因为奇迹所以要信仰,还是因为像帕斯卡那样因为效用而信仰呢?

　　本编后四篇文章我们简单地讨论了道德、政治、美和时间的问题。我们为什么要对他人负有义务?面对一些道德困境,我们又该怎么选择?作出一个道德选择并不简单。政治哲学的一个关键问题是谁来统治的问题,这个问题将与我们的生活方式选择紧密联系在一起,所以从来都是哲学家们讨论的核心之一。美是什么?美又意味着什么?时间是什么?我们对时间的理解是怎么样的?有没有其他的理解时间的方式?这些问题都需要我们去追问和反思。

　　一一介绍哲学厅堂的每个角落是不太现实的,但是,这个厅堂的每个角落不仅值得我们在旁观赏,而且更值得我们与它们化而为一,把自己代入哲学家的争辩之中,用自己的头脑去提问、去赞成和反对,只有这样我们才能算是真正地"登入哲学的厅堂"。

西西弗的神话

[法国]阿尔贝·加缪　　杜小真 译

诸神处罚西西弗，令他不停地把一块巨石推上山顶。而石头由于自身的重量又滚下山去。诸神认为再也没有比进行这种无效无望的劳动更为严厉的惩罚了。

....

我们已经明白：西西弗是个荒谬的英雄。他之所以是荒谬的英雄，还因为他的激情和他所经受的磨难。他藐视神明，仇恨死亡，对生活充满激情，这必然使他受到难以用言语尽述的非人折磨：他以自己的整个身心致力于一种没有效果的事业。而这是为了对大地的无限热爱必须付出的代价。人们并没有谈到西西弗在地狱里的情况。创造这些神话是为了让人的想象使西西弗的形象栩栩如生。在西西弗身上，我们只能看到这样一幅图画：一个紧张的身体千百次地重复一个动作，搬动巨石，滚动它并把它推至山顶；我们看到的是一张痛苦扭曲的脸，看到的是紧贴在巨石上的面颊，那落满泥土、抖动的肩膀，沾满泥土的双脚，完全僵直的胳膊，以及那坚实的满是泥土的人的双手。经过被渺渺空间和永恒的时间限制着的努力之后，目的就达到了。西西弗于是看到巨石在几秒钟内又向着下面的世界滚去，而他则必须把这巨石重新推向山顶。他于是又向山下走去。

正是因为这种回复、停歇，我对西西弗产生了兴趣。这一张饱经磨难近似石头般坚硬的面孔已经自己化成了石头！我看到这个人以沉重而均匀的脚步走向那无尽的苦难。这个时刻就像一次呼吸那样短促，它的到来与西西弗的不幸一样是确定无疑的，这个时刻就是意识的时刻。在每一个这样的时刻中，他离开山顶并且逐渐地深入到诸神的巢穴中去，他超出了他自己的命运。他比他搬动的巨石还要坚硬。

如果说，这个神话是悲剧的，那是因为它的主人公是有意识的。若他行的每一步都依靠成功的希望所支持，那他的痛苦实际上又在哪里呢？今天的工人终生都在劳动，终日完成的是同样的工作，这样的命运并非不比西西弗的命运荒谬。但是，这种命运只有在工人变得有意识的偶然时刻才是悲剧性的。西西弗，这诸神中的无产者，这进行无效劳役而又进行反叛的无产者，他完全清楚自己所处的悲惨境地：在他下山时，他想到的正是这悲惨的境地。造成西西弗痛苦的清醒意识同时也就造就了他的胜利。不存在不通过蔑视而自我超越的命运。

如果西西弗下山推石在某些天里是痛苦地进行着的，那么这个工作也可以在欢乐中进行。这并不是言过其实。我还想象西西弗又回头走向他的巨石，痛苦又重新开始。当对大地的想象过于着重于回忆，当对幸福的憧憬过于急切，那痛苦就在人的心灵深处升起：这就是巨石的胜利，这就是巨石本身。巨大的悲痛是难以承担的重负。这就是我们的客西马尼之夜。但是，雄辩的真理一旦被认识就会衰竭。因此，俄狄浦斯不知不觉首先屈从命运。而一旦他明白了一切，他的悲剧就开始了。与此同时，两眼失明而又丧失希望的俄狄浦斯认识到，他与世界之间的唯一联系就是一个年轻姑娘鲜润的手。他于是毫无顾忌地发出这样震撼人心的声音："尽管我历尽艰难困苦，但我年逾不惑，我的灵魂深邃伟大，因而我认为我是幸福的。"索福克勒斯的俄狄浦斯与陀思妥耶夫斯基的基里洛夫都提出了荒谬胜利的法则。先贤的智慧与现代英雄主义汇合了。

（选自《西西弗的神话——论荒谬》，生活·读书·新知三联书店，1987年版，有改动）

【交流之窗】

人必须自己安排自己的生活方式，寻找到生活的意义，然而如果人的生活压根就没有什么意义呢？在加缪看来，生活就是荒谬的、没有任何意义的。有人可能会把上帝作为生活的意义，也有人会把孩子作为自己努力活下去的意义，这些对加缪而言都是虚假的，生活从根本上就是毫无意义可言。荒谬成为了我们这个时代共同的感受，"在任何一条街的拐角，荒谬感会袭上每一个人的脸孔"。然而，在加缪看来，这并不意味着生活就是不值得过的，相反我们可以通过反抗这种荒谬性，致力于清除人们自以为是赋予生活的虚假意义，那么我们仍然可以享受我们的生活。

生？还是死？

[古希腊]柏拉图 吴 飞 译

"你难道不羞愧吗，苏格拉底，为了忙于这些事务，现在招来了杀身之祸？"

我义正辞严地回应他："这位，如果你认为有点人格的人应该计较生死的危险，而不是在做事时仅仅关心这个：做的究竟是正义还是不义，是好人做的还是坏人做的，那你说得真不美。而依着你的说法，在特洛伊死去的半神们，包括塞提斯之子，都是微不足道的了。塞提斯之子不愿在耻辱中苟活，而藐视危险，所以，当他急切地要杀死赫克托耳的时候，他的女神母亲对他说了一番话，我想是这样的：'孩子，如果你为你的朋友帕特罗克洛斯之死报仇，杀死赫克托耳，你的死期将至——因为，在赫克托耳死后，马上就是你了，轮到你了。'他听了这话，根本就蔑视死亡和危险。他更害怕过坏的生活，害怕朋友们得不到复仇。'那就马上死吧，'他说，'我让那行不义者得到惩罚后，不必留在这弓船旁边让人嘲笑，成为大地上的负担。'你不认为他考虑死亡和危险了吧？"

这样就是依循了真理，雅典的人们。人无论是自己认为这样最好，从而让自己站在一个岗位上，还是被长官安排在岗位上，在我看来，都应该在危险中坚守，不把死亡或别的什么看得比耻辱还重。雅典的人们，当你们选举来指挥我的长官安排我在某个岗位上时，无论是在波底代亚、安菲玻里，还是德利昂附近，我就像别的任何人一样，冒着死的危险待在被安排的岗位上。而我在这里，我认为并意识到，是神安排我以爱知为生，省察自己和别人，我如果反而怕死或因为别的什么原因，而脱离岗位，从这里逃走，那我可真是做了可怕之事了。而如果我不服从神谕，怕死，以不智慧为智慧，那才是可怕之事，人们就可以正当地把我带上法庭，说我不信有神存在。所谓的怕死，诸位，不过就是不智慧而以为智慧。因为这就是以为知道自己不知道的事。没人知道，死没准是人的所有好处中最大的一个，人们都害怕，好像明确知道，它是坏事中最大的。认为知道自己不知道的事，这不是极为可耻的无知吗？诸位，我和多数人不同或许也是因为这个。如果我要说我是更智慧的，就是因为这一点：我既然不足以知道冥界里的事，我就认为我不知道。但我知道，对比自己好的神和人行不义或不服从，是坏的和可耻的。与这些我知道是坏的坏事情相比，我从来不会害怕，也不会逃避那些我不知道没准是好的事情。

（选自《苏格拉底的申辩》，华夏出版社，2007年版）

【交流之窗】

　　这段话是苏格拉底在审判中真正严肃的自我辩护，是整个申辩中最重要的部分之一。苏格拉底在这里说他并不害怕死亡，因为他并不知道死亡是好还是坏，也不知道生更好还是死更好。你能接受苏格拉底对待死亡的这种态度吗？后世的斯多葛哲学对苏格拉底面对死亡的这种镇静态度崇拜不已，一些基督徒甚至会把苏格拉底之死与耶稣之死相提并论，蒙田也多次表达了对苏格拉底的钦佩之情。不过这些都不重要，重要的是你是怎么思考的。

宁可苟活，也不愿死

[古希腊]荷 马　　王焕生 译

这时，佩琉斯之子阿喀琉斯的灵魂前来，还有帕特罗克洛斯，高贵的安提洛科斯和埃阿科斯的魂灵，他的容貌和身材超越所有的达那奥斯人，除了高贵的阿喀琉斯。埃阿科斯的捷足后裔的魂灵认出我，哭泣着对我说出有翼飞翔的话语："拉埃尔特斯之子，机敏的神裔奥德修斯，大胆的家伙，你还想干什么更冒险的事情？你怎么竟敢来到哈得斯，来到这居住着无知觉的死者、亡故的凡人的阴魂的地方？"他这样说完，我开言回答，对他这样说："佩琉斯之子阿喀琉斯，阿开奥斯人的俊杰，我来这里为寻求特瑞西阿斯的指点，我怎样才能回到崎岖不平的伊塔卡。须知我至今尚未抵阿开奥斯人的住地，未踏故乡土，我一直在忍受各种苦难。阿喀琉斯，过去未来无人比你更幸运，你生时我们阿尔戈斯人敬你如神明，现在你在这里又威武地统治着众亡灵，阿喀琉斯啊，你纵然辞世也不应该伤心。"我这样说完，他立即回答对我这样说："光辉的奥德修斯，请不要安慰我亡故。我宁愿为他人耕种田地，被雇受役使，纵然他无祖传地产，家财微薄度日难，也不想统治即使所有故去者的亡灵。现在请说说我那个高贵的儿子的情形，他是继我参战身先士卒，或是从未出征？也请说说你所知道的高贵的佩琉斯的消息，他在米尔弥冬人的各城邦继续受尊敬，还是在赫拉斯和佛提亚人们已不敬重他，由于年龄高迈，双手双脚已不灵便？我真希望仍能在太阳的光辉下保护他，如此强壮，像从前在辽阔的特罗亚原野，杀戮敌人的主力，保卫阿尔戈斯人那样。即使我只片刻如往日勇健地返回父宅，我也会让伤害他、剥夺他的尊荣的人们在我的威力和无敌的双人面前发颤。"

（选自《奥德赛》，人民文学出版社，1997年版）

【交流之窗】

　　如果把这篇文章与上篇文章进行对比会是一件非常有趣的事情。柏拉图笔下的苏格拉底在描述阿喀琉斯出战时与母亲的谈话中没有按照荷马那样将他刻画成一个充满复仇欲望的形象,反而突出了道德化的一面,苏格拉底为什么要这么做?如果阿喀琉斯考虑到了自己在冥府中如本篇所描述的状况,那么阿喀琉斯当初还会不会选择出战呢?如果是你,你会怎么选择?

死也要活着（节选）

吴 飞

一

"死也要活着"，还有什么比这句话更荒谬的吗？死了怎么可能活着？丢了命怎么还能保命？

这个看似荒谬的说法，是《活着》中的老全临死前讲的。当时，福贵、春生、老全三个人被困在了淮海战场中的一个小村子。面对人民解放军泰山压顶般的攻势，三个人随时都可能突然死去。老全是个老兵油子，他传授经验说："老子大小也打过几十次仗了，每次我都对自己说：'老子死也要活着。'子弹从我身上什么地方都擦过，就是没伤着我。春生，只要想着自己不死，就死不了。"

然而，两个丝毫没有经验的年轻人活了下来，这个拼命想活下去的老全，却被一颗流弹击中了。老全的死比他说的那句话还要荒谬。他以前之所以不死，也许只不过是因为侥幸而已。只要想着自己不死，就真的能不死吗？子弹，或者说命运，难道真的会因为你的想法而绕过你的身体吗？

但真正最荒谬的，既不是老全的那句话，也不是他的死，而是《活着》这部小说本身。讲的明明是一个又一个死亡的故事，为什么叫《活着》？《活着》中的人物，或者说，所有活着的人们，又有哪一个不是想着自己不死、希望自己长命百岁的？但是，残酷的命运却一个也不肯放过，最后只剩下了一个叫福贵的老人，和一头叫福贵的老牛。

无疑，"死也要活着"这句话，是整部小说的题眼，也是余华对中国人的生命智慧的一句悖谬的概括。这句概括所呈现给我们的，首先不仅是它字面上的矛盾，而且是它在捉摸不定的命运面前的荒谬。而要理解这样的命运面前的生命意义，则首先要理解"命"究竟是什么含义。

汉语中的"命"既是命运,也是生命的意思。命运,不过就是生命的走向。命运之所以捉摸不定,是因为并没有一个宇宙道德秩序来指引每个人的生命走向。并不存在一个独立于生命之外的命运;而没有在命运中的展开,也就谈不上生命,同样不存在一个与命运无关的生命。生命和命运,是一个过程的两个方面。一个人的命运,就是或偶然或必然的生活环境与个人选择共同展开的生命走向。因此,为了保命而抗争命运,并不一定是与命运背道而驰,而是承担厄运、开拓好命的过程。人与命运的关系,更多像是一种游戏,而不是战争。

余华在提到他的这本小说的时候说:"作为一部作品,《活着》讲述了一个人和他的命运之间的友情,这是最为感人的友情,因为他们相互感激,同时也相互仇恨;他们谁也无法抛弃对方,同时谁也没有理由抱怨对方。"

这句话概括得再好不过。命运伴随着每个人的生命,它对人的基本态度不是敌对,而是无情。命运本身不会依照道德标准,不会和谁妥协。它是完全随意的,会把人推向谁也不知道的方向,虽然会无意中给人造成痛苦,但也会无意中给人带来幸福。"过日子",就是品尝命运所给的所有幸福和痛苦的过程。不论人愿不愿意,只要有命在,就无法逃脱命运。"混日子",就是完全消极地承担痛苦,同时以守株待兔的方式等待幸福。老全所说的"死也要活着",是坚韧地面对命运的一种态度。这种态度不一定使人获得幸福,却是获得幸福生活的必要力量和条件。

余华如此概括"活着"这种基本处境:"作为一个词语,'活着'在我们中国的语言里充满了力量,它的力量不是来自喊叫,也不是来自进攻,而是忍受,去忍受生命赋予我们的责任,去忍受现实给予我们的幸福和苦难、无聊和平庸。"这正是"过日子"的基本含义。

二

制度化的暴力好像把人们抛回到了战场上,使人们更加无法把握自己的命运。就是在这新的战场上,春生再也无法逃过去了。他遭到了残酷的批斗,每天被吊起来打。不过,这暴力还没有夺走春生的生命。春生不是在"死也要活着"的冲锋中死去的,而是在忍受不下去的时候上吊死的。福贵评价这件事说:"一个人命再大,要是自己想死,那就怎么也活不了。"

春生的死在"逃"与"抢"之外提出了第三种态度:自杀。如果说,逃是以掩耳盗铃的方式躲避命运带来的不幸,抢是以破釜沉舟的方式迎上去向命运抢夺幸福,自杀,则是在无法承担厄运的情况下与命运同归于尽。这种方式,把人与命运的游戏真的变成了战争,而不能以无可无不可的方式与命运周旋。本来,命运是生命的走向,与命运抗争的目的应该是获得好的命运,如果放弃了生命,与命运的斗争又有什么意义呢?

但自杀却给"活着"的意义提出了一个重要的问题:如果只能屈辱地活着,生命又有什么价值呢?人是不可能逃出命运的统治的;哪怕人的命运再好,也终有一天是要死的。而且,人造的各种规则还在不断给人类带来新的灾难和不幸,那么,这些规则是不是毫无意义,只不过让人把如梦的一生拉得稍微长一点呢?人为什么死也要活下去?

自杀的人,并不是真的不愿意活着,而只是以彻底拒绝生命和否定厄运来表达出对好的生活的渴望和认同。他们不能混日子,宁肯不要生命,也不愿苟活。这种做法虽然和所谓的"死也要活着"不同,却有相似的道理,我们可以把它概括成"死也不要活得窝囊",或者"死也要好好活着"。和"死也要活着"一样,自杀仍然是同命运的抗争。

不过,自杀也有和逃跑相似的地方。自杀者和逃跑者一样,要逃避命运的不确定性和其中的苦难。只不过,逃跑者希望侥幸得到好运,自杀者却根本不抱这样的幻想。

由此可见,自杀,是把逃和抢的办法结合了起来。而这三种办法的出发点,都是对不好的命运的拒绝和对更好的生活的追求。这一点使它们都同一般的"混日子"区别开来。"死也要活着"虽然似乎把目标仅仅铆在"活着"上,它却和"混日子"的态度有着根本的区别。"活着"的力量,在于这句话背后的气概。

但又有谁能做到彻底"混日子"呢?谁的生命中没有一点理想和盼望,没有一点基本的好恶和支撑呢?谁能完全任凭自己的命运发展,让自己的生命随波逐流呢?余华遇到的福贵并不是什么圣贤,甚至可以说一生庸庸碌碌,无所作为。但是,他不也一直抱着一个重振家业的理想,到最后还要买一头老牛吗?

活着的力量,并不在于这好的命运本身,而在于对美好命运的追求的气概,是人的内在修养。无论是春生自杀的原因,还是福贵和家珍劝他的理由,都在于对生命/命运的一种内在理解。

三

在春生想到自杀的时候,家珍对春生说:"你还欠我们的一条命,你就拿自己的命来还吧。"这无疑是整部小说里最有力量的话之一,是任何读过此书的人都很难忘记的。但要理解这句话的含义,却并不容易。

由于春生无意中导致了有庆的死,他欠下了福贵家的一笔命债,双方对此都难以释怀,但谁也不知道应该怎么还这笔债。表面上看,这是关于生命的一笔债;但它同时更是关于命运的债。当了县长的春生在女人生孩子的时候就能得到特权,而这特权却夺走了有庆的生命。但他并没有直接夺走有庆的命,而是在他侥天之幸的时候,却使有庆大祸临头。使家珍真正耿耿于怀的,是命运为何如此不公和残酷。春生欠下他们一家的,是好命,这笔债既不能用钱财还,也不能用性命还,甚至不能通过让春生倒霉、把两家的命运翻转过来还(即使这能办得到)。

如果仅仅是什么人出于恶意杀死了有庆,虽然有庆也不会活过来了,但偿命毕竟是一种还债的办法。而对命运的纷争远比对生命的争夺复杂得多。春生想用钱财来赎罪,家珍却认为这根本不是恰当的办法,不肯接受。如果让春生像龙二那样被枪毙,或是被红卫兵打死,福贵和家珍也同样不会释怀。那样虽然春生也倒了霉、丢了命,有庆并不会活过来,福贵和家珍也挣不到什么。归根到底,这种债是没法还的,因为春生根本无权给福贵好命,更无力让死人活过来。

命运是生命的展开,命运不可还的特点,生命同样具备。哪怕是在杀人这样的情况中,虽说可以报仇偿命,却也永远不会像还债那样,恢复到欠债之前的状态。生命不像钱、大饼,甚至血那样,是可以转让和分配的物品。对于别人的生命,只能剥夺,不能随便给予,更无法分配、转让,或偿还。因此,法律对杀人偿命的规定也只能做到同样剥夺凶手的生命,却无法真正赔给死者一条生命。死者的家庭只能永远承担丧亲的厄运,哪怕把凶手株连九族也没用。严格说来,被杀者永远不可能获得真正的公正。

既然如此，有庆这笔债是不是就无法还了？那么，福贵和家珍会难受一辈子，春生也会内疚一辈子。福贵对春生说："春生，你欠了我一条命，你下辈子再还给我吧。"这是一个非常无奈的解决办法：你没有办法还债，我们不让你还，但我们永远记得这笔债，那就一辈子仇恨和别扭下去。

倒是总也不能原谅春生的家珍想出了化解这段恩怨的还债方法。就在春生说想要自杀的那个夜晚，她说出了他的名言："你还欠我们的一条命，你就拿自己的命来还吧。"

家珍这句话的意思可以这么理解：春生偷掉了本来属于有庆的生命/命运，那么，他的命就应该归徐家所有，但这并不意味着徐家可以随便剥夺春生的生命，而是说，徐家有权影响春生对他的生命/命运的抉择。徐家没办法把握春生的命运，无论是让他发迹还是倒霉，都不能，但他们可以作用于春生的决定，就像春生自己的决定可以影响自己的命运一样。这样，按照家珍的说法，既然春生欠徐家一条命，他就把选择命运的权利给了徐家。因此，他没有权利用自杀的方式放弃自己的命运，相反，他已经取代了有庆，像徐家的一个家庭成员一样，不能随便结束生命。

这样，家珍的话就是对福贵前面的劝说的补充。福贵劝春生想想父母和女人孩子，不能随便去死；而家珍告诉春生，自从害了有庆之后，他对徐家也有一份同样的义务了。于是，虽然家珍仍然不肯原谅春生，却愿意把他当成亲人一样，建立一种性命相连的关系。这种还债方式没有忘记过节，但也没有以复仇的方式发生，而是随着时间的流逝，在各自命运的展开中，渐渐淡化了过去，泯灭了仇怨。它所体现的，并不是精打细算的公平交易，而是人对人的胸襟和关怀。在根本上，家珍没有制订什么规则，也没有取消命运的不确定性，而是用人的内在品格和关爱战胜了命运的残酷。

四

但福贵和家珍的爱不仅没能挽救春生的生命，就是连他们自己的孩子都救不了。整部小说里充满了出人意料的死亡。春生的女人输血害死了有庆，凤霞生孩子的时候大出血而死，悲伤中的家珍也很快病死，凤霞的丈夫二喜在干活时出了事故被夹死，二喜的儿子苦根竟然吃毛豆被撑死。到头来，只剩下了孤老头福贵。

命运依然无情。福贵一家每当过日子有了点起色，厄运就会找上门来。每当一家人的生活其乐融融的时候，往往就隐藏着巨大的灾难。福贵似乎从来没有离开那个战场，也永远没有结束他的赌博。

不过，这部小说的震撼力并不在于残酷的命运本身，而在于残酷的命运与幸福的家庭生活之间的碰撞。命运的残酷是生活的本来状态，人不可能根本改变；但是，命运并不是上天赐给人的唯一礼物。人还有他可以培养和改变的性情。人虽然不能取消命运的不确定性，却能用自己的气节寻求尊严，用爱来建造幸福。人对外在的环境没有多大影响力，但对自己的内在品质，却有着绝对的主动权。虽然一次次的死亡会带来无奈的悲凉，人之爱却在这无奈的悲凉中创造着只属于人的幸福。甚至可以说，没有一点内在价值，人用规则控制命运的活动就会变得毫无价值。

因此，活着，即人与命运的斗争，包括两个方面，一个是制订规则并在规则中生活，尽量减轻命运中的不确定性，另一个是涵养自己的性情，追逐尽可能好的命运。任由完全没有规则的命运支配，人是没办法活下去的；但要彻底消除命运的不确定性，是不可能的。如果人们把制订规则当成目的，只会疲于奔命。除了制订规则之外，人还要学会在生活中培养自己的内在品格。这种品格会帮助人取消命运的不确定性，却成为更加宝贵的财富。所以，余华见到的福贵虽然已经一无所有，阅历却都成了他的资本，使他懂得了很多人生的道理。而真正混日子的人，并不见得是没有什么成就的人，哪怕家财万贯、子孙满堂，到头来活得毫无境界，"一大把年纪全活到狗身上去了"，才是混了一辈子日子的人。

把这两方面完美地结合在一起，就是不懈追求美好生活的自强不息的造福过程。这个过程，就会形成余华所谓人与命运的友情。《活着》中的悖谬是毋庸置疑的，就像"死也要活着"这句话中的悖谬一样。但既然死是早晚的事，人所可能获得的幸福，恰恰就在于在无情的命运面前悖谬地创造幸福。这种悖谬越大，生命的意义就越大。

（选自《自杀作为中国问题》，生活·读书·新知三联书店，2007年版）

【交流之窗】

　　生活是一件艰难的事情，这个事实许多人等到一定年龄稍微成熟就会有切身的体会。这种艰难不仅是因为不能得偿所愿以及事务繁多，而且还因为我们会寻找不到坚持下去的理由。面对这样的生活，你会怎么做？如果在那些异常艰难的时刻，你仍然想着活下去，那么你是一个具有力量的人。读这篇文章总是让我们想起许多其他的文章和小说，像《飘》《老人与海》和杰克·伦敦的《热爱生命》，甚至还有宫崎骏的多部动漫。这些作品的一个共同特点是，人面对艰难时不愿屈服，而是坚韧地继续走下去。但愿你我都能拥有这样的坚韧，以面对所有伟大事情的艰难。

研究事物的方法

[英国]培 根　许宝骙 译

　　正如人们已经把科学的目的和目标摆错了,同样,即令他们把目标摆对了,他们所选择的走向那里的道路又是完全错误而走不通的。谁要正确地把情况想一下,就会看到这样一件十分可诧异的事:从来竟不曾有一个人认真地从事于借一种布置井然的实验过程径直从感官出发来替人类理解力开辟一条道路;而竟然把一切不是委弃于传说的迷雾,就是委弃于争论的漩涡,再不然就是委弃于机会的波动以及模糊而杂乱的经验的迷宫。

　　现在,让所有人沉静地和辛勤地考查一下人们在对于事物进行查究和发现时所惯走的是什么道路,他必然会看出,首先是一个极其简单而质朴的发现方法,一个最通常的方法。它不外是这样:当人们发现什么事物时,他首先要找出和看一看别人以前对于这事物所曾发表过的一切说法,然后自己就开始沉思,以其智慧的激荡和活动来吁请,也可说是来召唤他自己的元精来给以神示。这种方法是完全没有基础的,是只在一些意见上面而为意见所左右的。

　　其次,又或许有人把逻辑召进来替他做这发现。但是逻辑除在名称上外是与这事没关系的。因为逻辑的发明并不在发现出方术所由以构成的一些原则和主要的原理,而只是在发现出看来是协合于那些原则和原理的一些事物。如果你是更好奇一些,更严格要求一些和更好事一些,硬要去追问逻辑是怎样检定和发明原则或始基原理,则它的答复是众所皆知的:它只是把你推到你对每一个方术的原则所不得不有的信任上。

　　最后还剩下单纯经验这一条道路。这种经验,如果是自行出现的,就叫作偶遇;如果是要特别去寻求的,就叫作实验。但是这种经验只不过是如常言所说的脱箍之帚,只不过是一种暗中摸索,一如处在黑暗中的人摸触其周围一切以冀碰得一条出路;而其实他不如等到天明,或者点起一支蜡烛再走,要好得多。真正的经验的方法则恰恰与此相反,它是首先要点起蜡烛,然后借蜡烛为手段来照明道路;这就是说,它首先从适当地整列过和类编过的经验出发,而不是从随心硬凑的经验或者毫无定向的经验出发,由此抽获原理,然后再由业经确立的原理进至新的实验;这甚至好像神谕在其所创造的总体上的动作一样,那可不是没有秩序和方法的。

如此看来,人们既经完全误入歧途,不是把经验完全弃置不顾,就是迷失于经验之中而在迷宫里来回乱走,那么,科学途程至今还未得完整地遵行也就无足深怪了。而一个安排妥当的方法呢,那就能以一条无阻断的路途经过经验的丛林引达到原理的旷地上。

(选自《新工具》,商务印书馆,1984年版)

【交流之窗】

人怎样才能认识真理?这个问题成为中世纪后西方哲学所讨论的重点,这也就是哲学的认识论转向。在这场讨论之中,主要有两大阵营,一方是唯理论,另一方则是经验论。培根作为经验论的早期代表在《新工具》这本书中重点批判了亚里士多德所开创的传统科学观和逻辑体系,倡导一种科学的归纳方法。事实上,《新工具》这本书就是相对于亚里士多德的《工具篇》而言的。虽然有许多人会觉得培根的思想较为直白易懂,但是正因为如此,他所倡导的方法广泛传播,为推动近代科学的兴起做出了不可磨灭的贡献。

真理的两种类型

[美国]罗伯特·所罗门　　张卜天　译

　　针对哲学上的真理可能有哪些类型,在过去的三百年里,有两种哲学派别主导了对这些问题的讨论。它们通常被称为唯理论和经验论。仅凭名称,你也许就能看出二者大致各持什么立场了。

　　唯理论是对一大类理论的泛称,这些理论都相信人的理性可以对最基本的哲学问题提供最终的解答,而且这些解答都将是必然真理。近代伟大的唯理论者包括笛卡尔、斯宾诺莎、莱布尼茨、康德、黑格尔等哲学家;在古代和中世纪,绝大多数大哲学家是唯理论者,比如柏拉图、亚里士多德(有条件的)、奥古斯丁以及托马斯·阿奎那(有条件的)。他们都以这样或那样的方式认为,哲学推理能够给我们提供问题的答案,而且这些答案都是必然真理,都可以通过我们的思维过程本身找到——不管是受到了上帝的启示,还是"形式"的流溢使然,或是基于我们的心灵结构本身,或是我们的头脑"生而有之"(或"天赋")。在唯理论者看来,经验也许能为我们提供某些思维材料或者解决问题的线索和契机,但单凭经验本身却无法教给我们任何东西。真理是不随经验的变化而变化的。

　　而经验论则是这样一种哲学方法,它拒绝"天赋观念"这一说法,而主张——用洛克的话来说——"所有的知识都来源于经验"。洛克认为,人刚出生时心灵是一块"白板",后来经验才在它上面写下了我们知识的一般原理和所有细节。经验论者还包括我们将会继续讨论的大卫·休谟、19世纪的思想家约翰·斯图亚特·密尔以及20世纪的哲学家伯特兰·罗素等。

　　经验论者当然也相信理性,但这仅限于计算和逻辑活动(比如数学),而且他们不相信理性对于大的哲学问题能够说出什么重要的东西。本世纪的大多数极端的经验论者甚至认为,除了我们自己语言的结构,理性不能告诉我们关于世界的任何东西。

　　而另一方面,唯理论者也并不完全拒斥感觉证据,但他们认为,观察和实验——简单地说就是经验——并不能给予我们哲学真理。唯理论者和经验论者都会同意，像"你口袋里还有多少钱？"这样的问题只有诉诸经验才能回答，而像"如果A是B，且所有的B都是C，那么A是C"这样的陈述则是因理性而成为必然真理的。他们意见发生分歧的地方是：哲学的基本问题应当怎样来回答，以及能否得到回答。唯理论者认为，它们能够回答，而且是以必然真理的形式得到肯定的回答；而经验论者则一般认为，如果它们能够回答，那么只有两种可能性，即或作为关于语词意义的平凡陈述而得到回答（比如，"实在"就意味着"物质的和可以感知的东西"），或是基于广泛经验的综合而得到回答（比如经验论者约翰·斯图亚特·密尔甚至认为，像"2+2=4"这样的陈述实际上也是一种关于经验的非常一般的断言，而绝非什么"理性真理"）。这是因为，在经验论者看来，所有的知识都是以经验（以及归纳论证）为基础的，知识（至多）是高度可能的，但并不是确定无疑的。所以并不奇怪，许多经验论者会认为有些大的哲学问题是得不到解决的，经验论的大部分工作都是对问题本身进行一次重新考察，试图说明它们不可能得到解决，而且很可能首先就是没有意义的。

唯理论者与经验论者之间的争论不仅发生在17世纪，而且一直持续到今天（比如在语言学家诺姆·乔姆斯基和像奈尔逊·古德曼这样的当代经验论者之间）。他们所争论的主要问题之一，是有关天赋观念是否存在的问题。我们已经知道，天赋观念就是那些我们"生来就有"的观念，不过这并不意味着，新生婴儿已经"知道"437乘以73等于31901（就好像他仅仅是没有掌握合适的语言把它表达出来而已）。简而言之，唯理论者一般都会接受天赋观念的说法，而经验论者则往往对此不予承认。唯理论者笛卡尔曾经试图从直观上确定的真理——比如上帝是一个完满的存在——出发，由此（借助有效的演绎）推导出其他同样确定的真理来。经验论者洛克否认这种天赋观念的说法，他认为人生来心灵只是一块白板，因此我们的所有观念都必须来源于经验，没有什么观念是天赋的。

这里的问题是，我们的大多数知识并不是由个体知觉（"这里有一只咖啡杯"）构成的，而是由一些像"每一个作用力都有一个大小相等、方向相反的反作用力"这样的普遍陈述组成的。那么，我们是怎样由个体知觉和有限的经验出发得出具有如此普遍性的断言的呢？唯理论者坚持认为，这只有通过某种天赋观念或理性直观才是可能的——大多数关于世界的必然真理（如数学陈述）不可能以经验为基础，而只能基于天赋观念。

（选自《大问题》，广西师范大学出版社，2008年版）

【交流之窗】

　　唯理论和经验论的争论可以从它们对自然科学方法的不同理解上看出来。唯理论以数学作为知识的模型，数学依赖于假设的公理，因此唯理论者就将"天赋观念作为知识的起点，将必然真理作为知识的目标，把观念的内在标准作为真理的标准"。而经验论则以实验科学作为知识的典范，实验科学依赖的是观察、实验和归纳，因此经验论者将实验作为知识的来源，将"观念与经验的符合作为真理的标准"。

休谟的怀疑论

[挪威]乔斯坦·贾德　　萧宝森　译

"这也是休谟的经验哲学的要点。他可能会说,那孩子还没有成为'习惯性期待'的奴隶。在你们两个当中,他是比较没有成见的一个。我想,小孩子应该比较可能成为好哲学家,因为他们完全没有任何先入为主的观念。而这正是哲学家最与众不同的地方。小孩子眼中所见到的乃是世界的原貌,他不会再添加任何的东西。"

"每一次我察觉到人家有偏见的时候,感觉都很不好。"

"休谟谈到习惯对人的影响时,强调所谓的'因果法则',也就是说每一件事的发生必有其原因。他举两个撞球台上的球作为例子。如果你将一个黑球推向一个静止的白球,白球会怎样?"

"如果黑球碰到白球,白球就会开始滚动。"

"嗯,那么白球为什么会这样呢?"

"因为它被黑球碰到了呀。"

"所以我们通常说黑球的撞击是白球开始滚动的原因。可是不要忘了,我们只能讨论我们自己实际经验到的。"

"我已经有很多这种经验了呀。乔安家的地下室就有一座撞球台。"

"如果是休谟的话,他会说你所经验到的唯一事件是白球开始滚过台面。你并没有经验到它滚动的实际原因。你只经验到一件事情发生之后,另外一件事情跟着发生,但你并没有经验到第一件事是第二件事的原因。"

"这不是有点吹毛求疵吗?"

"不,这是很重要的。休谟强调的是,'一件事情发生后另外一件事情也会发生'的想法,只是我们心中的一种期待,并不是事物的本质,而期待心理乃是与习惯有关。让我们再回到小孩子的心态吧。一个小孩子就算看到一个球碰到另外一个,而两个球都静止不动时,也不会目瞪口呆。所谓'自然法则'或'因果律',实际上只是我们所期待的现象,并非

'理当如此'。自然法则没有所谓合理或不合理,它们只是存在罢了。白球被黑球碰到后会移动的现象只是我们的期待,并不是天生就会这样。我们出生时对这世界的面貌和世间种种现象并没有什么期待。这世界就是这个样子,我们需要慢慢去了解它。"

"我开始觉得我们又把话题扯远了。"

"不。因为我们的期待往往使我们妄下定论。休谟并不否认世间有不变的'自然法则'。但他认为,由于我们无法体验自然法则本身,因此很容易做出错误的结论。"

"比如说……"

"比如说,因为自己看到的马都是黑马,就以为世间的马都是黑色的。其实不是这样。"

"当然不是。"

"我这一辈子只见过黑色的乌鸦,但这并不表示世间没有白色的乌鸦。无论哲学家也好,科学家也好,都不能否认世间可能有白色的乌鸦。这是很重要的。我们几乎可以说科学的主要任务就是找寻'白色的乌鸦'。"

"嗯,我懂了。"

"谈到因果问题时,可能很多人会以为闪电是造成打雷的原因,因为每次闪电之后就会打雷,这个例子和黑白球的例子并没有什么不同。可是,打雷真的是闪电造成的吗?"

"不是。事实上两者是同时发生的。"

"打雷和闪电都是由于放电作用所致,所以事实上是另外一种因素造成了这两个现象。"

"对。"

"二十世纪的实验主义哲学家罗素举了另外一个比较可怕的例子。他说,有一只鸡发现每天农妇来到鸡舍时,它就有东西可吃。久而久之,它就认定农妇的到来与饲料被放在钵子里这两件事之间必然有某种关联。"

"后来是不是有一天这只鸡发现农妇没有喂它?"

"不是,有一天农妇跑来把这只鸡的脖子扭断了。"

"真恶心。"

"所以,我们可以知道:一件事情跟着另外一件事情发生,并不一定表示两者之间必有关联。哲学的目的之一就是教人们不要妄下定论。因为，妄下定论可能会导致许多迷信。"

"怎么会呢？"

"假设有一天你看到一只黑猫过街，后来你就摔了一跤，跌断了手。这并不表示这两件事有任何关联。在做科学研究时，我们尤其要避免妄下结论。举个例子，有很多人吃了某一种药之后，病就好了，但这并不表示他们是被那种药治好的。这也是为什么科学家们在做实验时，总是会将一些病人组成一个所谓的'控制组'。这些病人以为他们跟另外一组病人服用同样的药，但实际上他们吃的只是面粉和水。如果这些病人也好了，那就表示他们的病之所以痊愈另有原因，也可能是因为他们相信那种药有效，于是在心理作用之下，他们的病就好了。"

"我想我开始了解经验主义的意义了。"

（选自《苏菲的世界》，作家出版社，1999年版，有改动）

【交流之窗】

休谟对因果关系的质疑对于我们的知识是致命的，因为知识的存在依赖的其中一个因素就是有原因的存在。而一旦因果关系的存在被打碎，那么我们永远也不能真正地看到事件的原因，更不能预测事件的发展，而只能看到两个事件呈现出规律性的"恒常连接"。罗素认为休谟的论证至今仍然没有被成功反驳，你认同吗？

康德对休谟怀疑论的回应

[美国]罗伯特·所罗门　　张卜天 译

从古至今，怀疑论都是一种强有力的哲学立场。它与其说是对大的哲学问题的解决，不如说是令人懊恼地宣称——没有答案。当我们考虑那些关于知识的基本问题时，这似乎是无法让人容忍的。我们难道真能怀疑世界的存在或者像有果必有因这种日常预设吗？正因如此，怀疑论通常更被认为是什么地方出了问题而应当加以避免，或是被当作一个需要迎接的挑战，而不是一种要去接受的哲学立场。

在你的思考中，怀疑论应当成为一种危险的信号，使你能够时刻对那些太过显然和教条而实际上又不能做出辩护的回答保持警惕。的确，笛卡儿怀疑一切的方法和休谟的怀疑论结论之所以那么有价值，主要就是因为，他们使我们意识到自己是多么容易假定：显然的就是客观上正确的。而哲学在回答那些大问题时，正是要让我们超越乍一看是显然的东西，把我们对事物的思考建立在那些我们真正能够做出辩护的东西上面。在我们所相信的东西里面，有多少仅仅是一些个人意见？有多少是只能与家庭或朋友达成一致而不能与更大的共同体分享的？有哪些信念可能会为我们这个社会中的人所接受，但却并不适合另一个社会中的人？有哪些信念可以在我们所使用的语言中被确立，却无法进入其他语言？有没有这样一些信念，它们虽然已经成为人类心灵中不可缺少的部分，但却可能是错误的？问这样的问题并不是要否定我们认识真理的任何可能（正如笛卡儿的怀疑方法也不是承认自己永远也无法确信任何东西），而是让我们对知识的局限性更加敏感，迫使我们把信念建立在一些较之那些在个人看来是"显然的"事实——更为坚实的基础之上。

不过，我们将不会以休谟和怀疑论的胜利来结束我们的讨论，而是要以休谟的伟大继承者，德国唯心论者伊曼努尔·康德结束。当康德读到休谟对怀疑论的辩护时，他被深深地震撼了——"休谟把我从独断论的迷梦中唤醒"，他这样说道。康德认真思考并且意识到，只要一个人接受了

"事实"和"观念的关系"之间的二分,甚至是只要接受了看似合理的"两个世界的假设",那么怀疑论就是无法避免的,而这就意味着无法证明我们全部知识所基于的那些预设的正当性。所以简单地说,康德所做的工作就是要推翻两个世界的假设。康德主张我们是按照先验规则来"构建"或"构造"这个世界的。在他看来,认为我们首先"直接"知道的只是自己的经验,其次才是推论出世界中的事物,这种说法是错误的。恰恰相反,这个世界就是我们的经验世界,而不是什么"超越"或"外在"于它的东西。

康德认为,心灵把它的形式和范畴加到我们的经验之上,而在这些形式和范畴中,有一些就是为我们的知识提供预设的。因此,这些预设既不是经验事实,也不是"观念的关系",而是一种被康德称为"先验综合"的新的特殊类型的真理。这些真理之所以是综合的,是因为它们不仅仅是同义反复或是平凡为真;而它们之所以是先验的,是因为像所有必然真理一样,它们是与经验无关的。如果我们不是把这些形式加到世界上,那么我们对世界的经验会是什么样子呢?回答是,我们将不会有任何可以真正称之为"经验"的东西。我们将无法识别物体,无法认识到感觉之间的相似或差异,甚至不会把自我当成在时间中紧密相连的不同经验的主体。

因此可以说,我们知识的预设是必然为真的,因为它们是使任何经验得以可能的前提。由于它们是我们的规则,所以对它们的怀疑——或它们是否与它们所构建的世界"相符合"是完全没有意义的。

康德是这样认为的,他之后的黑格尔也是如此。

(选自《大问题》,广西师范大学出版社,2008年版)

【交流之窗】

对真理的讨论并没有在康德这里就停止了,康德之后的哲学家们在康德的肩膀上继续了对认识真理的追寻。不过,哲学家们对真理的讨论从客观真理慢慢转向了主观真理。克尔凯郭尔就重点讨论了"主观真理",虽然他并没有否认关于科学的客观真理。尼采主张"真理不存在",认为没有独立于我们经验的"自在"真理。这些哲学家的讨论也同样非常值得重视。

帕斯卡的赌局

袁晓明

帕斯卡是17世纪法国著名的哲学家、数学家、物理学家,帕斯卡早年研究数学、物理,尤其是在数学领域做出了巨大的贡献,在生命的最后10年,他却把全部精力投入到对哲学以及神学的研究。在著名的"帕斯卡赌注"的命题中,帕斯卡提出,人对信仰上帝是否存在的信心是一个"赌注"。

帕斯卡赌注有许多版本,其中的一个版本如下:

对于任何人S,可以做出两个选择,一个选择是α,另一个选择是β,如果选择α对于人S有更大的好处,S就应该选择α。

考虑到上帝的存在与否各有一半的可能性,而相信上帝存在给人S带来的好处更大。

所以,人就应该选择相信上帝的存在。

什么是帕斯卡所指的好处,那就是人相信上帝就能进入天堂,当然,考虑到帕斯卡的基督信仰的背景,帕斯卡在赌注里提到的好处就是基督信仰为人打通了去天堂的道路。为什么说相信上帝存在有更大的好处呢?因为在人相信接受上帝存在的前提下,如果上帝存在,人就能上天堂;如果上帝不存在,上帝的相信者与非相信者得到同样的结果;但如果上帝存在,人却没有接受上帝,人就失去了上天堂的一切机会。有人说,如果上帝不存在的机会更大,为什么还要选择相信上帝的存在呢?道理很简单,从决策学的角度来讲,上天堂的好处可以说是无穷大,而不能上天堂的好处应该是0,上帝存在的机会再小,乘上这无穷大,也得出无穷大,上帝不存在的机会再大,与0相乘也是0。

因此,选择相信上帝存在是一个只有赢,最差也是打一个平手的结果。而相反的是,选择相信上帝不存在,却是一个没有任何赢的机会的选择,并且有输得精光的可能。

对于帕斯卡的赌注,美国当代哲学家彼得·克雷夫特指出,多数哲家认为,在论述上帝存在的信心上,帕斯卡赌注是最无力的论述,但帕斯卡本人却认为这是最有力的论述。帕斯卡在他的《思想录》中写道:"这就是结论,如果人能够认识到一个真理,这就是真理。"在帕斯卡的所有神学著作中,这是他唯一如此论述的地方。为什么帕斯卡要如此地肯定?帕斯卡把认识上帝作为人最终极的目标。当人通过理性不能确定是否需要相信上帝存在,人自然需要在相信上帝的存在上下注,因为那是只有赢,而没有输的下注,并且,人赌的是自己的永生,当然最为重要。按帕斯卡的基督信仰,并非是相信上帝存在就能进入天堂,但相信上帝存在应该是进到天堂的第一步。如果连上帝的存在都不相信,那人下的就是平手或输的赌注,根本就没有赢的机会和希望。

彼得·克雷夫特还给出了这样几个假设的例子来说明帕斯卡的赌注。假如你的一个亲人病入膏肓,医生提供一种药,该药并没有把握治好你亲人的病,但却有50%的机会能治好你亲人的疾病。从逻辑上讲,你是否愿意给你的亲人服用此药,哪怕是要付出一点药费?当然你会愿意。如果你根本就不用付药费,那你就更愿意了。对于你来说,做出接受药物治疗的决定并非是一个感情上的决定,而是一个符合逻辑的、理性的决定。如果你拒绝给亲人服药,那能够治好的一点机会都没有,那其实才是完全不符合逻辑以及非理性的决定。假如你在外面接到一个消息,说你的房子着火了,你的孩子们还在房子里面,你当时不能确定这个消息是否准确。对于你来说,什么是更理性的决定?你是认为消息不准,不用理会,还是你不管消息是否准确,就立即冲回家去?当然,你会冲回家去,如果你的房子没有着火,那是好事,如果你的房子着火,你的孩子在里面,你还有机会冲进去救你的孩子。

美国哲学教授杰夫·乔丹在牛津大学出版的其专著《帕斯卡赌注》中给出了另外一个例子。一位在孤岛上的漂流者,他点燃了一个火堆,他希望路过的船只或天上飞过的飞机能看见他点燃的火堆。尽管漂流者没有任何证据可以证明会有船只或飞机路过,但他还是找来了树枝,点起了火堆,以增加他被救援的机会。漂流者的推理很实际,点燃一个火堆的实效明显大于不点一个火堆,显而易见,没有人会去质问漂流者的智慧和理性。当然,漂流者点燃火堆并非要求漂流者相信火堆将被别人看见,而是要有一个火堆会被看见的信心。

帕斯卡赌注自问世以来，遭到许多的反对。在杰夫·乔丹教授看来，一般来讲，对帕斯卡赌注有以下三个方面的反对：一是道德上的反对；二是方法论上的反对；三是神学上的反对。对帕斯卡赌注这样实用论证，反对方提出信仰准则上的质疑，帕斯卡赌注没有从证据上去建立信仰，而是从实用的角度去建立信仰，那是不道德的，因为一个道德的人需要通过证据去获得信仰。还有一个从道德角度上反对帕斯卡赌注的说法，那就是帕斯卡赌注利用了人的自私。方法论上的反对，主要集中在帕斯卡赌注的有效性上，一个例子就是多神论的问题，因为帕斯卡赌注并没有明确要相信哪一个神，因此帕斯卡赌注是一个无效的论点。神学上的反对主要在于帕斯卡赌注与救恩预定论的相搏，因为按救恩预定论，人的救恩是人所预定，不是人能选择。

对于以上的反对，帕斯卡赌注的支持者也都有反驳。比如，帕斯卡赌注并非完全否定证据，而是强调，在没有足够证据的前提下，使用实用的推理并非是不道德的事情，帕斯卡赌注在一定程度上有决策理论的支持，并且，帕斯卡赌注并非完全是出于自私，在介绍给其他人的时候也是为了帮助他人。在方法论上，所谓的多神论的反对，表面上看有一定的道理，帕斯卡针对的是有神与无神的赌注，不管怎么说，在帕斯卡赌注之下，在无神上下注，结局都没有赢的可能。救恩预定论仅仅是一种神学观点，更主流的观点是上帝拣选的是那些信基督的人，上帝给世人都有一个救恩的邀请，人有自由意志对上帝的邀请做出一个接受邀请或拒绝邀请的决定，帕斯卡赌注恰恰是给出接受上帝存在或拒绝上帝存在的选择，因此，在这一点上并没有什么冲突。

除了上述三个方面对帕斯卡赌注的反对外，还有其他版本的反对看法，值得一提的是反帕斯卡赌注。英国生物学家、现代无神论者的代表道金斯在他的《上帝错觉》一书中提出了这样一个反帕斯卡赌注："假设我们同意有一个很小的机会上帝是存在的，可是，如果你在上帝不存在上下注，你可以有一个好的丰富的生命，如果你在上帝存在上下注，你在敬拜上花了许多时间，并为上帝做出牺牲，甚至献出生命，可以说，前者比后者生活得更好。"所谓的反帕斯卡赌注，就是说按道金斯的论点，考虑到人在今生为上帝做出的牺牲，在上帝不存在上下注，会得到更大的好处。按帕斯卡赌注，如果上帝不存在，在上帝存在或不存在上下注，其后果并无什么不同，因为帕斯卡把永生定为无穷，而今生的生活定义为有限，那其实是一个合理的定义，但在道金斯的反帕斯卡赌注中，道金斯却假定，无神论者在今生比有神论者有更好的生活，因此如果上帝不存在，无神论者却得到更多的好处。

（选自《人生最大的赌注》，袁晓明V_新浪博客，http://blog.sina.com.cn/s/blog_492d75360102wjei.html）

【交流之窗】

对于帕斯卡的这种信仰上帝的理由你能接受吗？如果让你为帕斯卡的理由辩护，你会如何反驳这篇文章中所列举的反对理由呢？除了文中所列举的这两种理由，你还有什么其他的原因去信仰吗？基督教中第一个拉丁教父德尔图良坚持一种信仰主义的立场，认为"惟其不可能，我才相信"，这种立场虽然被基督教所抛弃，但是你能接受这种立场吗？原因是什么呢？

失控的电车

[美国]桑德尔　　朱慧玲　译

　　假设你是一辆有轨电车的司机，电车以每小时60英里的速度沿着轨道疾驰而来。在前方，你看见五个工人手持工具站在轨道上。你试着停下来，可是你不能，刹车失灵了。你感到无比绝望，因为你知道，如果你冲向这五个工人的话，他们将全部被撞死。（我们先假定你是知道这一点的。）

　　突然，你注意到右边有一条岔道，那条轨道上也有一个工人，不过只有一个。你意识到，你可以将有轨电车拐向那条岔道，撞死这个工人，而挽救那五个工人。

　　你应该怎么做呢？大多数人会说："拐！尽管撞死一个无辜的人是一个悲剧，可撞死五个人将会更糟糕。"牺牲一个人的生命以挽救五个人的生命，这看起来确实是正当的事情。

　　现在让我们来考虑另外一种与有轨电车有关的假设。这一次，你不是司机，而是一个旁观者，站在桥上俯视着轨道。（这次旁边没有岔道）轨道的那一头开来了一辆电车，而在轨道的这一头则有五个工人。刹车又一次失灵了，电车即将冲向那五个工人。你感到自己没有能力去避免这场灾难——可是突然你发现，你身旁站着一个身材魁梧的人。你可以将他推下桥，落入轨道，从而挡住疾驰而来的电车。他可能会被撞死，但是那五个工人却将获救。（你考虑过自己跳下轨道，可你意识到自己太小了，无法挡住电车。）

　　将那个魁梧大汉推落到轨道上是否为正当之举呢？大多数人会说："当然不是！将那个人推向轨道是极其严重的错误。"

　　将某个人推下桥致死看起来确实是一桩可怕的事情，即使这样做挽救了五个无辜的生命。然而这便产生了一个道德难题：为什么这一原则——牺牲一个生命以挽救五个生命——在第一种情况下看起来是正确的，而在第二种情况下看起来是错误的呢？

如果像我们对第一种情形的反应所暗示出的：数目很重要——如果挽救五个生命比挽救一个生命更好——那么，为什么我们不能将这一原则应用到第二种情形，去推那个人呢？即使有一个很好的理由，将一个人推向死亡看起来也非常残忍。然而，用一辆有轨电车撞死一个人就不那么残忍吗？

将桥上的那个人推下去之所以不对，可能是因为这样做违背了他的意愿而利用了他。毕竟他并没有选择参与其中，他只是站在那里。

然而，我们可以对那个在岔道上工作的人说同样的话。他也没有选择要参与其中，他只是在做自己的工作，在这失控电车事件中他并不自愿牺牲自己的生命。人们可能会辩解说，铁路工人甘愿冒这样的危险而旁观者则未必会如此。然而，让我们在这里假设，在紧急情况下牺牲自己以挽救他人的生命并不在这份工作的职责范围之内；并且这个工人与桥上的那个旁观者一样，都不愿意放弃自己的生命。

也许这里的道德差别并不在于对受害者的影响——他们都会死亡，而在于做决定的那个人的意图。作为电车司机，你可能会这样为自己将电车拐向岔道而辩解：尽管你可以预见到在岔道上那个工人的死亡，但是你并没有想要他死。如果运气足够好的话，那五个工人可以幸免于难而这第六个人也能存活，这样，你的目的仍然能够达到。

然而，这一点在推人落桥这一情形中仍然成立。你从桥上推下去的那个人的死亡，对你的目的而言并非不可或缺。他所要做的就是挡住电车，如果他能够既挡住电车而又存活下来的话，你将会非常高兴。

经考虑，这两种情形还有可能应当由同一原则来裁定。它们都涉及要故意选择牺牲一个无辜者的生命，以防止一个更严重的损失。你可能仅仅是因为胆小脆弱——一种你应当克服的犹豫——而不情愿将那个人推落桥下。用自己的双手将一个人推向死亡看起来确实比转动电车的方向盘更加残忍，然而，做正当的事情并不总是轻而易举。

我们可以对这个假设稍作调整以检验一下这一观念。假设作为旁观者的你，可以不伸手推就能使身旁的大个子掉进轨道；假设他正站在一个活板门上，你可以通过一个方向盘而打开这个活板门。不伸手推，便有同样的结果。这是否使得这成为正当之举呢？或者，这是否仍然在道德上比作为有轨电车司机的你，拐向岔道更为恶劣呢？

要解释这些情形的道德差别并非易事——为什么使电车拐向岔道似乎是对的，而将人从桥上推下就是错的呢？不过，请注意我们在推理出两者之间令人信服的区别时所遇到的压力——如果我们推理不出来，那么就要重新考虑我们在每一种情形中对何谓正当之举所做出的判断。我们有时候将道德推理看作是说服他人的一种途径，然而，它同时也是一种弄清我们自身道德信念，弄明白相信什么以及为何如此的途径。

某些道德困境源于相互冲突的道德原则。例如，一种在脱轨电车故事中起作用的原则认为，我们应当尽可能多地挽救生命；而另一种原则则认为，即使有一个很好的理由，杀害一个无辜的人也是不对的。当我们面对一种情形——其中我们要挽救一些人的生命就必须杀害一个无辜的人——的时候，我们便遇到了一种道德困境。我们必须弄明白哪一种原则更有说服力，或者更适用于这种情形。

另一些道德困境则源于我们不确定事情将如何展开。像脱轨电车这样的假设的故事，排除了我们在现实生活中所遇到的选择的不确定性。它们假定我们确切地知道，如果我们不调转电车的方向盘，或不把那个大个子推下桥的话，有多少人会死去。这使得这类故事不能完美地指导现实行为，不过这也使得这些故事成为对道德分析有用的方法。通过悬置偶然性——例如，"如果那些工人看到了那辆脱轨电车并及时地跳开了呢？"那些假想的案例有助于我们孤立那些濒于险境的道德原则，并检验它们的力量。

（选自《公正——该如何做是好？》，中信出版社，2011年版）

【交流之窗】

这样的案例是非常有助于我们进行哲学思考的，因为对自己的选择一步一步地追问可以让我们对自己的选择有更深的思考。在上述的电车难题中，你的选择是什么呢？如果是撞死一个人而不是五个人，你是出于什么考虑？是因为五个人的命比起一个人的命数量上更多吗？如果是这样，也许你就是一个功利主义者。那么也许你就应该好好考虑对功利主义的反驳，特别是来自功利主义的经典对手——义务论的反驳。

谁来统治?

[美国]罗伯特·所罗门　　张卜天　译

我们想要哪种类型的社会？应该由谁来统治？自古以来，似乎都是某个人——通常是群体中最强壮或最聪慧的人——在统治其他人，并对他们发号施令，而他自己则拥有某些特权和地位。

当我们把视线从我们自身转移到自然界的其他生物时，就会发现情况为什么会如此。狼群是由一只最强壮、最聪敏的狼领导的，如果没有它，狼群通常就会灭亡。蜂群或蚁群都有各自的女王，否则就不会有蜂巢或蚁穴。因此可以想像，人类社会中领袖的出现也是同样"自然的"，他或她将是一个社会中最为强壮或聪慧的人。当然，这个人具体是谁则要取决于社会的性质。在一个尚武的社会里，他极有可能是最优秀的战士；在一个崇尚理智的社会里，他可能是最有智慧的学者；在金钱就是力量的社会里，统治者将是富人（富豪制）；在一个依赖于某种专门技艺（比如对计算机的深入了解）的社会里，权力将取决于业绩和能力（精英制）；在某些社会里，宗教居于统治地位，掌握权力的是那些最有势力的宗教人士（神权制：从字面上讲，是"由上帝来统治"）；在某些社会里，统治者来源于社会中的最高等级或阶层，无论他生来就是如此，还是通过某种凭证——比如在享有盛誉的大学所获得的学位——而逐渐取得这种地位的（贵族制：从字面上讲，是"由最优秀的人统治"）；在某些社会里，统治者是某个人（君主制）；在另一些社会里，统治者是一小部分人（寡头制）；而在像我们这样的社会里，至少从理论上说，统治是由每个人所共享的（民主制）。

然而我们一直告诫自己，我们并不仅仅是动物，而是具有理性的社会动物。我们能够理解事物，而大多数动物却不会。也许每个社会的确都需要某个权威或组织，但为什么这种权力和领导应当掌握在一个人手中呢？为什么不是一个团体？为什么不是在一起工作和思考的所有人？而如果需要有某个统治机构，那为什么我们应该只是听任其自然发展，而不是亲手去设计它?

即使在古代,"应当由最强壮的人来统治"这种观念也是令人难以接受的。当然,一个人要想活下去就不得不接受这样一位领袖,但是这种权力是合法的与这种权力是得到辩护的是两码事。纵观历史,每当那些掌权之人滥用权力时(僭主制就是一个用以表达滥用权力的古希腊词),就会有一些人组织起来(统治者的圈内人发动的一次民变)"把吃闲饭的赶出去"。合法的权力——或权威——并不仅关乎力量或智力,它也是一个权力正当性的问题。这就是为什么多少世纪以来,君主们要宣称通过"神的权力"来统治的原因。在一个宗教社会里,谁还能提供一种更有力、更能站得住脚的辩护呢?

我们拒斥"君权神授"的观念,当然是因为我们知道国王就像我们一样只是普通人,他们也会犯错误,而且有时还由于昏庸无能而不能胜任。像其他人一样,国王和女皇也是按照"人民的意志"来统治的。但值得注意的是,我们并没有完全摈弃"神权"这个旧观念。我们只是不再把它赋予君主,而是给了"人民"这样一个概念。有些学者强调指出,这个概念是一个非常现代的概念,它在哲学中的地位极其类似于"神权"这个旧观念。当然,现在还有一些社会想方设法把对旧式君主制和传统的怀念与议会民主制结合了起来,但即便如此,我们通常仍然认为君主制的合法性取决于"人民的意志",而不取决于传统本身所固有的权利。

是什么使得一个政府是合法的?过去认为,统治者是通过上帝而得到辩护的。然而尽管政治家们通常会搬出上帝来支持自己的立场,但我们却不再认为仅靠上帝就能证明一个政府的合理性,无论如何,它也得通过赢得一两次选举来证明上帝的支持。因此,强权即公正也许曾一度成为事实(在过去,统治者往往是那些最强壮的或在其他方面最优秀的人),但现在我们并不认为,一个人拥有并且能够拥有权力这个事实就使他的权力或权威成为合法的。简而言之,我们相信政府应该服务于人民,而一个政府的合法性也依赖于此。但即使是这样,仍然有一些难题需要解决。服务于人民就意味着使他们富裕吗?一个富裕的社会因此就是一个好的社会吗?一个使人民富裕的统治者也因此就是一个合法的统治者吗?还是说另有一种思考路径,即对于一个社会来说最重要的并非是整体上的富裕或生活得好,而是正义(一个我们即将探讨的重要概念)在社会中的普遍性？一个合法的政府就是不仅保护富人也同样保护穷人的政府吗？或者说它是一个在另外一种意义上捍卫正义的政府，即通过强制施行一些社会法规和准则，通过惩治做坏事的人而保护文化的价值？还是说一个政府的合法性根本不在于政府为人民做了些什么，而在于政府是如何由人民来组成的。因此在我们看来，一个合法的政府首先是一个通过公平的政治竞争而被严格地选举出来的政府。

（选自《大问题》，广西师范大学出版社，2008年版）

【交流之窗】

　　谁来统治的问题是政治哲学中最核心的问题。我们可以思考当今国际社会的政治情况，英国的君主立宪制规定了虽然君主是国家元首，但真正掌握国家权力的是议会，为什么英国会出现这样的政治体制？美国实行的是三权分立，总统、议会和最高法院相互独立、相互制衡，这又是出于什么样的考虑？思考这些问题将对你拓宽自己的视野有极大的帮助。

何为美？

[西班牙]费尔南多·萨瓦特尔　　林经纬　译

毫无疑问，如果我们没有感官，我们就不可能欣赏"美丽"的东西，但是在享受的过程中，理性也同样参与其中，因为这并不仅仅是一种纯粹感官的满足。美所产生的快乐，是所有快乐中最少"动物性"的。但是，美所带来的感觉也不同于一种道德感，比如一个有德性的行为在我身上所产生的感觉。甚至有可能出于伦理上的考虑，我有可能宁愿世界上没有这种或那种美的东西，尽管这种美并不因此而让我感觉不美！假设我跟我的一个朋友一起站在埃及的胡夫大金字塔前，我对他说我认为金字塔非常美。朋友惊讶地望着我："美？你指的是什么？我是否应该认为你喜欢生活在昏暗不见天日的坟墓之中？还是说你认为身处金字塔之外，在烈日之下坐在沙漠中，是一个'令人愉快'的地方？"我回答他说："生活在金字塔之中或者面对金字塔忍受太阳的暴晒，让我感到极不舒服。""那么，难道你不知道，"我的朋友接着恨恨地说，"金字塔是如何建成的吗？成千上万的奴隶在鞭子的抽打之下，要搬运无数的巨石，来为肆意践踏他们权利的暴君建造这样一座富丽堂皇的坟墓！难道让你感到美的就是这个吗？难道你希望我们重新以这样的代价再建一个这样的金字塔吗？"我承认说："不，恰恰相反，我甚至宁愿根本就不存在金字塔，如果这样就能省去建造它的那些人所忍受的非正义的痛苦的话。"然而，我却又不得不承认，大金字塔让我感到一种震撼人心的美，尽管金字塔上并没有任何让我感到"愉悦"的东西，而且建造这样一座金字塔也没有让我在道德上感觉是"好"的。于是，在我朋友的挖苦面前，我不知道再说什么好，因为我没法清楚地解释我从我所谓的"美"当中到底得到了什么，才会让我不顾一切地从中感到一种享受。总之，很难理解我为什么会（对金字塔）如此地"感兴趣"。

康德认为，由美而产生的愉悦，是唯一真正无私和自由的东西。确实，我们的其他满足感大都来自我们的感官和理性所必需的利益。"令人愉悦"的东西之所以吸引我们，是因为它们能够满足我们的吃、喝、住、舒适感，以及性等方面的最基本需要。"好"的东西之所以能征服我们，是因为我们的理性不得不承认，只有当每个人都去做应该做的事，并将他人当作真正平等的同类加以承认，而不是仅仅当作用来操控的工具，人类的生活才更值得一过。但是对美的热情，似乎并不对应于任何感官或理性的具体需要。我们明白，原始人用烧熟的黏土来制作碗，是为了以更舒适的方式来解除饥渴。我们同样可以认为他们可以用它来喂自己的孩子，或者给口渴的同伴以水喝，因为我们必然是社会性的动物。但是，为什么他们要用几何图形或者花卉图案来装饰它呢？这些装饰没有任何作用，从表面上看来不能履行任何功能，没有任何一种猩猩会愿意在一件其用途可以很好地被理解的东西上，花费时间去增加这样浮夸无用的东西。然而，这些装饰图案却揭示出：人类并不只是寻求满足自己的各种需要，而是同样会对那些美丽的东西，或者说在他们看来是美丽的东西，感到兴趣（利益）。这是一种什么样的"利益"呢？康德没有在这个问题面前退缩，他说：这是一种"不涉及利害关系的利益（快感）"。坦率地说，这一说法并不能很好地解答我们心中的疑问。

但是，让我们继续以康德为伴——总的说来，他从来都不是一个糟糕的伴侣。根据康德的观点，"美是那不凭借概念而普遍令人愉悦的东西"。这两个特征非常重要。说一朵花或一首诗"美"，与说"我喜欢西班牙海鲜炒饭"的含义并不一样：在前一种情况下，我们认为美就在花或者诗中，每个人只要好好看，就应该能够发现它（而不是从我们个人的不可转换的观点来看）；在后一种情况下，我们必须承认，就像人们习惯上所说的那样，"爱好是我自己的"，"关于爱好没有任何成文的标准"（也就是说，没有任何法则迫使我们共同分享我们的爱好，因为人们关于各种爱好写过不计其数的东西……很可能比关于任何其他东西都要多）。当康德说美是"普遍"令人愉悦的东西时，他并不是指"实际上"所有人都一致公认一些东西是"美"的，而是指我们只是把那些自身具有（充分的）可以被每个人认为是美的权利和优点的东西称作"美"，相反，我们并不会对一般的"爱好"作如此严格的要求。如果说某样东西只是对我来说才是"美"的，那就是一种可笑而虚伪的谦虚。但是将我对西班牙海鲜炒饭的爱好视作我的一个独特鲜明的个性特征，则是可以接受的，尽管这一点完全不符合实际!

康德还认为"美没有概念",这个断言同样非常有趣。根据康德的特定用法,"概念"是使我们能够明白无误地界定某物的东西,它能提供给我们一个实际的尺度来建设它或评判它。但是,尽管我们可以从概念上界定这是黎明、那是教堂,我们却缺乏一个决定性的尺度或模式来毫无疑义地规定,什么时候一件东西才配得上"美丽"的属性。只有迂腐的教条主义或者贫瘠的经院主义哲学,才会认为可以制定某些规范,来规定某些东西必然是美的,而另一些东西则必然不是美的。在这方面康德甚至走得更远,他区分了"自由美""纯粹美"和"依存美"(尽管他之前已经告诉过我们,任何种类的美所产生的愉悦,都是没有利害关系的和自由的)。"依存美"是指那些目的可以被认识、功用可以被(或多或少地)界定的事物的美。不管我们对一座宫殿或一匹赛马的审美上的欣赏是多么的"不涉及利益",我们却不能否认我们清楚地知道它们"是用来做什么的"。那些以忠实地再现现实或细致的道德和精神分析为基础的艺术作品也是一样,它们的美总是与对现实中存在或应该存在的东西的精确解释联系在一起。相反,"纯粹美"或"自由美"则对应于鲜花、我们在海滩上发现的贝壳、某个夏日午后的影子游戏、伊斯兰艺术中错综复杂的装饰性的象形文字、某张壁毯上的图案,或是一些康德根本不认得的事物,因为它们是在他死后一个多世纪才出现在世界上的,比如抽象画。根据《纯粹理性批判》中的观点,所有这些"没有意义"也没有"概念"的美,能够以其最大的纯粹和明晰,激起最毫无疑义的"审美"的愉悦,尽管康德并不在今天的用法上使用"审美"这个词。

(选自《哲学的邀请》,北京大学出版社,2007年版)

【交流之窗】

也许从善和美的比较中,我们能更清楚地理解康德对美的论述。对于康德来说,区别于善,美不是逻辑的,而是感性的,它所产生的愉悦是没有任何功利性质的。当我们判断一个事物是否善的时候,我们首先要有一个关于该事物的概念,譬如我首先需要知道床的概念,我才可以判断床是好的。当床符合我脑海中好的床的概念时，我就会对床感到愉悦，同时认识到这张床对我是有用的，是有功利价值的。然而，我们对美的判断并不需要预先的概念，同时我们在审美的过程中也不能因为床对我是有用的而觉得它是美的，我们只能通过反思或者观察，然后确定它美不美。事实上，我们并不能给出一个什么样的床是美的概念。在现实生活中，床的设计有各种各样，有的简约，有的典雅，我们怎么能说哪一种更美呢？

时间的形象

[英国]彼得·柯文尼　江　涛　向守平　译

时间是给人神秘感最大的来源之一。它深奥难测的性质，是有史以来人们日夜捉摸的对象。历代的诗人、作家、哲学家都被时间迷惑过。可是，近代的科学家们却没有这样。现代科学，尤其是物理学，即使没有完全取消，也总在想降低时间在事物中的作用。因此有人称时间为被忘却的维度。

我们都知道时间一去不返，觉得它的流逝好像支配着我们的存在，过去已不可改变，未来是一片空白。我们有时巴不得能拨回时针，能挽回过失，能重享美好的时光。可惜，常理不允许我们这么做。我们知道，时间是不等人的，时间不会倒流。

真不会吗？奇怪的是，许多科学理论并不支持我们一般对时间的看法；在这些理论中，时间的方向无关紧要。如果时间倒走，现代科学的几座大厦——牛顿力学、爱因斯坦的相对论、海森堡和薛定谔的量子力学，也都同样站得住脚。对这些理论来说，记录在影片上的事件，不管影片顺放还是倒放，看上去都行得通。单向的时间，反而像是我们脑中产生的幻觉。研究这个问题的科学家们，带着几分嘲笑的口气，把我们日常时间流逝的感觉，称为"心理时间"或者"主观时间"。

宇宙会不会有这样一个地方，那里时间的方向跟我们所熟悉的方向相反，那里的人们从坟墓里出来，皱纹从脸上消失，然后重返母胎？在那个世界里，香气神秘地凝结成香水，钻入瓶中；池塘里的水波向中心汇聚，弹出石头；屋里的空气自发地把各种成分分解出来；破瘪了的橡皮膜自动膨胀，密封成气球；光从观测者的眼睛里射出来，然后被星球吸收。可能的事或许还不止这些。按照这个想法，地球上的时间也会开倒车，我们也都会被过去所吞没。

那样就跟所有时间总朝一个方向走的大量事实完全矛盾了。让我们比较一下时间和空间。空间包围着我们四周，而时间总是一点一点地体验到。左右之间的差别，根本比不上过去和未来之间的差别。在空间中我们可以朝四面八方走来走去，而我们的一切行动只能对将来起作用，不能影响过去。我们只有回忆，但除非是千里眼，不能预知未来。物质一般总是逐渐地腐烂下去，而不会自发地聚合。这样看上去，特殊的方向，空间没有，时间有。时间行走像一支箭。

文化时间

时间有向的概念，并不是一直都有的。潮水、冬夏二至、季节、星辰的循环往来，这些现象使许多原始人把时间看作一种基本上不断循环的有机节奏。他们想，既然时间跟天体的循环运转分不开，时间本身也应该是循环的。白天跟随黑夜，新月代替旧月，冬天过了是夏天，为什么历史就不这样？中美洲的玛雅人相信历史每260年重复一次，这个周期他们叫拉马特，是他们日历的基本单元。他们认为灾难也有周期：1698年，西班牙人入侵登陆，伊嚓部落闻风而逃，因为他们相信周期满了，灾难来到。这点他们并没有搞错，但并不是什么预言，连巧合都算不上：原因是入侵80年前，西班牙人从传教士那边得知玛雅人相信时间有周期，所以侵略者本来就预料到对方的反应。

时间的循环模式是希腊各宇宙学派的一个共同点。亚里士多德在他的《物理学》中说："凡是具有天然运动和生死的，都有一个循环。这是因为任何事物都是由时间辨别，都好像根据一个周期开始和结束；因此甚至时间本身也被认为是个循环。"斯多葛学派的人相信，每当行星回到它们初始相对位置时，宇宙就重新开始。公元4世纪的尼梅修斯主教说过："苏格拉底也好，柏拉图也好，人人都会复生，都会再见到同样的朋友，再和同样的熟人来往。他们将再有同样的经验，从事同样的活动。每个城市、每个村庄、每块田地，都要恢复原样。而且这种复原不仅是一次，而是二次三次，直到永远。"好像所有历史的事件都装在一个大轮子上一样，循环不已。这不断循环的观念重新出现在现代数学里面，叫"庞加莱循环"。"时间之箭"引起我们内心的恐惧，因为它意味着不稳定和变迁。它所指向的是世界的末日，而不是世界的重新再生。罗马尼亚人类学者、宗教史学者埃里阿德在他有关"时间之箭"和时间循环，名为《永恒回返的神话》的书里，认为世上从有人类以来，多半的人都觉得循环时间更令人安慰，而将它紧抱不放；这样，过去也是将来，没有真正的"历史"可言，死心塌地地承认再生和更新。请注意他写的："远古人的生命……虽然发生在时间里面，并不记录时间的不可逆性；换句话说，对时间意识中最明确的特征，它反而置之不理。"是犹太基督教传统把"线性"（不可逆）的时间，一下子直截了当地建立在西方文化里面。埃里阿德写道："这种'无尽循环'的老调，基督教企图一下子将它超越。"由于基督教相信耶稣的生、死和他的上十字架受难，都是惟一的事件，都是不会重复的，西方文化终于把时间看成是穿越在过去和未来之间的一条线。基督教出现以前，只有犹太人和信仰拜火教的波斯人认同这种前进式的时间。

不可逆时间深刻地影响了西方思想。

线性时间概念的出现和因之而起的观念改变，为现代科学的产生打下了思想基础。文化时间的循环模式和线性模式，在生物时间中可以找到对应。细胞的分裂，以及体内各种不同节奏——从高频的神经脉冲到悠闲的细胞更新——所组成的交响乐，都牵涉到循环式时间；而不可逆的时间则体现于从生到死的老化过程之中。日常用的钟表也具有这两个不同的时间面貌。一方面，不停的钟摆或晶体振荡累积成一般所谓的"时间"，在地球上这时间就表示为12小时或24小时的周期。另一方面，各种耗散现象，诸如电池的干涸，发条的松弛，钟锤的下降，都告诉我们时间是一去不回头的。

（选自《时间之箭》，湖南科学技术出版社，1995年版，有改动）

【交流之窗】

时间是一个令人着迷的概念。它到底是什么？是一种客观存在，还是一种主观感受？我们在日常生活中所体验到的时间，与科学家讨论的时间有什么不同？本文给我们描述了种种时间——时间在文学、文化和科学中的形象。在文学中，时间的流逝，往往伴随着诗人们对生命的咏叹；在文化中，时间被想像成周而复始的"循环模式"，又被理解成不可逆的"线性模式"；然而，科学对时间的阐释却复杂得多。在牛顿那里，时间是绝对的，具有同时性；在爱因斯坦那里，时间却是相对的，失去了向度；最可悲的是，在大爆炸以前，时空被压缩在一个"奇点"，讨论时间毫无意义。正因为有了大爆炸，才有了膨胀的宇宙，才有了宏观层次上的"时间之箭"。热力学第二定律在计算着熵的增加，也就是在监督着"时间之箭"的行进。然而，"熵的定律"也并不可怕，地球上生命的演化本身就创造了"负熵"的奇迹。还有，"自组织"理论、混沌学，这些当代的前沿科学，都试图在混沌中找到秩序。时间有箭头吗？也许，对这个从远古到现代一直困惑着人类的问题，答案尚不统一。阅读本文，重在结合已学过的科学知识，从文化与科学的高度，增进对时间这个无所不在的"幽灵"的认识，了解一下现代科学在这方面进行的反思。

第四编
以哲学的方式生活的人

⊙ 邢永峰绘

● 本编导言

　　了解哲学家的生平将有助于我们理解他们的思想。虽然哲学作品往往不如文学作品那样受到作者个人经历的巨大影响,但是从哲学家个人经历出发也经常能帮助我们自然合理地理解他们的哲学作品。譬如柏拉图在经历苏格拉底被雅典民众民主投票判处死刑之后,开始反思民主政体,反思哲学家与民众之间的关系,由此才有了我们今天所见到的柏拉图那么多深刻的哲学著作。即使生活经历简单如康德,他的宗教信仰仍然非常有助于我们理解他在三大批判中的作为。

　　我们这里所选取的文章大部分只是哲学家一生中的一个小片段,但是通过这个片段我们往往可以看到他们哲学思想的影子。另一部分是哲学家一生粗略的概览,这个概览也许对于丰满一个哲学家的形象是不够的,但可以为大家提供一个地图,大家可以按图索骥自行寻找材料以更加详细地了解自己感兴趣的方面。

苏格拉底

[美国]威尔·杜兰特　　金发燊　等译

如果古代流传下来的那尊半身雕像可以作为依据的话,苏格拉底即使作为一位哲学家,也远远不能算英俊。他有着秃顶和大而扁的脸,深陷的眼眶里目光如灼,大酒糟鼻透着酒宴的气息。就外貌而言,与其说这是最著名的哲学家,不如说是个听差。然而,如果我们观察得再仔细一些,就会透过这块粗糙的石头,感觉到他的忠厚和朴实,正是这些品质使得这位相貌平平的思想家成了雅典优秀青年推崇备至的良师益友。我们对他的情况知之甚少,然而比起贵族老爷柏拉图和沉默的学者亚里士多德来,我们对他更为熟悉,也更为了解。两千三百年后的今天,我们仍然可以看到他那笨拙的身体总是裹在陈旧、起皱的宽大袍子里,从容地穿过古希腊的公民大会,不顾周围的政治喧哗,逢人就侃侃而谈。用这种方式,他把优秀的年轻人聚拢在自己周围,然后带他们来到神殿柱廊中荫凉的一角,让他们在争论之前先对自己使用的词语加以限定和说明。

苏格拉底的追随者来自三教九流。其中像柏拉图和亚西比德那样的贵族子弟,会饶有兴趣地听他对雅典民主制度进行讽刺和分析;像安提西尼那样的社会主义者,喜欢效仿老师随遇而安的风度;还有一两个像亚里斯提帕斯那样的无政府主义者,憧憬着一个没有等级的制度,人人都像苏格拉底一样乐观豁达的自由世界。总之,社会上各个思想流派都能在这里找到其代表人物和渊源。我们无从得知这位导师是怎样生活的,他从不干活,也不考虑明天的生计。有学生宴请时,他就大吃一顿,而他们也很希望酒宴中有他出现,因为他能详细地告诉他们养生之道。不过他在家里却不怎么受欢迎,因为他对妻儿不管不顾。在桑蒂普看来,他是个游手好闲的懒汉,不仅没给家里带来多少面包,反倒带来很多麻烦。桑蒂普和苏格拉底一样善谈,他们的一些对话似乎未能被柏拉图记录下来。但是她还是爱他的,看到他在七十岁之后被处死,她仍然很悲伤。

为什么苏格拉底能够备受学生尊敬呢?也许是因为他不仅是个哲

学家，还是个富有人情味的男子汉吧。在战场上，他曾冒着生命危险救过亚西比德的命；他饮酒时颇有绅士风度，既不怯场，也不滥饮。但毫无疑问，学生们最喜欢他的还是他谦虚的品格，尽管他是那么智慧。他从不自夸是个智者，只是说自己是智慧的爱好者，而不是它的拥有者。据说德尔斐城的神谕宣称他是希腊最智慧的人，他却认为这是对不可知论的赞同，那是他哲学的起点——"我只知道一件事，那就是我什么都不知道"。当我们学会了怀疑，尤其是怀疑自己的信念和原则时，哲学就产生了。

当然，在苏格拉底之前也有过哲学家，有的像泰勒斯和赫拉克利特那样坚定；有的像巴门尼德和芝诺那样喜欢深究；有的像毕达格拉斯和恩培多克勒那样善于观察。但他们大多是自然哲学家，他们探寻的是外界事物的本质和客观世界的原理。苏格拉底认为那种研究固然很有价值，但是对于哲学家来说，应该有比树木、石头，甚至所有的星辰更值得关注的对象，那就是人的心灵。人到底是什么？你将成为什么？

带着这些问题，他开始到处寻访，探索人类的灵魂。他常常对一些假说进行论证，对确定无疑的事情提出质疑。如果有人不假思索地大谈正义，他就会平静地问：正义究竟是什么？你用来解决生死问题的那些抽象字眼是什么意思？你自己又是什么？苏格拉底就喜欢思考道德和心理问题。一些在这种"苏格拉底问答"面前栽过跟头的人反对说，他的问题多，答案少，只能使人的思维比以前更混乱。不过，他为两个最让我们头疼的问题给出了明确的答案，那就是美德的含义是什么，什么是最理想的国家。

对那个时代的雅典青年来说，这些都是最为重要的问题。智者派已经摧毁了他们对奥林匹斯山上诸神和道德、法律的信仰，显然，人们认为只要在法律允许之内，就可以为所欲为。这种造成人心涣散的个人主义削弱了雅典人的精神，使雅典最终被经过严格训练的斯巴达人征服。至于国家，还有什么比这种在冲动的暴民控制下的民主政治更可笑的？还有什么比这种在吵吵嚷嚷的团体领导下的政府更滑稽的？还有什么比随便升迁、罢免和处决将军们更荒谬的？还有什么比这种不论才智高低，按照字母顺序把头脑简单的农夫和工匠选进国家最高法院更令人哭笑不得的呢？雅典应该有一种什么样的合乎自然的新道德呢？如何拯救这个国家呢？

对这些问题的回答使苏格拉底付出了生命的代价，但同时也使他名垂青史。假如他尽力去恢复人们对昔日众神的信仰，把那些思想开放的年轻人带到神殿里去重新祭奠祖先崇拜的神祇，那么他就能获得年长公民们的尊敬。但是他觉得这是一种令人绝望的倒退，只能把人引向灭亡。他有自己的宗教信仰：他只信一个神，并且以谦逊的态度希望自己不被死亡彻底摧毁。不过，他知道传统的道德和法规是不能建立在这种难以捉摸的神学基础上的。

　　如果说美德意味着拥有智慧，如果能通过教育使人们看清自己的利益，预见到自己行为的后果，使自己的欲望脱离愚昧；那么全部罪恶都可能来源于错误和偏见。也许有知识的人和愚昧的人一样具有强烈的反社会的冲动，但他们肯定能更好地控制自己的冲动，不会动辄就像野兽那样残暴。但是，如果政府本身就是荒谬的，只知道统治人民而不给予帮助，只知道发布命令而不以身作则。在这样的国家里，我们怎么能说服个人去遵守法纪，并限制他在不损害整体利益的前提下去谋取私利呢？难怪亚西比德要反抗不相信能力、崇尚数量胜于推崇知识的国家，没有思想的地方就会出现混乱，而乌合之众做出草率的决定，却又在事后品尝苦果时后悔不已。人数多就能做出英明的决定，这不是十足的迷信吗？事实正相反，人们聚在一起要比独处时更糊涂、更残忍。这难道不是一个明摆着的事实吗？演说家"口若悬河，像被人敲一下就响个不停的桶"。人们受这种人的摆布，难道不觉得羞耻吗？显然，治理好一个国家需要人们奉献出自己全部的才智，需要杰出的思想家畅所欲言地发表自己的意见。除非由智者来领导，否则一个社会怎么可能得到拯救，怎么可能变得富强呢？

　　不妨设想一下，在战争需要压制所有的反对意见，而少数有文化的贵族正在酝酿一场革命的时候，雅典得势的大众党对这种贵族政治的言论会有什么反应。民主派领袖安奴托斯的心情可想而知，儿子成了苏格拉底的弟子之后，先是攻击祖先的神祇，而后又当面嘲笑自己。阿里斯托芬不是早就预料到这种反社会的举动所引起的结果了吗？

　　革命爆发了，对立双方展开了一场殊死的战斗。当民主派获胜时，苏格拉底的命运已经注定了：尽管他是那么彬彬有礼，但他毕竟是革命派的精神领袖、令人深恶痛绝的贵族哲学的源头、使年轻人沉溺于辩论之中的教唆者。安奴托斯和米利托斯提议说，要想扭转风气，那就处死苏格拉底吧。

故事的其他部分,柏拉图已经记录在优美的散文中了。我们能够有幸读到那篇简明而又充满勇气的"辩解",在这篇辩护中,哲学的第一位殉道者宣告了思想自由的必要,肯定了自己对国家的价值,并且拒不向他素来蔑视的那些人摇尾乞怜。他们握有赦免的权力,他却不屑于上诉。法官们愿意释放他,而愤怒的群众则投票要求处决他,这正好是对他理论的一种奇怪的证实。他不是否定了众神吗?这位老先生教得太快了,超出了人们的理解能力,当然会惹来杀身之祸了。

他们判决让他饮鸩而死。他的朋友们到牢里去探望他,并给他提供一条很容易的脱身之计:他们已经买通了所有官吏。但是他拒绝逃跑。他已到古稀之年,也许觉得自己该寿终正寝了,此后再也没有这样死得其所的机会了。"振作起来吧,"他对悲痛的朋友们说,"你们掩埋的只是我的肉体。"他说完这些话之后,柏拉图在一篇伟大的文学杰作中写道:

他站起身来,和克里托一起走进浴室,克里托让我们在外面守候。我们一边等候,一边谈论和思考,我们沉浸在巨大的悲痛之中。他就像我们即将失去的父亲,而我们仿佛要像孤儿一样度过今后的岁月……夕阳西下,他已经在里面呆了很久,终于,他出来了,又和我们坐在一起……但大家心情沉重,相对无语。不久,狱卒走了进来,站在他的身边说:"苏格拉底,我知道迄今为止,在所有来过这里的人当中你是最高贵、最温和、最优秀的人。我每次按照当局的命令要求他们服毒自尽时,他们就狂暴地咒骂我,您是不会像他们那样做的。我知道您不会恨我,因为您知道这不是我的错。别了,我的朋友,希望您轻松地做完这件不得不做的事。您知道,我干上这份差事也是不得已。"说完,狱卒已是热泪盈眶,转身走了出去。

苏格拉底凝视着他的背影说:"谢谢您的好意,我听从您的安排。"然后转过身来对我们说:"他真是个可爱的人,自从我进了监狱,他经常来看我……刚才他向我表示遗憾时是多么真诚啊,我们必须按他的安排去做,克里托,如果毒酒准备好了,就叫人拿过来。"

"太阳才刚过山头,"克里托说,"很多人总是想办法拖时间,接到行刑命令之后还要大吃大喝,尽量满足了身体的欲望之后才肯罢休。时间还早,您又何必着急呢?"

苏格拉底说:"是的,克里托,你说的那些人这样做是对的,因为他们认为拖延会有所收获,但是我不这样做也是对的,因为我不认为拖延一下就能得到什么,如果我还吝惜这不可挽回的生命,岂不可笑。请照我说的去做吧。"

于是克里托示意侍者进来。过了一会儿,侍者和端着毒酒的狱卒来了。苏格拉底说:"我的朋友,请教我怎样服毒吧。"狱卒回答说:"您只要四处走走,等感觉到双腿沉得走不动了再躺下来,那时毒性就发作了。"说着,他把杯子递给苏格拉底。苏格拉底温和、从容地接过杯子,对狱卒说:"这杯酒我用来祭神,你说好吗?"狱卒回答说:"我们只准备了这么多,刚好够您用,苏格拉底,再也没有了。"

"我明白了,"苏格拉底说,"但我必须祈求神灵保佑我在去另一个世界时一路平安,但愿我的心愿能得到满足。"说完,他举起杯,若无其事地将毒酒一饮而尽。

起先我们尚能控制住自己的悲痛,但此刻我们亲眼看着他喝下毒酒,都不禁泪流满面,我用手捂住脸,泪水却像泉水般从指间涌出,我不是为他哭泣,我是在为自己哭泣。一想到自己就要失去这样一位良师益友,我就悲恸万分。不仅是我,克里托也早已泣不成声,躲到一边去了。这时,一直在一旁呜咽的阿波罗多拉斯突然放声大哭起来,这样一来,大家全都失声痛哭了。苏格拉底依然从容,他说:"哭哭啼啼像个什么样?我不让女人来这里,就是为了避免这种干扰。你们也应该知道人应该在平静中死去吧。那么就请安静下来,耐心等着吧。"听了他的话,我们都感到很羞愧,都止住了眼泪。他在房间里踱起步来,直到腿越来越沉重,才按狱卒的指导,仰面躺下。服侍他服毒的狱卒不时地查看他的腿脚,后来使劲在他脚上掐了一下,问他是否有感觉。苏格拉底回答说没有。就这样,狱卒顺着脚踝往上捏,告诉我们苏格拉底已经冰冷僵硬了。苏格拉底自己也感觉到了,他说:"毒酒到达心脏时,生命就会结束。"当他的小腹开始变凉时,他揭开盖在身上的被单,露出脸来说:"克里托,我还欠阿斯克勒庇俄斯一只公鸡,你能替我还清这笔债吗?"这句话成了苏格拉底的临终遗言。"我一定替您还,"克里托说,"您还有什么盼咐?"苏格拉底没有应声,过了一会儿,我们听见他动了一下,狱卒揭开他身上的被单,他的目光已经凝滞了。克里托合上他的双眼和嘴。这就是我们的良师益友临终时的情景。可以说,他是我所认识的人中最智慧、最正直、最优秀的人。

(选自《哲学的故事》,生活·读书·新知三联书店,1997年版)

【交流之窗】

什么是智者?什么是哲人?什么是圣人?也许我们都在内心里给自己一个答案。苏格拉底的一生,思考着人类社会的终极问题,到底什么才是真正的美德,什么才是真正的社会。苏格拉底不相信权威,不固守传统,不断地怀疑探索,并且能够启发进步青年,培养进步的火苗种子,把自由真理的精神植入人的精神之中。死亡在真理面前是极为从容淡定,我们看到了这种人生大境界的力量。千百年来,人类文明能够薪火相传,我们更应该慎终追远,重新回望这些圣贤的身影,只是为了更好地走下去。

柏拉图

[英国]罗伯特·艾伦　　刘　华　译

　　柏拉图于公元前427年5月7日出生在雅典附近的伊齐那岛。他的父亲阿里斯通和母亲珀克里提俄涅都出自名门望族。

　　柏拉图原名阿里斯托克勒。据说,他的体育老师见他体魄强健,前额宽阔,就把他叫作柏拉图,而在希腊文中"plato"的意思就是宽广。

　　柏拉图出生的那年伯罗奔尼撒战争已经进行到第四个年头。他是在战争时期长大的,但他的家庭并未像其他许多家庭一样因战争而家道中落。因而,柏拉图从小受到了良好的教育,对音乐、绘画、文学都有广泛的涉猎,并取得了一定的成绩。他在青年时期热衷于文艺创作,写过赞美酒神的颂诗和其他抒情诗,富有文学才能。

　　大约在二十岁时,柏拉图追随哲学家苏格拉底,越来越倾心于他,直到后来,苏格拉底被雅典当局以莫须有的罪名判处死刑。苏格拉底服毒而亡,时值公元前399年。苏格拉底之死给柏拉图留下了终身难以忘怀的印象,也改变了他一生的志向。

　　苏格拉底去世以后,二十八岁的柏拉图遵从老师的教导外出游历。他于公元前399年离开雅典,周游地中海地区,先后到过埃及、意大利、西西里等地,他边考察、边宣传他的政治主张,访问过毕达哥拉斯门徒所组成的学派。

　　公元前388年,他到了西西里岛的叙拉古城,想说服统治者建立一个由哲学家管理的理想国,但目的没有达到。但柏拉图在这里遇到霸主的女婿迪恩,一见如故,欢喜非常。在柏拉图看来,迪恩酷爱哲学,又是一个实行家;苏格拉底以后,对柏拉图影响最大的,便是迪恩了。

　　从叙拉古城返回的途中,柏拉图不幸被卖为奴隶,他的朋友花了许多钱才把他赎回来。

　　公元前387年,柏拉图四十岁,终于回到了雅典,当时整个希腊世界日薄西山,奄奄一息。此时,苏格拉底事件已被人们逐渐淡忘。柏拉图在雅典城外西北角的阿卡德穆斯建立学园,并命名为"阿加德米(Academy)",这就是著名的"柏拉图学园",也是欧洲历史上第一所传授知识、进行学术研究、培养学者和政治人才的综合性学校。

柏拉图的学园在西方开创了学术自由的传统,其目的之一就是要为城邦培养治理人才,所以与当时许多城邦有政治联系。虽然柏拉图在实践中经过多次碰壁以后,他的政治理想也有所降低,但他想按照哲学的正义原则治理城邦的思想却并没有被放弃。

这期间著有《理想国》《会饮篇》《斐得若》《费多》等最具戏剧性的对话。《理想国》是柏拉图一生的代表作。

他成功主持这个学园二十年后,为了能够实践自己的政治理想,在以后的日子里,柏拉图又两次前往西西里。一次是公元前367年,也就是他六十岁的时候,叙拉古国王狄俄尼索斯一世过世,其子继位。新国王狄俄尼索斯二世邀请柏拉图来做他的老师以学习治国之道。柏拉图希望将其培养成一个现实中的"哲学王"。可是,在一些人的挑拨下,新国王与其舅父产生隔阂,并将其放逐到国外。

后来狄俄尼索斯二世再次邀请柏拉图去叙拉古,结果仍是败兴而归。

柏拉图重回雅典安顿下来,他放弃了参与政治实践,并将全部精力用于办好学园,从此以后过着平静的生活。就在自己创办的学园里,柏拉图勤耕不辍,在晚年时期还为世人留下了许多著作,其大多数以对话体写成,常被后人引用的有:《辩诉篇》《曼诺篇》《智者篇》《法律篇》《斐里布篇》《蒂迈欧篇》等。

公元前347年,在参加一次婚礼宴会时,柏拉图默默地退到屋子的一角,平静地无疾而终,享年八十岁。人们将他葬于他耗费了半生才华的学园。

柏拉图死后,他所创立的学园由门徒主持,代代相传,继续存在了数世纪之久。但学园派对后世影响最大的,仍是柏拉图这位开山鼻祖。

(选自《哲学的盛宴》,新世界出版社,2013年版)

【交流之窗】

　　一直以来，柏拉图都被视为整个西方历史甚至整个世界历史上最伟大的哲学家之一。他出身贵族，据说原本立志修习文学，然而遇见苏格拉底后决定弃文从哲。虽然柏拉图跟随苏格拉底仅有八年光阴；但是苏格拉底的言行甚至包括死亡都对柏拉图产生了难以磨灭的影响，而这些也对整个人类历史产生了至关重要的影响。柏拉图的作品文笔优美，里边所关注的问题在两千多年来为一代又一代的哲学家们所反复讨论，因此怀特海说，整个西方哲学史都是柏拉图的注脚。在柏拉图的几乎所有作品中，苏格拉底都以第一主角的身份出现，这是柏拉图纪念自己的老师的方式，或许这也是柏拉图在说自己的所有哲学思考都要归功于自己的老师。

亚里士多德

[德国]威廉·魏施德　李文潮　译

亚里士多德（Aristoteles）是继柏拉图之后最伟大的希腊哲学家。著名的语言学家维蓝莫维茨曾说，亚里士多德这个人"经院哲学崇拜他，参加哲学考试的学生却诅咒他，因为他们必须死记硬背枯燥的教科书中所罗列的他的哲学体系"。这位亚里士多德，生于公元前三八四或者三八三年。原籍斯达哥利阿。因此，人们也习惯称他斯达哥利阿人。这本身没有多大意义，就像人们称谢林是"莱姆堡人"、尼采是"罗谢尔人"、费希特是"拉曼瑙人"一样，意思无非是说：在柏林那位伟大的"拉曼瑙人"作了他那著名的《致德意志民族》的演讲。

当然，就亚里士多德来说，出生地并非如此无关紧要。斯达哥利阿这座小城名不见经传，除了它的哲学家，似乎再也没有什么值得一提。但此城的地理位置却很重要。它离雅典非常遥远，处于色雷斯地区的某个角落。亚里士多德和他的伟大导师柏拉图不一样：他不是希腊文化中心雅典的公民，而是个地地道道的乡下人。

另一个区别是：亚里士多德的家庭不属于贵族，当然也不是草芥之民，而是个殷实富户。不管怎样，父亲还有个马其顿皇家御医的头衔。从父辈手里接过诊所，看病炼丹，救死扶伤，倒也顺理成章。但亚里士多德更想去雅典，家里也支持。事先当然请人算过命，询问过天意。亚里士多德应该去雅典干什么呢？神灵的回答是：他应该学习哲学。不可想像，如果算命的给了另外一种回答，那西方的思想史又将如何发展。

富有的爸爸为儿子的学业做了充分的物质准备。也许受此影响，尽管成了哲学家，亚里士多德的一生中，特别强调生活方面要舒适安逸：足够的仆人、固定可观的收入、衣着高档、食不厌精。在这方面，亚里士多德并不以他的同代人代俄哲尼斯为榜样：这位哲学家，放着宽敞的房子不住，偏要搬到一只浮船上去，并且由此而名声大噪。就像后来有人写到的那样，亚里士多德认为：在世界的全部财富中自己占有足够的一部分，也属于人生的幸福。据一位仆人说，亚里士多德衣着非常考究，还戴着数枚戒指，发型也很漂亮。尽管如此刻意打扮，亚里士多德的外表却并不怎么引人注目。这位仆人补充说："他双腿细瘦无力，眼睛很小，说话时还有些结结巴巴。"

这位从斯达哥利阿来到雅典的年轻人决定献身哲学。在当时的历史条件下，这并不意味着他将从事一门特殊的、毫无实用意义的学问，进而成为一个神经兮兮、苦思冥想的怪人。在亚里士多德的时代，哲学还是一门包罗万象的学问，几乎囊括了所有的知识与科学。不管是想成为政治家、将军，还是教育家，最好先和哲学打打交道。

在雅典学哲学，当然最好是到柏拉图那里去。在那座名为阿加德米的神圣的小山丘上，柏拉图已经聚集了一大批弟子，和他们一起研究着哲学。现在，十七岁的亚里士多德进入了这个圈子，一口气呆了二十年，一块学习、参加讨论，但首先是苦苦研读，死啃书本。据说柏拉图送给他的绰号就是"书虫"。学生非常崇敬这位导师，且终生不贰。亚里士多德曾说：柏拉图这个人，坏人连赞扬他的权利都没有。不只如此，应当说：柏拉图是神。

像亚里士多德这样一个聪明人，久而久之，当然就会产生自己的哲学思想，不可能对导师的晚期哲学百依百顺，唯师是从。对此，柏拉图曾伤心地说："亚里士多德尥蹶子反对我，就像那些小马驹对待自己的母亲那样。"

公开的对抗当然是柏拉图死后才爆发的。原因是一位才华不如亚里士多德的人被确定为阿加德米的新首领。一气之下，亚里士多德愤而出走，去了小亚细亚地区的一个诸侯那里供职。这位君主非常欣赏柏拉图的哲学思想，甚至在灭亡时，还保持着一种哲学家的气节：当波斯人占领了他的土地，准备把他送上绞刑架时，他还在监狱里托人转告他的朋友们，说他直至生命的最后一息，也没做出什么有愧于哲学的事情。

在此期间，亚里士多德已经离开了这位君主的领地，遇到了另一位重要人物。在雅典与伟大的哲学家柏拉图共事之后，他在马其顿见到了那个时代最伟大的军事与政治天才：亚历山大大帝。当然，亚历山大当时还不是什么大帝，而是一个十三岁的毛孩子。亚里士多德也不是做他的政治顾问，而是他的启蒙老师。哲学家的教育艺术对这位未来的政治家与军事家究竟产生了什么影响，可惜我们一无所知。但可以想像，那几年是权力和精神共同结合的岁月。亚历山大是未来的世界统治者，亚里士多德是将要占领精神王国的哲学家。

伴君如伴虎,担任这个职务,并不是没有危险的。据说,继他之后教育这位王子的人,就被当作谋反者抓了起来。由于受不到照料,身上长满了虱子,被关在笼子里游街示众之后,成了狮子的口中食。这一传闻真实与否,当然很难确定。古代那些爱搬弄是非的好事之徒还以这个令人悲哀的事情为契机,指控亚里士多德曾试图毒死亚历山大。估计这事纯属子虚乌有。即使确有其事,我们的哲学家也不必为其后果担忧。因为在此期间,他已经离开皇室再次来到了自由城雅典。

在这里,亚里士多德召集了一批门徒。他们在一间有柱子的大厅里集合,讨论时便绕着柱子走来走去。雅典人觉得这种讨论方式很别致,便戏称亚里士多德和他的弟子们是"流浪汉"。后来编写哲学史的人继承了这一看法,称亚里士多德学派是"逍遥学派"。听起来文雅一点,意思却差不多,都是:"游来转去之人"。

和今天的情况一样,调皮的学生们总是特别注意他们的老师有哪些与众不同的地方。他们感兴趣的,首先是老师睡觉时的样子,还确实发现了,亚里士多德每次睡觉时胃部总放着一条装满热油的橡皮管。也许亚里士多德是没有办法才这样做的,因为如果记载真实的话,他死于某种胃病。在学生们看来,比这更奇怪的,是他们的老师缩短休息时间、迫使自己继续思考的办法。他们说亚里士多德睡觉时手里总拿着两只铁球,手下再放一个碗。入睡后铁球脱落掉进碗里,声音就会把他惊醒。这样他便可以接着进行他的哲学研究了。

学生们的作用当然不只是观察记载这些有趣的轶闻。相反,亚里士多德对他们很严格,要求他们一起参加自己的研究工作。在西方思想史上,这是第一个有组织的科学研究小组。

可惜的是,好景不长。亚历山大死后,雅典的政治形势发生变化,摆脱了马其顿王国的影响。过去和马其顿有过接触的人,开始受到迫害,被指控有通敌之嫌。公开批判亚里士多德犯有政治错误,证据显然不足。这样,人家便说他亵渎神明。亚里士多德逃走了,控告也就不了了之。据说亚里士多德曾讽刺说:雅典人已经杀害了苏格拉底,他要阻止他们再次对哲学犯下不可饶恕的罪行。流亡后不久,他就死去了,时年六十三岁。当然还留下了一份详细感人的遗嘱,其中还提到了他的奴隶和情人。

这大约就是伟大的亚里士多德的生平。他一生颠沛流离，备受迫害，常被歧视。他在诸侯王室担任过各种各样的职务，同时还进行过多方面的教育工作。想想这些，我们也许会问，在如此动乱的情况下，他还能安静地进行哲学研究吗？然而事实却是，古代哲学家中，恐怕还没有第二人像他那样从容不迫，持之以恒，完全献身于外界事物的研究而很少顾及自身的命运。有一次，当他听说有人诬蔑他时，亚里士多德说："我不在场时，任他用鞭子抽打我吧！"这句颇有哲理的回答很有代表性。亚里士多德很少照看自己，这样他才能更多地看到客观世界。可以说，作为学者，亚里士多德确实是个见世面的人。他的全部兴趣集中在观察形形色色、丰富多样的客观世界方面。他研究动物的身体与行为，研究星球、国家、法律、诗学、修辞学，但首先关心的是人，人是如何思考、如何行动的，应该怎样思考、怎样行动。在所有这些方面，亚里士多德都不是浅尝辄止，简单停留在博学的表面。在所有这些问题中，他都是一个哲学家，也就是说，他研究的是事物的本质，特别是现实存在的深层原因：万物从何而来，又向何处发展。

（选自《通向哲学的后楼梯》，辽宁教育出版社，1998年版）

【交流之窗】

亚里士多德在《尼各马可伦理学》中说："虽然友爱与真两者都是我们的所爱，爱智慧者的责任却首先是追求真。"因为亚里士多德在这里说的"友爱"的对象是他的老师柏拉图，所以这句话被后来人概括成"吾爱吾师，吾更爱真理"。这种态度对于哲学的思考异常重要，失去这种态度就是诉诸权威，那么事实上也就不是我们所说的真正的爱智慧了。

笛卡尔

[法国]笛卡尔　　王太庆　译

我早年在哲学方面学过一点逻辑，在数学方面学过一点几何学分析和代数。这三门学问似乎应当对我的计划有所帮助。可是仔细一看，我发现在逻辑方面，三段论式和大部分其他法则只能用来向别人说明已知的东西，就连鲁洛的《学艺》之类也只能不加判断地谈论大家不知道的东西，并不能求知未知的东西。这门学问虽然确实包含着很多非常正确、非常出色的法则，其中却也混杂着不少有害或者多余的东西，要把这两类东西区别开来，困难的程度不亚于从一块未经雕琢的大理石里取出一尊狄雅娜像或雅典娜像。至于古代人的分析和近代人的代数，都是只研究非常抽象、看来毫无用处的题材的，此外，前者始终局限于考察图形，因而只有把想像力累得疲于奔命才能运用理解力；后者一味拿规则和数字来摆布人，弄得我们只觉得纷乱晦涩、头昏脑涨，得不到什么培养心灵的学问。就是因为这个缘故，我才想到要去寻找另外一种方法，包含这三门学问的长处，而没有它们的短处。我知道，法令多如牛毛，每每执行不力；一个国家立法不多而雷厉风行，倒是道不拾遗。所以我相信，用不着制定大量规条构成一部逻辑，单是下列四条，只要我有坚定持久的信心，无论何时何地决不违犯，也就够了。

第一条是：凡是我没有明确地认识到的东西，我决不把它当成真的接受。也就是说，要小心避免轻率的判断和先入之见，除了清楚分明地呈现在我心里、使我根本无法怀疑的东西以外，不要多放一点别的东西到我的判断里。

第二条是：把我所审查的每一个难题按照可能和必要的程度分成若干部分，以便一一妥为解决。

第三条是：按次序进行我的思考，从最简单、最容易认识的对象开始，一点一点逐步上升，直到认识最复杂的对象；就连那些本来没有先后关系的东西，也给它们设定一个次序。

最后一条是：在任何情况之下，都要尽量全面地考察，尽量普遍地复查，做到确信毫无遗漏。

我看到，几何学家通常总是运用一长串十分简易的推理完成最艰难的证明。这些推理使我想像到，人所能认识到的东西也都是像这样一个连着一个的，只要我们不把假的当成真的接受，并且一贯遵守由此推彼的必然次序，就决不会有什么东西遥远到根本无法达到，隐蔽到根本发现不了。要从哪些东西开始，我觉得并不很难决定，因为我已经知道，要从最简单、最容易认识的东西开始。我考虑到古今一切寻求科学真理的学者当中只有数学家能够找到一些证明，也就是一些确切明了的推理，于是毫不迟疑地决定就从他们所研讨的这些东西开始，虽然我并不希望由此得到什么别的好处，只希望我的心灵得到熏陶，养成热爱真理、厌恶虚妄的习惯。但是我并不打算全面研究一切号称数学的特殊学问。我看出这些学问虽然对象不同，却有一致之处，就是全都仅仅研究对象之间的各种关系或比例。所以我还是只从一般的角度研究这些关系为好，不要把它们假定到某种对象上面，除非那种对象能使我们更容易认识它们，更不要把它们限制到某种对象上面，这样，才能把它们同样恰当地应用于其他一切对象。我又注意到，为了认识这些关系，我有时候需要对它们一一分别研究，有时候只要把它们记住，或者放在一起理解。所以我想：为了便于分别研究它们，就该把它们假定为线的关系，因为我发现这是最简单的，最能清楚地呈现在我们的想像和感官面前；另一方面，为了把它们记住或者放在一起研究，就该用一些尽可能短的数字来说明它们；用这个办法，我就可以从几何学分析和代数里取来全部优点，而把它们的全部缺点互相纠正了。

实际上，我可以大胆地说，由于严格遵守我所选择的那不多几条规则，我轻而易举地弄清了这两门学问所包括的一切问题，因此在从事研究的两三个月里，我从最简单、最一般的问题开始，所发现的每一个真理都是一条规则，可以用来进一步发现其他真理。这样，我不但解决了许多过去认为十分困难的问题，而且对尚未解决的问题也觉得颇有把握，能够断定可以用什么办法解决，以及可能解决到什么程度。这一点，也许大家不会觉得我太夸口，因为大家会考虑到，一样东西的真理只有一个，谁发现了这个真理，谁就在这一点上知道了我们能够知道的一切。比方说，一个学了算术的小孩按照算术规则做完一道加法题之后,就可以确信自己在这道题的和数上发现了人心所能发现的一切。因为说到底,这种方法教人遵照研究对象的本来次序确切地列举它的全部情况,就包含着算术规则之所以可靠的全部条件。

不过这种方法最令我满意的地方还在于我确实感到,我按照这种方法在各方面运用我的理性,虽不敢说做到尽善尽美,至少可以说把我的能力发挥到了最大限度。此外我还感到,由于运用这种方法,我的心灵逐渐养成了过细的习惯,把对象了解得更清楚、更分明了。我没有把这种方法固定到某种对象上,很希望运用它顺利地解决其他各门学问的难题,跟过去解决代数上的难题一样。不过我并没有因此放大胆一开头就去研究所有的一切学问,因为那样做本身就违反这种方法所规定的次序。我考虑到一切学问的本原都应当从哲学里取得,而我在哲学里还没有发现任何确实可靠的本原,所以我想首先应当努力在哲学上把这种本原建立起来;可是这件工作是世界上最重要的事情,又最怕轻率的判断和先入之见,我当时才二十三岁,不够成熟,一定要多等几年,事先多花些时间准备,一面把过去接受的错误意见统统从心里连根拔掉,一面搜集若干经验作为以后推论的材料,并且不断练习我所规划的那种方法,以便逐渐熟练巩固。

(选自《谈谈方法》,商务印书馆,2000年版)

【交流之窗】

在这段略带自传色彩的文字中,笛卡尔讲述了他追求确定性知识的思索过程。虽然这整个思考过程并非无懈可击,但是从整体上看思路缜密,步步为营,实在是我们进行哲学思考时所要学习的典范。笛卡尔在这里讨论了自己寻求确定性知识的四条规则,正是依靠着这四条规则,笛卡尔最终推导出"我思,故我在"这个著名的结论。一个有趣的事情是,笛卡尔在这里提到了几何学和代数,也许你会想起我们在"真理的两种类型"中提到过的唯理论以数学为知识的模型那番话,但需要注意的是笛卡尔最终放弃了将数学知识作为确定性知识的努力。

斯宾诺莎

[英国]伯特兰·罗素　　耿　丽　译

斯宾诺莎（1632—1677），是最伟大的犹太哲学家之一，也是其中人格最高尚、性情最温和的人。论才智，很多人远高于他，而论道德，却无人能及。在他生前和死后的一个世纪里，这些品质却让他成为许多人眼中的极端邪恶分子。他有纯正的犹太人血统，却被犹太人革除了教籍，赶出教会。基督徒们同样憎恨他。尽管他的全部哲学都充满泛神论色彩，正统教徒却谴责他不信神。莱布尼茨在他身上受益匪浅，却又对此讳莫如深，吝于奉上任何赞赏之词；他甚至掩盖了自己与这位犹太异教徒的私交的真实情况。

光辉而短暂的一生

斯宾诺莎的生平经历很简单。他诞生于一个为逃避宗教迫害，从西班牙（也可能是葡萄牙）逃到荷兰的犹太人家庭。最初，他接受的是犹太教神学教育，但不久后他觉得自己无法坚守这种正统信仰。他不断对正统信仰提出质疑，教会甚至情愿每年给他一千弗罗林（一种货币），以求他噤声；在他拒绝了这一请求后，随即招来一次杀身之祸，但教会的谋杀并未成功。他先后移居到阿姆斯特丹和海牙等地，以磨制镜片为生。他对物质生活没有多少欲求，甘于过简朴平静的生活。少数认识他的人，即便不赞成他的信条，也都很尊敬他。思想一贯开明的荷兰政府，对他关于神学问题的意见持宽容态度。然而，正值壮年的他，在四十四岁时因患肺痨去世。

斯宾诺莎最伟大的著作是《几何伦理学》（简称《伦理学》），该著作一直到斯宾诺莎死后才得以发表。这本书在哲学史上第一次以几何方式，从各种公理和公式出发，严格按照演绎的步骤来证明哲学道理。他的其他两部重要作品是《神学政治论》和《政治论》。前者的主题是圣经批评与政治理论,而后者则只谈政治理论。

政治态度上,斯宾诺莎的立场非常鲜明,他赞成民主政体,将其看作"最自然的政体"。但他又认为主权者无过,教会应当完全从属于国家。同时,他还反对一切叛乱,即便是反对腐败无能政府的叛乱。他还认为臣民要在统治者面前坚持自己的权利,尤其是自由表达意见的权利。

斯宾诺莎的"上帝"

在哲学史上,斯宾诺莎是一位一元论者。他认为构成万物存在和统一基础的实体只有一个,就是自然界,而"神即自然"。斯宾诺莎的神既包括物质世界又包括精神世界。他认为人的智慧是神的智慧的组成部分。斯宾诺莎还认为,神是一切事物的"内因",神通过自然法则来主宰世界,所以物质世界中的任何事物都不是独立存在的,都受某种绝对的逻辑必然性的支配。世间发生的每一件事都是神的本性的显现。

他的这种绝对说法在善恶问题上引起了很多人的质疑,一位批评者毫不迟疑地指出:如果真像斯宾诺莎说的,一切事物都是神的本性的显现,而且都是善的,那么,尼罗杀死母亲,亚当偷吃苹果也是神的本性使然吗?斯宾诺莎回答,在这些行为中,具有肯定性的方面是善的,只有否定性方面才是恶的,而否定只存在于有限的创造物中。神是绝对无限的,因此对神来说,没有否定,也就不存在恶。此时,斯宾诺莎又披上了他泛神论的外衣。

斯宾诺莎提出,一切皆可证明。这是贯穿他哲学体系的一条精髓。他认为自然界和人生的本质,以及有关自然实体的一切精确知识都可以用几何学的方法推演出来。人们对待任何事情都应该像对待一加一等于二这个事实一样,自然接受,默默认同,因为它们同样是某种绝对逻辑的必然结果。很明显,这是一种形而上学的理论,完全违背了科学。在我们看来,真理都要靠观察、研究等科学方法来检验,只靠推理演绎是不行的。但在斯宾诺莎眼中,几何推理法是最根本的方法,而且和他的整个哲学体系不可分割。

斯宾诺莎的哲学体系为之后的科学运动提供了蓝图,也深深影响了后来的哲学家。他的万物整体性理论所包蕴的生活智慧,仍带给我们极大启迪。当我们仰望星空,细想人类一生所经历的一切——幸福或不幸——只不过是宇宙中的沧海一粟,我们就会感到欣慰。

主张理性,反对"炽情"

情感与理性是人类心灵的两大基本要素。情感主要表现为痛苦、快乐和欲望。每个人都根据他的情感来判断或估量善恶,快乐是善,痛苦为恶。理性与情感不同,它能够使人认识神、理解神,从而产生对神的理智的爱。

在情感理论上,斯宾诺莎认为:"运用理智才能自由,屈从于情感,有如套上枷锁。"他主张人们在理性的指示下理解一切事物和情感,人们越清晰地理解自己的情感,自身的欲望和愿望就越适度。反之,如果愿望被附着在转瞬即逝的事物上,人们又没有充分理解自己的情感,就极易被激情所奴役。

这种激情是斯宾诺莎反对的一种情感,被他称为"炽情",他认为这种情感以"自我保全"为根本动机,会让我们显得处处受制于外界因素。各类炽情间可能都存在某种矛盾或冲突,但只要人们在生活中能遵从理性,就一定会和谐共处。

(选自《西方哲学史》,重庆出版社,2006年版)

【交流之窗】

早期的哲学难以脱离神学,哲学的理性思辨性和神学的神秘性存在着种种矛盾。斯宾诺莎是继笛卡尔之后的又一个以理性著称的哲学家,他主张用几何式的逻辑推导哲学,对圣经的上帝观提出了自己的怀疑,提出人是上帝的神性显现,对正统信仰提出了挑战,在当时是离经叛道之举,饱受迫害指责,这个具有犹太血统的哲学家用倔强坚守回答世人的责难。斯宾诺莎不仅仅只在自己书桌中做学问,而且参与政治自由的讨论,用哲学思考整个社会政治问题。无论时局如何动荡,他始终冷静理性,正如他自己所说的一样,"运用理智才能自由,屈从于情感,有如套上枷锁"。

康 德

耀 文

伊曼努尔·康德是德国唯心主义哲学家，德国古典哲学的奠基人。他在西方哲学史上占有很重要的地位，被后人比做"蓄水池"：前人的思想在这里汇集，后人的思想则从这里流出来。

康德出生于手工业者家庭，父亲是一个马鞍匠，母亲是家庭妇女，二人都是虔诚的教徒。康德八岁时进入本城的腓特烈公学就读，学校反对宗教带给人的思想上的僵化，提倡人文主义教育，年幼的康德开始对宗教产生了反感。他怀疑建立在感性和信仰基础上的宗教能否指引人类走向真理，在此后的哲学生涯中他将理性主义推向了极端，他的著作堪称思辨哲学的顶峰。

1740年康德以优异成绩考入哥尼斯堡大学，并与沃尔弗学派的马丁·克努真结下了亲密友谊。克努真指引他学习自然科学，特别是学习牛顿的科学思想。牛顿所开创的古典物理学的核心思想就是教人通过理性把握宇宙万物的规律，这对康德启发很大。

大学毕业后，康德当了几年的家庭教师，后来取得了哥尼斯堡大学的编外讲师资格。在这个位置上，康德一干就是十五年，学生的听课费成了他主要的生活来源。不过当时的名流学者并不欣赏康德，以为他不过是一个平庸的教书匠。的确，康德以生活呆板著称于世，外国人认为日耳曼族严谨的印象多半来自康德。几十年间他的双脚从未离开过哥尼斯堡方圆四十里的范围，据说他的邻居甚至按照他出门的时间调钟表。然而在这平凡无奇的书斋生活中，康德的精神却驰骋在宇宙最遥远的角落，探索着世间最深奥的学问。在这段时间里，康德发表了许多著作，声望日隆。很多学生慕名而来成为他的弟子，其中不乏席勒、歌德、赫尔德等日后蜚声世界的伟人。

从整体上看，康德的学术生涯以1770年为界划分为前期和后期两个阶段。前期康德的主要研究对象是自然科学。由于牛顿与德国的著名哲学家莱布尼茨交恶，英国经验主义科学很不受德国人的待见，康德在推广牛顿物理学方面功不可没，此外他还在《自然通史和天体论》和《宇宙发展史概论》中提出关于太阳系起源的星云假说，对后世影响很大。后期康德转向了哲学研究，在他著名的"三大批判"中的第一部《纯粹理性批判》中，康德探索了"我们能知道什么"这一认识论问题。

哲学史上对这一问题的看法大致有两种：一种人认为通过感性观察、经验的积累可以认识事物之间的因果联系，但是随着新的经验的增长，旧的认识需要被不断地修订，人们永远不能把握普遍意义的真理；一种人认为一旦人们掌握了一种思维方法，就可以通过逻辑演绎从个别的经验现象中推出具有规律性的结论，也就是普遍真理。在康德生活的时代，前者以英国怀疑主义哲学家休谟为代表，后者以德国唯心主义哲学家莱布尼茨为代表。

在康德看来，莱布尼茨的"非此即彼"的"独断论"和经验派的"怀疑论"是各执一端，都不利于哲学的发展。为了克服上述两种世界观，康德主张调和二者：真理取决于人们看待事物的角度。但康德说得更为绝对："知性为自然界立法。"这一惊世骇俗的学说被欧洲知识界称为"哥白尼式的革命"。

1788年，他又出版了《实践理性批判》，探讨了道德问题。在这部书中康德试图回答"我们该怎么做"这一伦理学问题。康德主张道德自律，道德就是"绝对命令"，人的本性要求人服从它。但是康德又指出人性并未完善，人性还是一个需要不断自我完善的事物。

在康德的晚年，德国哲学家费希特鼓吹的绝对主观主义哲学日渐得势，康德曾撰文予以反驳。不过康德并非像后人理解的那样忽视感性，片面强调理性。传说康德的房间里只有两幅肖像：一幅是牛顿，一幅是卢梭。前者是理性精神的代表，后者则以感情丰富著称于世。在"三大批判"的最后一部《判断力批判》中，康德将目光转向了美学，阐述了"我们能希望什么"的问题。康德试图用"无功利"的审美活动来沟通知识和道德。至此，"三大批判"构成了一个三位一体的体系，标志着康德哲学体系的完成。

1770年康德被任命为哥尼斯堡大学的逻辑和形而上学教授，1786年又升任哥尼斯堡大学校长。1804年康德在哥尼斯堡去世，他的墓碑上刻着《实践理性批判》最后一章的名言:"位我上者,灿烂星空;道德律令,在我心中。"

（选自《了解点世界名人》,哈尔滨出版社,2016年版）

【交流之窗】

　　康德的生活极其简单。他出生于东普鲁士的格尼斯堡,也就是现在俄罗斯的加里宁格勒。他一生几乎未曾离开过这座城市,唯一的一次离家是到一百公里外的城市旅行,然而就是这一次并不算远的旅行都让他提心吊胆,发誓不再轻易出门。他每天的生活极其规律,每天下午都要在一条街道上散步,他准时到这种程度,以至于当地居民都按照他散步的时间来校正手表。然而,与刻板无味的生活形成强烈反差的是他丰富多彩且充满着革命思想的内心世界。他在这座边陲小城密切地注视着世界的发展,思考着时代最前沿的问题。

黑格尔

[德国]威廉·魏施德   李文潮 译

黑格尔（Hegel），一个平庸、无知、愚蠢、令人讨厌恶心的江湖骗子，大胆妄为，放肆无耻到了登峰造极、空前绝后的地步。但他编造的一大堆胡言乱语，却被那些廉价的弟子们捧为万古不朽的至言，被笨蛋们当作真理科学。黑格尔败坏了整整一代学人。

上面这段话，简单明了，直抒胸臆，无须任何解释。但是，它并不是某个人一时糊涂，信口开河瞎编出来的。这段话是作者三思之后写成的，并且准备印发刊行。它的作者也并非一般的无名小辈，而是大名鼎鼎的阿尔图尔·叔本华。

还有，叔本华对黑格尔的咒骂也不是一时愤怒的产物，不是偶尔为之。我们在他的著作中几乎到处都可以找到对黑格尔的不满之词。他称黑格尔是个"可怜的家伙""精神上的怪物""蛊惑人心的江湖大盗"，说他的哲学是"不值一文的陈词滥调""毫无意义的空谈""一场恶心的哲学闹剧""无聊的丧心病狂的叽叽喳喳，在此之前，这些话只有在疯人院里才能听到"。还有，"这位荒谬论的大师"，"长着一副啤酒馆老板的嘴脸"，"信口开河，无以复加"，"三十年来在德国却被奉为最大的哲学家"。叔本华预言：未来将揭露黑格尔的真实面目，因为他现在已经"一跌千丈，受到人们的蔑视"。后世嘲笑这个时代时，黑格尔将永远充当一块笑料。

后世是怎样评价黑格尔的呢？应当承认，一段时间，人们几乎完全遗忘了他。但接着发生的，却和叔本华的预见完全相反。他的学说的意义越来越大，在近代，只有康德的理论才能与他的哲学匹敌。研究黑格尔的专著浩如烟海，汗牛充栋。全世界都在召开大大小小的黑格尔讨论会。黑格尔的追随者更是五花八门，各式各样。即便那些不愿承认他的学说的人，只要他们还想严肃地研究哲学，就必须老老实实地读读他的著作。更有甚者，通过他的学生马克思，黑格尔甚至间接地影响了这个时代所发生的具体的历史变化。他的思想和其他学说一起，发挥着改天换地的作用。

与此相反，叔本华对黑格尔的攻击却被遗忘了。这也不是没有理由的，因为叔本华那种怒不可遏的诅咒也许完全是出自私怨。叔本华相信自己的学说非同凡响，具有无可比拟的意义。在还是个颇有前途的未经正式聘用的大学讲师时，叔本华就想和已经成名的黑格尔抗衡，故意把自己的讲座和黑格尔的安排在同一时间。学生们冷落叔本华，潮水般地涌进黑格尔的教室，本不值得大惊小怪。叔本华可怜地败下阵来了，一学期后，就被迫中断讲座。因为在他的讲台前，只有一排排板凳形影相吊。

黑格尔如此地受到学生们的爱戴，倒也令人费解。一是因为他的学说深奥抽象，并不易懂；二是因为黑格尔本人不会演说，口才平平。但是尽管如此，他的讲话确实有一种不可抗拒的吸引力。其原因就在于黑格尔的哲学本身，在于黑格尔对哲学的献身精神。一位对黑格尔非常崇拜的学生曾经生动地写道："他疲乏无力地甚至有点抱怨似的坐在那里，低垂着头，缩成一团。在宽大的讲义夹中翻前翻后，翻上翻下，似乎在寻找什么。语流断断续续，欲言又止，因为他不断地咳嗽，还不时地清嗓子。每个句子都是单个地出现，好像用了很大力气才艰难地蹦了出来。每个词，甚至每个音节似乎都不乐意痛痛快快地脱口而出。他声音混浊，讲一口地道的施瓦奔土话。但恰恰经过他的声道，每个词都会变得异常重要，字字千金。一句话：不管怎样，他的讲话还是迫使所有听众深深地崇敬他，感到他的高尚与尊严。他的讲演有一种战胜一切的严肃，而严肃的东西却又通过幼稚表现出来。我简直无法抗拒他的吸引力，因为在貌似晦涩的外表下，一个伟大的思想在抗争着，漂动着，却同时保持着一种巨大的、十分自信的舒适与平静。突然，他的声音提高了，洪亮了，眼光犀利，直射听众，在永不熄灭的火焰中闪烁。与此同时，黑格尔语如泉涌，具有强大吸引力的语言直捣听众的灵魂。"

年轻时的黑格尔就善于细致地观察世界，迷上了哲学。早在斯图加特上中学时，他就开始每天记日记。时而用德语，时而用拉丁文记载了一些非常认真的认识与思想，显示了他的少年老成。日记的内容包罗万象：对上帝的思考，对幸福的理解，对迷信的看法，还有讨论数学与自然科学以及世界历史的发展，甚至还有一段《论女人的性格》。当然，年轻时的黑格尔并不想和异性保持多么亲密的交往。相反，他对同学们的所作所为感到气愤:"这帮小先生带着姑娘们去散步,以罪恶的方式毁坏自己,浪费宝贵的时光。"但是,一段时间后,黑格尔听了一次音乐会,他在日记中写道:"欣赏漂亮的姑娘,也给我们的娱乐增加了不少乐趣。"

尽管如此,高度的严肃认真仍然是黑格尔的个性中的主旋律。上了大学,进了久负盛名的图林根神学院后,这一点也没有改变。在这所位于施瓦奔的学校中,黑格尔与同龄的赫尔德林以及小他五岁的早熟的天才谢林结为好友。他们狂热地崇拜康德哲学,崇拜法国革命。黑格尔在其一生中忠实地保持了这种年轻时的狂热劲头。崇拜康德,他自己成了哲学家;崇拜法国革命,每年在革命纪念日这一天,他都要独酌红葡萄酒一瓶。三个朋友中,要数黑格尔最能掩蔽自己的狂热激情了,因为不管怎样,别人送给他的外号是"老头子"。

毕业以后,黑格尔经赫尔德林介绍成了一名家庭教师,谢林则在二十岁时就当上了教授。后来,受谢林的邀请,黑格尔来到当时被称为"哲学家摇篮"的耶拿大学,成了一名未经正式聘用的讲师。他举办的讲座哲理深奥晦涩,非常难懂。另外薪水少得可怜,黑格尔被迫定期地写信给在魏玛专管此事的歌德,请求他给些补助。在这里,黑格尔经历了法国人攻占耶拿的场面。当拿破仑来到此城时,黑格尔写道,他看见"世界灵魂"在马背上驰骋。当然,"世界灵魂"并不仁慈。黑格尔的家遭到抢劫,最后由于战乱那点可怜的工资也没有了。失了业的哲学家被迫另谋生路。他来到小城班堡当了报纸编辑,不久又对这种为他人作嫁衣裳的"苦役"感到厌倦,到纽伦堡当了中学校长。这位深奥乖僻的哲学家是怎样从事与忍受孩子王这一职业的呢?诗人布伦塔诺在一封信中非常生动地写道:"在纽伦堡,我见到了老实笨拙的黑格尔。他在一所中学当校长,喜欢阅读那些古代英雄的传说以及史诗《尼伯龙根之歌》。为了欣赏这些著作,他在阅读时总是先把它们译成希腊语。"

四十六岁时,黑格尔终于成了教授。先在海德堡,后来又到了柏林。在柏林,他当然需要一段时间适应适应。他觉得柏林太大太远,这一点很烦人。另外他认为,这座城市"活见鬼有这么多专门出售烈性酒的店铺",也不怎么讨人喜欢。生活品太贵,房租太高。但不久他便觉得住在柏林还是很舒适的。特别是一次旅途中他到波恩看了看,一点也不喜欢这个城市。相比之下,更觉得柏林好。在给妻子的一封信中,黑格尔写道:

"波恩城起伏不平，坑坑洼洼，街道很窄。只是四周风景幽美，眼界宽阔。植物园很漂亮。但我更喜欢柏林。"黑格尔的第一位传记作者曾写道黑格尔非常喜欢社交。这也许是他偏爱柏林的原因之一吧："黑格尔特别喜欢和柏林的女流们来往。女士们也很快变得特别崇拜这位善良、诙谐而幽默的大教授。"

当然黑格尔并不总是如此和善可爱。这位作者接着写道："他发起脾气来可怕极了，因为他认为必须发火时，就会痛痛快快地大发一顿。骂起娘来也很厉害。谁要是碰在他的火头上，就只有四肢发抖了。"因此，有时会和同事们闹点口角与矛盾，也就不是什么稀奇事了。刚愎自用的叔本华前面已经提到了，但和黑格尔最合不来的，是神学家施莱尔马赫。尽管出于同事义气，二人经常交换酒肆的地址，但除此之外就有点水火不容了。甚至宫廷里都在议论，说黑格尔和施莱尔马赫在讨论一篇博士论文时大动干戈，手持凶器打了起来。为了公开辟谣，二人想不出其他办法，只好一起到游乐场滑了一次滑板。

这都是些无关紧要的逸闻趣事。重要的是，黑格尔的影响越来越大，不久就成了德国首屈一指的权威哲学家。人们争相听他的讲座，场场爆满，水泄不通，而且不全是学生，还有"陆军少校、枢密顾问"一类要人。和他的前辈费希特的哲学一样，他的学说渐渐成了普鲁士国家的精神支柱，对普鲁士的精神形象发挥着决定性的作用。而黑格尔本人，则越来越陷入了冷静的哲学思考之中。

此景不长。一八三一年，霍乱横行柏林，也夺去了黑格尔的生命，当时他才六十一岁。他写下的最后几句话的意思是：只有冷静的哲学思考才能给人带来认识，带来欢乐与自慰。

事实上，他的一生都是在冷静的哲学思考中度过的。他要探讨的，是包围着我们的现实存在在其深层是什么样子，而以思考与行动的方式生活在这种现实之中的人又是怎么回事。这是所有伟大的哲学家给自己提出的问题。理解黑格尔时也必须把着眼点放在这一方面。只有这样，才能不落窠臼，避免将黑格尔简单化、庸俗化，避免将他的思想功绩归纳为好像非常易学的辩证法，看成是正题——反题——正题的简单重复。只有从这一点出发，我们才能将他的思辨理解为活生生的哲学思辨，它源自现实存在之中的具体问题，进而才发展成为系统的学说，成为西方思想史上最后一套伟大的形而上学理论。

（选自《通向哲学的后楼梯》，辽宁教育出版社，1998年版）

【交流之窗】

你认为叔本华对黑格尔的攻击有道理吗？怎样从黑格尔和叔本华的哲学理论中理解叔本华对黑格尔的攻击呢？也许你会认为叔本华对黑格尔的攻击完全是出于逞一时口快，然而事实上哲学家们之间的争辩的话语往往各自有着自己哲学理论的支撑，叔本华与黑格尔的争论所反映的是二者在哲学理论上根本的对立。黑格尔将理性作为自己唯心主义哲学的基础，"除了理性外更没有什么现实的东西，理性是绝对的力量"。黑格尔的理性不仅仅是指人们头脑中的思想，也是指客观思想，亦即"绝对理念"。然而，这对于坚持非理性主义的叔本华完全就是荒谬的。在叔本华看来，人的认识是由非理性的意志所派生，并为它服务的工具。知识并不来自理性，理性的作用仅仅是保存知识、传达知识和运用知识，所以黑格尔将理性抬高到基础性的地位完全是错误的。

尼 采

孙周兴

当瓦格纳已经功成名就时,比他小三十一岁的尼采才刚刚成人。两人初识于1868年11月8日,不过当时尼采的身份还不是哲学家,而只是莱比锡大学的学生。但几个月以后,年仅二十五岁的尼采竟在业师的推荐下,径直被聘为瑞士巴塞尔大学的语言学教授,也可谓少年得志了。尼采从此与瓦格纳及其夫人柯西玛·瓦格纳过从甚密。尼采后来说,他与瓦格纳是"对跖者"(Antipoden)——原义为在地球上相对两点居住的人,可转义为立场和性格完全对立的人。然而,在早期尼采(1869—1876)那里,这种说法明显还是不能成立的:当其时也,两人之间差不多是一种师生(师徒)关系,处于关系的"蜜月时期",还不可能"对"起来。而从两人的交往过程来看,名人瓦格纳与无名之辈尼采之间显然有某种不对等、不平等,偏偏尼采又是一个心气极高之人,受不得他人的怠慢和轻视。

正是在瓦格纳及其艺术的激励下,尼采于1871年完成了他第一部重要著作《悲剧诞生于音乐精神》(后世通常简化为《悲剧的诞生》)。从这个书名中,我们就可以看出瓦格纳对尼采的影响了。尼采对此也并不讳言,在一封书信中称自己"已经与瓦格纳结成同盟了"。这时尼采与瓦格纳情投意合,怀着通过艺术重建——重新激活——神话的共同旨趣。如上所述,瓦格纳的戏剧以北欧(古日耳曼)神话为题材;而尼采这本书,则是以悲剧时代的古希腊文化为主题的。虽然尼采反对以温克尔曼为代表的古典学者们对希腊艺术和文化的理解和规定,但他为我们端出的无非也是一个"乐园——失乐园——复乐园"三部曲:悲剧代表着希腊艺术和文化的完美状态,即酒神狄俄尼索斯元素与日神阿波罗元素的二元性结合;自欧里庇德斯和苏格拉底开始了希腊悲剧文化的衰落和科学乐观主义的兴起;今天我们面临着一个通过艺术挽救颓败文化的重任,而瓦格纳已为先行者。

尼采于1876年出版的《瓦格纳在拜罗伊特》(第四篇《不合时宜的考

察》)引起了瓦格纳的热烈赞赏,以至于瓦格纳初读之下即致信尼采:"我从未读过与您的书一样优美的东西。这本书里的一切都是美妙的。……我已经告诉柯西玛,我把您置于仅次于她的位置上了。"柯西玛是瓦格纳的爱妻,从瓦格纳的上述说法中,我们已经可以体会到他对尼采的无以复加的钟爱了。不过,尼采自己却把这本小书视为他与瓦格纳的告别之作。自那以后,尼采开始疏离瓦格纳,反对瓦格纳式的艺术宗教理想。尼采对瓦格纳越来越不耐烦了,去瓦格纳家竟成了一种生理折磨。当尼采在1876年11月收到瓦格纳的《帕西法尔》剧本时,尼采终于对这位曾经的偶像绝望了。

在尼采文字中,真正构成他与瓦格纳之间的公开分裂的,乃是尼采中期著作《人性的,太人性的》(1878—1880)。在这本书中,尼采一反《悲剧的诞生》时期的艺术观,断然放弃了他前期所谓的"作为真正形而上学活动"的艺术的观点,认为艺术是"无法触动世界本身的本质"的,甚至于指责他所酷爱的音乐:"就本身来说,没有一种音乐是深刻的和富有意义的,它并不触及'意志'和'物自体'。"尼采在此把矛头直指瓦格纳及其音乐。虽然尼采采取了含沙射影的笔法,并没有专门点出瓦格纳之名,但谁也不是傻子,瓦格纳夫人柯西玛读懂了其中的敌意,其激烈的反应是:"我知道,在此恶毒胜利了。"

尼采对瓦格纳所做的最后清算是在1888年,是他思想生涯的最后一年,在一年内完成了《瓦格纳事件》和《尼采反瓦格纳》两本著作。其时瓦格纳已经去世五年了,尼采为何还要对他纠缠不休、穷追猛打呢?我们知道,自1880年代中期以来,尼采的思想境界已经完全不同于1870年代了,他已经通过重估一切价值的努力,构造了以"权力意志"和"相同者的永恒轮回"为核心的形而上学哲学体系,从而对人生此在(dasein)有了新的理解,对"现代性"问题有了更深的哲学洞察。现在,尼采把瓦格纳视为现代性的一个典型案例,认为瓦格纳总结了现代性。在此意义上,尼采可以说,音乐家(艺术家)倒是少得了瓦格纳的,相反,哲学家则是绝对少不了瓦格纳,根本避不开瓦格纳的:"为了破解现代灵魂的迷宫,哲学家在哪里能找到一个比瓦格纳更知情的向导,一个比瓦格纳更雄辩的灵魂专家呢?通过瓦格纳,现代性说出了它隐秘的语言。"

现代性的根本问题,尼采把它概括为"颓废"(décadence)问题,善恶之类的价值问题只不过是由"颓废"问题衍生出来的。而瓦格纳就是一位典型的"颓废艺术家",瓦格纳艺术是病态的"颓废艺术"。尼采说,瓦格纳的艺术以最诱人的方式混合了今天大家极为需要的东西,那就是衰竭者的"三大兴奋剂",即:"残忍"(das Brutale)、"做作"(das Künstliche)和"无辜"(das Unschuldige)。尼采把这三者视为现代灵魂的三个倾向,而瓦格纳音乐正是迎合这种病态需要的,本身也构成一个现代性的典型病例。

在尼采看来,满足现代病态官能的瓦格纳音乐不再是一种真诚的音乐,而是一种"表演"了——瓦格纳成了现代艺术的第一个"演员"或"戏子"。艺术的真诚性受到了前所未有的考验。尼采由此看到了一个重大事件的发生,即所谓"音乐中演员的升起"。在这个时代里,"唯有演员还能激起大热情。因此,演员的黄金时代来临了——演员及其同类的黄金时代来临了"。

我们看到,借着瓦格纳批判,尼采已经把现代艺术的基本特征传达出来了,也把现代人的基本生存状态揭示出来了。"残忍""做作"和"无辜",不正是我们今天空虚灵魂的真实写照吗?再有,"演员的黄金时代来临了"——尼采是在19世纪80年代下此断言的,而在今天,在这个普遍表演的时代里,不仅艺术、文学和政治成了表演,甚至生活本身也成了表演,我们于是只好承认尼采的伟大天才了。

尼采反瓦格纳——这个公案难断,尼采说得在理,瓦格纳是我们无法回避的。而到如今,问题还在于:不但瓦格纳是个案,尼采更构成一个案,一个现代性的案。

2009年1月8日,2010年1月22日补记

(选自《一个难断的现代性公案——尼采〈瓦格纳事件〉》,《文景》2010年3月号)

【交流之窗】

尼采在《悲剧的诞生》中将瓦格纳捧为未来德国文化的天才,他的作品体现了一种无穷无尽的生命力,解放了人的一切最原始的冲动,不再受任何理性规则和观念的约束,是狄俄尼索斯(酒神)艺术的理想形态。然而从这之

后，尼采对瓦格纳实际上就渐趋冷淡，因为尼采从瓦格纳新的作品中逐渐意识到他已经"一步步地屈服于他所最轻蔑的一切东西"，他已经"卧倒在基督教的十字架前"。因此，从这个角度上说，尼采的态度是始终如一的，他所钟爱的从来都只是狄俄尼索斯式的艺术。

海德格尔

[德国]马丁·海德格尔　　郜元宝　译

南黑森林一个开阔的陡峭斜坡上,有一间滑雪小屋,海拔1150米。小屋仅6米宽,7米长。低矮的屋顶覆盖着三间房间:厨房兼起居室,卧室和书房。整个狭长的谷底和对面同样陡峭的山坡上,疏疏落落地点缀着农舍,再往上是草地和牧场,一直延伸到林子里,那里古老的杉树茂密参天。这一切之上,是夏日明净的天空。两只苍鹰在这片灿烂的晴空里盘旋、舒缓、自在。

这便是我的"工作的世界"——由观察者(访客和夏日度假者)的眼光所见的情况。严格说来,我自己从不"观察"这里的风景。我只是在季节变换之际,日夜地体验它每一时刻的变化。群山无言地庄重,岩石原始地坚硬,杉树缓慢精心地生长,花朵怒放的草地绚丽而又朴素的光彩,漫长的秋夜里山溪的奔涌,积雪的平原肃穆的单一——所有的这些风物变幻,都穿透日常存在,在这里突现出来,不是在"审美的"沉浸或人为勉强的移情发生的时候,而仅仅在人自身的存在整个儿融入其中之际……

严冬的深夜里,风雪在小屋外肆虐,白雪覆盖了一切,还有什么时刻比此时此景更适合思考的呢?这样的时候,所有的追问必然会变得更加单纯而富有实质性。这样的思想产生的成果只能是原始而犀利的。那种把思想诉诸语言的努力,则像高耸的杉树对抗风暴的场景一样。

这种哲学思索可不是隐士对尘世的逃遁,它属于类似农夫劳作的自然过程。当农家少年将沉重的雪橇拖上山坡,扶稳橇把,推上高高的山毛榉,沿危险的斜坡运回坡下的家里;当牧人恍无所思,漫长缓行赶着他的牛群上山;当农夫在自己的棚屋里将数不清的盖屋顶用的木板整理就绪:这类情景和我的工作是一样的。思想深深扎根于现实的生活,二者亲密无间。

城市里的人认为屈尊纡贵和农民作一番长谈就已经很不简单了。夜间工作之余,我和农民们一起烤火,或坐在"主人的角落"的桌边时,通常很少说话。大家在寂静中抽着烟斗，偶尔有人说起伐木工作快结束了，昨夜有只貂钻进了鸡棚，有头母牛可能早晨会产下牛犊，某人的叔伯害着中风，或者天气很快就要"转"了。我的工作就是这样扎根于南黑森林，扎根于这里的农民几百年来未曾变化的生活的那种不可替代的大地的根基。

　　生活在城里的人一般只是从所谓的"逗留乡间"获得一点"刺激"，我的工作却是整个儿被这里的一切所支持和引导。后来，我在小屋里的工作一次次被各种各样的研讨会、演讲邀请、会议和弗莱堡的教职所打断。然而，只要我一回到那里，甚至是在那小屋里"存在"的最初几个小时里，以前追问思索的整个世界就会以我离去时的原样重新向我涌来。我只是进入工作自身的节奏，从根本意义上讲，我自己并不能操纵它。城里人总担心，在山里和农民呆那么长时间，生活一无变化，人会不会觉得寂寞？其实，在这里体会到的不是寂寞，而是孤独。大都市中，人们像在其他地方一样，并不难感到寂寞，但绝对想象不出这份孤独。孤独有某种特别的原始魔力，不是孤立我们，而是将我们整个存在抛入所有到场事物本质而确凿的近处。

　　在公众社会里，人可以靠报纸记者的宣传，一夜间成为名人。这是造成一个人本来的意愿被曲解，并很快被彻底遗忘的最确定无疑的遭际了。

　　相反，农民的记忆有其朴素明确永志不忘的忠实性。前些时候，那里的一位农妇快要去世了，她平日很爱和我聊天，告诉我许多村子里的古老传说。她的质朴无文的谈吐充满了丰富的想象。她还在使用村里许多年轻人不再熟悉很快就会湮没的不少古字和习语。去年，我独自在小屋里接连住过几个星期。那阵子，这位农妇经常不顾83岁高龄，爬上山坡来看我。照她自己说，她一次次来，不过是想看看我是否还在这里，或者，是否有人突然把我的小屋洗劫一空。整个弥留之夜，她都在跟家人谈话。就在生命最后一刻前一个半钟头，她还要人向那个"教授"致意。这样的记忆，胜过任何国际性报刊对据说是我的哲学思想的聪明的报道。

　　都市社会面临着堕入一种毁灭性错误的危险。都市人想到农民的世界和存在时，常常有意把他们那种其实非常顽固的炫耀姿态暂时收敛一番，殊不知这与他们心底的实情——和农民的生活尽量疏远，听任他们的存在一如既往，不逾旧轨，对学究们言不由衷的关于"民风""土地的根基"的长篇大论嗤之以鼻——又自相矛盾了。农民不需要也不想要这种城市派头的好管闲事。他们所需所想的是对其存在与自主的静谧生活的维系。但是今天许多城里人在村子里,在农民的家里,行事往往就跟他们在城市的娱乐区"找乐子"一样。这种行为一夜之间破坏的东西比几百年来关于民俗民风的博学炫耀所能毁坏的还要多。

  让我们抛开这些屈尊俯就的熟悉和假冒的对"乡人"的关心,学会严肃地对待那里的原始单纯的生存吧!惟其如此,那种原始单纯的生存才能重新向我们言说它自己。

(选自《人,诗意地安居》,广西师范大学出版社,2000年版)

【交流之窗】

  在这篇文章中,海德格尔看似在讲述有别于城市喧闹的乡下环境的美好与惬意,然而更是在揭示一种贴近大地根基,贴近存在本质的生活状态。海德格尔认为亚里士多德以降的传统哲学发展到欧洲的近现代已经走到了尽头,然而它们所关注的问题并没有因此而终结。因此,海德格尔想要回到苏格拉底以前的古希腊哲学家中去,直接谛听存在的声音,不需要借助概念和逻辑思维。这也正是他住在乡下的林中小屋的根本原因。

维特根斯坦

陈嘉映

维特根斯坦1889年4月26日生于维也纳。从血统说,他多一半是犹太人,但他母亲是天主教徒,他本人也受洗为天主教徒。他出身豪门,父亲是奥地利钢铁工业的大亨。少年维特根斯坦在家里接受教育。十九世纪和二十世纪之交,维也纳群星灿烂,涌现出多位著名的作家、艺术家、音乐家、建筑师、科学家。维特根斯坦的家庭以及他本人和其中许多人来往密切。勃拉姆斯是他家的常客。他哥哥保罗就是一个闻名国际的钢琴演奏家。音乐充满了这个家庭,也是维特根斯坦本人的终身爱好,这一点在他的著作中也常有体现。

维特根斯坦从小爱好机械和技术,十岁时就制造出一台能够实用的简单缝纫机。他的最初志向是成为一名工程师。他的兴趣渐渐集中在喷气发动机方面,于是他在1908年秋天来到曼彻斯特大学学习航空工程。他对螺旋桨的一些想法和设计多年后获得了实际应用。由于设计工作的实际需要,维特根斯坦努力研究数学,在此期间他读到了罗素的《数学原理》,并由此了解到了弗雷格的工作。数学的逻辑基础引起了维特根斯坦的巨大兴趣,他极为推崇数理逻辑的成就,把从传统逻辑到数理逻辑的发展比作从星相学到天文学的转变。他决意放弃航空工程,转而从事哲学。他来到耶拿,向弗雷格请教,并听从弗雷格的建议,于1911年转到剑桥,问学于罗素门下。

据罗素讲,维特根斯坦有一天跑到他那里,问:"你看我是不是一个十足的白痴?"罗素不知他为什么这样问,维特根斯坦说:"如果我是,我就去当一个飞艇驾驶员,但如果我不是,我将成为一个哲学家。"罗素于是要他写一篇论文,只要写他自己感兴趣的题目就行。维特根斯坦不久把论文拿来了。"我刚读了第一句,就相信他是个天才。"罗素的确把维特根斯坦当作"天才人物的最完满的范例":热情、深刻、认真、纯正、出类拔萃。关于这一时期的维特根斯坦,罗素还讲述了另外一些引人入胜的逸事。年轻的维特根斯坦经常深感郁闷,到罗素那里,几个小时一言不发只是踱来踱去,已到中年名满天下的罗素勋爵就这么陪着他。有一次罗素问他:"你到底在思考什么?逻辑,还是自己的罪孽?"维特根斯坦回答:"Both."这是个经典的故事。虽然我不鼓励读者从奇闻轶事来理解哲学,但我还是忍不住要说,哲学差不多就是把我们最隐晦的灵魂和最明晰的逻辑连在一起的努力。唯对其一感兴趣的是虔诚的教徒或逻辑教师,但不是哲学家。

维特根斯坦这时十分推重罗素已经取得的成就,他明确表示他完全赞同特称描述语理论。这主要因为罗素区分了句子的语法形式和逻辑形式,而这被维特根斯坦视为哲学的主要工作:"不相信(传统)语法是从事哲学的第一项要求"。这一时期,他开始在逻辑领域进行独立探索,对"和""或""所以"等逻辑常项的思考把他引向原子命题的想法,认为由逻辑常项连结的所有命题都是复合命题,可以分析为原子命题。

那个时代的精英人士,普遍渴望高尚的精神世界和智性创造。在剑桥的这段时间里,维特根斯坦结识了一些朋友,其中包括经济家凯恩斯、数学家品生特等。他对愚蠢的思想极不耐烦,但在日常生活中,他是个热心而忠实的朋友。1913年,维特根斯坦的父亲去世,留给他一大笔遗产。后来他把这些遗产分给了他的哥哥和姐姐。为什么不送给穷人呢?他解释说:他不愿见到本来好好的穷人由于得到这些钱财而变得堕落,而他那些亲戚反正已经很富有很堕落了。他自己一生都过着极为俭朴的生活,财物、权力和地位对他没有任何吸引力。

1913年秋,维特根斯坦离开剑桥到挪威,在挪威的斯克约顿附近自己建了一间小屋,隐居在那里,研究逻辑问题。但说成"研究"也许不妥当,维特根斯坦从一开始就对不可言说者充满困惑,他的哲学思考和逻辑研究始终发源于对人生的深刻困惑。据罗素说,在挪威离群索居的时期,维特根斯坦"已近乎疯狂"。1914年春,摩尔曾到挪威访问他,他向摩尔口述了一份笔记,这份笔记的摘要,连同1913年9月他交给罗素的一份《逻辑笔记》,成为了解这一时期维特根斯坦思想的重要材料。

1914年,第一次世界大战爆发。维特根斯坦作为志愿兵加入奥地利军队。在战场上,他以勇敢、镇定、指挥有效著称。在前线服役期间他一如既往写下大量哲学笔记。像李贺写诗那样,维特根斯坦总是把自己的思想以札记的形式记录下来，或对同事和学生口授这类片段。他把这些札记收集在一系列笔记本里，准备以它们为底本形成著作。这些笔记有一部分保存下来，其中主要部分在他死后由研究者编订出版，最重要的是《1914—1916年笔记》。这些笔记对解释维特根斯坦的成形著作有极大帮助，因为维特根斯坦的成形著作，特别是《逻辑哲学论》，采用的是极其简约的形式。通过这些笔记我们可以看到书中的命题怎样生长定型，例如在这些笔记里，我们第一次见到维特根斯坦的图像说："命题是事实的图像。"但是这些笔记的价值也许更多在于其中包含了很多犹豫，相形之下，《逻辑哲学论》的语气非常决断，似乎掩盖了维特根斯坦对某些问题的困惑。例如他当时对事物是否可以分析到简单对象相当犹豫："在分析中我们必然达到简单成分，这是先天地明白无疑的吗？例如，这是包含在分析的概念中的吗？"在《逻辑哲学论》里他断然采用了终极分析和简单对象的路线，从而建立了逻辑原子论。这当然不一定只是一个决断而可能是他那一时期得出的结论，但笔记中包含的怀疑后来还是占了上风：在后期哲学里，他对自己的"最终分析"的思想提出了严厉的批判。

1918年7月，维特根斯坦从前线到萨尔茨堡度假，住在叔父保尔·维特根斯坦家中，完成了《逻辑哲学论》，并立即开始联系出版事宜。1918年11月，大战接近尾声，维特根斯坦在意大利前线被俘，在囚禁于战俘营期间，他对已经成稿的《逻辑哲学论》继续进行修订，同时继续联系出版事宜。当时维特根斯坦籍籍无名，多次遭到拒绝，出版商一会儿要求有名人作出评价，一会儿要求维特根斯坦自付纸张和印刷费用。维特根斯坦极为恼火，认为要求作者自费出书不是正派的行为，"我的工作是写书，而世界必须以正当的方式接纳它"。至于名人的评价，罗素承担下来，为此书写了一篇长长的导论。维特根斯坦读后，坦率告知罗素，无论是解释的部分还是批评的部分，他都觉得不满。但他还是开始把这篇序言译成德文。不久后他告诉罗素，序言的德文译文不佳，他不想把它和自己的著作一起付印，尽管他的著作也可能因此就无法出版。结果不出维特根斯坦所料，没有罗素的导论，出版商拒绝出版。到此，维特根斯坦已竭尽努力，差不多只有放弃了。幸好罗素君子雅量，继续托人联系出版事宜，几经拒绝之后，1921年作为一篇论文发表在《自然哲学年鉴》最后一期上，并附有罗素导论的德文译本。1922年，仍借助罗素的帮助，此书的德英对照本在英国出版。此书一经出版,即在德国、奥地利、英国产生巨大影响。

在《逻辑哲学论》的前言里,维特根斯坦自称已经从根本上成功地解决了该书所论述的所有问题。顺理成章,他放弃了哲学研究,在1920—1926年的几年里到奥地利南部的山村做小学教员,生活俭朴近乎困苦。维特根斯坦怀着贵族式的热忱投入格律克尔领导的奥地利学校改革运动,然而小学生的家长们,愚蠢的南部农民和小市民,很快就让他感到沮丧,当地人也不喜欢他,甚至有一次指责他对孩子过度体罚并为此采取法律行动。不过,在他那些小学生眼里,维特根斯坦是另一个人,他不仅敬业尽职,而且对学生们满怀关爱。他用多种方法鼓励孩子们主动投入学习,尤其注重用富有趣味的实例来解释事物的原理,他为自己的学生们编了一本词典,这本词典几十年后仍有再版,他带着孩子们组装蒸汽机,以及其他几乎所有教学模型,他用自己的显微镜辅导学生观察小动物的骨骼,他自己花钱领孩子们旅行、参观,在当地的短途旅行中教孩子们识别各种岩石和植物,在维也纳教孩子们观察各种风格的建筑。对那些禀赋优异的孩子,维特根斯坦更是关怀备至,甚至曾提出收养其中一个,可是那个孩子的父亲拒绝了这个"疯狂的家伙"。

研究者曾认为维特根斯坦在小学教师时期放弃了哲学工作,后来巴特利所写的传记改变了这一看法。这一时期时常有人到乡下访问他,从访问者的记录来看,他远没有停止哲学思考,他和访问者几乎只谈哲学问题,并且在解释自己的哲学观点时颇为激动。的确,仅从他后期所持的"日常语言立场"来看,我们也有理由猜测,他对小学生的教学,以及和普通人的来往,对他的哲学态度发生了影响。

1926年以后,维特根斯坦离开了乡村教师的职位,在一个修道院里做过园丁的助手,协助设计并负责实施为他姐姐建造的一个宅第。这个宅第后来曾是保加利亚的使馆。据查,1933—1938年各期维也纳地方志都把维特根斯坦标明为建筑学家。他刚刚回到维也纳,就结识了维也纳小组的创始人石里克。他没有参与维也纳小组的团体活动,他对卡尔那普、纽拉特等人没有多少好感,也不赞许他们反形而上学的绝对实证观,他几乎只和石里克、魏斯曼交往,尤其与魏斯曼有多次交谈,因为他觉得这两个人文化修养较高,品位纯正。维特根斯坦重返剑桥后,每年回维也纳度暑假,其间仍和石里克等人讨论哲学。魏斯曼后来把1929年12月至

1932年7月期间维特根斯坦这些谈话的内容收集在《维特根斯坦和维也纳小组》一书中。

有记载说,他是1928年春天和魏斯曼及费格尔一起听了数学家布劳维尔在维也纳的题为"数学、科学和语言"的一次讲演后,重新萌发了哲学探索的兴趣。布劳维尔的基本思路接近于康德,强调理性的建构作用,数学不是纯粹的发现,更不是简单的重言式,而具有发明的意味。布劳维尔也把类似的思想应用于语言。1929年初,维特根斯坦重返剑桥,并以《逻辑哲学论》作为学位论文获得博士学位,主考官是罗素和摩尔。此后同年,他在《亚里士多德协会会报增刊》上发表了短文《关于逻辑形式的一些看法》,除了《逻辑哲学论》,这是他在建立了自己的哲学学说后唯一一次出版哲学文著。翌年底,他受聘为剑桥三一学院的研究员,从此到他1947年退休,他大部分时间在剑桥思考、研究、教课。他没有再发表什么文著,但他在课堂上讲的内容,以及偶或口述给学生的笔记,却广为流传。数量不小的笔记以及另一些手稿,他去世后由研究者编订成书,包括《哲学评注》《哲学语法》《蓝皮笔记本》《棕皮笔记本》《关于数学基础的若干评注》《哲学研究》。从这些笔记看,维特根斯坦的注意力已经不集中在经过分析之后得出的"逻辑语言",而是语言的日常的实际使用,至少是在科学工作的实际使用。

维特根斯坦曾打算定居苏联,并于1938年访问苏联,似乎是这次访问打消了他在那里定居的念头。此后,他在挪威的木屋里住了一年,1939年回到剑桥,并接替摩尔成为哲学教授。翌年,德国吞并奥地利,他转入英国国籍。战争期间,他大部分时间在伦敦一家医院当看护,后来在纽卡斯尔的一个研究所当助理实验员。同时,他当然继续思考哲学问题,《哲学研究》的主要部分即第一部分就是在这段时间里写成的。

战后他继续在剑桥任教,但对学院生活愈发不耐烦,1947年辞职。他到爱尔兰生活了两年,撰写《哲学研究》的第二部分。后来编订的《札记》大半写作于这段时间。此后他交替在威尔士、挪威居住,曾访问美国三个月。维特根斯坦不是哲学专业出身,哲学史的造诣不深,在哲学方面,维特根斯坦熟悉叔本华的著作,并通过叔本华对康德和佛教有所了解。在哲学和宗教邻近的领域,维特根斯坦熟悉克尔凯郭尔和詹姆士的一些著作。他特别钟爱陀思妥耶夫斯基和托尔斯泰的作品。维特根斯坦不是一个学者型人物,但他具有极为深厚的文化素养。他对人类生存本质的深刻感知,以及他在理智上的特殊天赋,使他在哲学上达到了其他哲学家难以企及的深度。

1949年,维特根斯坦查明患有癌症,生前最后一段时间他住在他的医生和朋友贝文(Bevan)家里,继续从事哲学写作直到生命的最后两天。

1951年4月29日,六十二岁生日的第四天,维特根斯坦与世长辞。

(摘自爱思想网,http://www.aisixiang.com/data/3100.html)

【交流之窗】

在当代西方哲学家中,维特根斯坦属于反传统型的哲学家。他自认为自己不属于他那个时代的思想和文化主流,无论是在思想观念上还是在生活方式上都处处表现出他与现代社会的格格不入。他的一生充满传奇色彩,他并没有系统读过哲学史,但却被称为哲学领域的天才,其哲学思想深深地影响了分析哲学在20世纪初的形成和在20世纪中叶的发展。许多西方哲学家认为,他既是实现当代哲学转向对语言分析的第一人,也是完成这种转向的终结者。

第五编
智慧的高地

⊙ 亲贤慕道　邹华桢书

● 本编导言

第五编 智慧的高地

在前面的四编中,我们循序渐进从生活一步一步走向哲学。在这一编中,我们攀登一个颇具难度的高地,直接研读那些对世界产生重大影响的哲学著作片段。

经典著作对于哲学教育来说是不可或缺的,它们不仅是目前哲学学科最主要的训练材料,而且所提出的问题和概念实际上建构了整个哲学学科。经典著作之所以称为经典,往往是因为它们提出了一些人性亘古以来所面临的问题,或者对这些问题作出的思考,提出了具有洞见的概念体系。读着柏拉图在《理想国》中所刻画的"洞穴比喻",两千多年后身处大陆彼岸的我们也许仍然会产生共鸣,从而对自己的处境有更深的理解。这实际上就是经典的力量所在。

因此,虽然这一编难度是存在的,但是我们仍然希望大家能够多花苦功钻研这些经典的哲学片段。由于本编所选取的文章都只是节选,缺乏上下文可能会给大家的阅读造成一定的困难,因此大家可以更多地结合"交流之窗"以及前面四编相关的篇章,甚至查找翻阅其他相关的介绍性文章,疏通文意,从而掌握哲学家们的核心思想。

理想国：洞穴比喻

[古希腊]柏拉图　　郭斌和　张竹明　译

苏：接下来让我们把受过教育的人与没受过教育的人的本质比作下述情形。让我们想象一个洞穴式的地下室，它有一长长通道通向外面，可让和洞穴一样宽的一路亮光照进来。有一些人从小就住在这洞穴里，头颈和腿脚都绑着，不能走动也不能转头，只能向前看着洞穴后壁。让我们再想象在他们背后远处高些的地方有东西燃烧着发出火光。在火光和这些被囚禁者之间，在洞外上面有一条路。沿着路边已筑有一带矮墙。矮墙的作用像傀儡戏演员在自己和观众之间设的一道屏障，他们把木偶举到屏障上头去表演。

格：我看见了。

苏：接下来让我们想象有一些人拿着各种器物举过墙头，从墙后面走过，有的还举着用木料、石料或其它材料制作的假人和假兽。而这些过路人，你可以料到有的在说话，有的不在说话。

格：你说的是一个奇特的比喻和一些奇特的囚徒。

苏：不，他们是一些和我们一样的人。你且说说看，你认为这些囚徒除了火光投射到他们对面洞壁上的阴影而外，他们还能看到自己的或同伴们的什么呢？

格：如果他们一辈子头颈被限制了不能转动，他们又怎样能看到别的什么呢？

苏：那么，后面路上人举着过去的东西，除了它们的阴影而外，囚徒们能看到它们别的什么吗？

格：当然不能。

苏：那么，如果囚徒们能彼此交谈，你不认为，他们会断定，他们在讲自己所看到的阴影时是在讲真物本身吗？

格：必定如此。

苏：又如果一个过路人发出声音，引起囚徒对面洞壁的回声，你不认为，囚徒们会断定，这是他们对面洞壁上移动的阴影发出的吗？

格：他们一定会这样断定的。

苏：因此无疑，这种人不会想到，上述事物除阴影而外还有什么别的实在。

格：无疑的。

苏：那么，请设想一下，如果他们被解除禁锢，矫正迷误，你认为这时他们会怎样呢？如果真的发生如下的事情：其中有一人被解除了桎梏，被迫突然站了起来，转头环视，走动，抬头看望火光，你认为这时他会怎样呢？他在做这些动作时会感觉痛苦的，并且，由于眼花缭乱，他无法看见那些他原来只看见其阴影的实物。如果有人告诉他，说他过去惯常看到的全然是虚假，如今他由于被扭向了比较真实的器物，比较地接近了实在，所见比较真实了，你认为他听了这话会说些什么呢？如果再有人把墙头上过去的每一器物指给他看，并且逼他说出那是些什么，你不认为，这时他会不知说什么是好，并且认为他过去所看到的阴影比现在所看到的实物更真实吗？

格：更真实得多呀！

苏：如果他被迫看火光本身，他的眼睛会感到痛苦，他会转身走开，仍旧逃向那些他能够看清而且确实认为比人家所指示的实物还更清楚更实在的影像的。不是吗？

格：会这样的。

苏：再说，如果有人硬拉他走上一条陡峭崎岖的坡道，直到把他拉出洞穴见到了外面的阳光，不让他中途退回去，他会觉得这样被强迫着走很痛苦，并且感到恼火；当他来到阳光下时，他会觉得眼前金星乱蹦金蛇乱窜，以致无法看见任何一个现在被称为真实的事物的。你不认为会这样吗？

格：噢，的确不是一下子就能看得见的。

苏：因此我认为，要他能在洞穴外面的高处看得见东西，大概需要有一个逐渐习惯的过程。首先大概看阴影是最容易，其次要数看人和其他东西在水中的倒影容易，再次是看东西本身；经过这些之后他大概会觉得在夜里观察天象和天空本身，看月光和星光，比白天看太阳和太阳光容易。

格：当然啰。

苏：这样一来，我认为，他大概终于就能直接观看太阳本身，看见他的真相了，就可以不必通过水中的倒影或影像，或任何其他媒介中显示出的影像看它了，就可以在它本来的地方就其本身看见其本相了。

格：这是一定的。

苏：接着他大概对此已经可以得出结论了：造成四季交替和年岁周期，主宰可见世界一切事物的正是这个太阳，它也就是他们过去通过某种曲折看见的所有那些事物的原因。

格：显然，他大概会接着得出这样的结论。

苏：如果他回想自己当初的穴居、那个时候的智力水平，以及禁锢中的伙伴们，你不认为，他会庆幸自己的这一变迁，而替伙伴们遗憾吗？

格：确实会的。

苏：如果囚徒们之间曾有过某种选举，也有人在其中赢得过尊荣，而那些敏于辨别而且最能记住过往影像的惯常次序，因而最能预言后面还有什么影像会跟上来的人还得到过奖励，你认为这个既已解放了的人他会再热衷于这种奖赏吗？对那些受到囚徒们尊重并成了他们领袖的人，他会心怀嫉妒，和他们争夺那里的权力地位吗？或者，还是会像荷马所说的那样，他宁愿活在人世上做一个穷人的奴隶，受苦受难，也不愿和囚徒们有共同意见，再过他们那种生活呢？

格：我想，他会宁愿忍受任何苦楚也不愿再过囚徒生活的。

苏：如果他又回到地穴中坐在他原来的位置上，你认为会怎么样呢？他由于突然地离开阳光走进地穴，他的眼睛不会因黑暗而变得什么也看不见吗？

格：一定是这样的。

苏：这时他的视力还很模糊，还没来得及习惯于黑暗——再习惯于黑暗所需的时间也不会是很短的。如果有人趁这时就要他和那些始终禁锢在地穴中的人们较量一下"评价影像"，他不会遭到笑话吗？人家不会说他到上面去走了一趟，回来眼睛就坏了，不会说甚至连起一个往上去的念头都是不值得的吗？要是把那个打算释放他们并把他们带到上面去的人逮住杀掉是可以的话，他们不会杀掉他吗？

格：他们一定会的。

苏：亲爱的格劳孔，现在我们必须把这个比喻整个儿地应用到前面讲过的事情上去，把地穴囚室比喻可见世界，把火光比喻太阳的能力。如果你把从地穴到上面世界并在上面看见东西的上升过程和灵魂上升到可知世界的上升过程联想起来，你就领会对了我的这一解释了，既然你急于要听我的解释。至于这一解释本身是不是对，这是只有神知道的。但是无论如何，我觉得，在可知世界中最后看见的，而且是要花很大的努力才能最后看见的东西乃是善的理念。我们一旦看见了它，就必定能得出下述结论：它的确就是一切事物中一切正确者和美者的原因，就是可见世界中创造光和光源者，在可理知世界中它本身就是真理和理性的决定性源泉；任何人凡能在私人生活或公共生活中行事合乎理性的，必定是看见了善的理念的。

格：就我所能了解的而言，我都同意。

苏：那么来吧，你也来同意我下述的看法吧，而且在看到下述情形时别感到奇怪吧：那些已达到这一高度的人不愿意做那些琐碎俗事，他们的心灵永远渴望逗留在高处的真实之境。如果我们的比喻是合适的话，这种情形应该是不奇怪的。

格：是不足为怪的。

苏：再说，如果有人从神圣的观察再回到人事，他在还看不见东西还没有变得足够地习惯于黑暗环境时，就被迫在法庭上或其它什么地方同人家争讼关于正义的影子或产生影子的偶像，辩论从未见过正义本身的人头脑里关于正义的观念。如果他在这样做时显得样子很难看举止极可笑，你认为值得奇怪吗？

格：一点也不值得奇怪。

苏：但是，凡有头脑的人都会记得，眼睛有性质不同的两种迷盲，它们是由两种相应的原因引起的：一是由亮处到了暗处，另一是由暗处到了亮处。凡有头脑的人也都会相信，灵魂也能出现同样的情况。他在看到某个灵魂发生迷盲不能看清事物时，不会不加思索就予以嘲笑的，他会考察一下，灵魂的视觉是因为离开了较光明的生活被不习惯的黑暗迷误了的呢，还是由于离开了无知的黑暗进入了比较光明的世界，较大的亮光使它失去了视觉的呢？于是他会认为一种经验与生活道路是幸福的，另一种经验与生活道路是可怜的；如果他想笑一笑的话，那么从下面到上面去的那一种是不及从上面的亮处到下面来的这一种可笑的。

格：你说得非常有道理。

苏：如果这是正确的，那么关于这些事，我们就必须有如下的看法：教育实际上并不像某些人在自己的职业中所宣称的那样。他们宣称，他们能把灵魂里原来没有的知识灌输到灵魂里去，好像他们能把视力放进瞎子的眼睛里去似的。

格：他们确曾有过这种说法。

苏：但是我们现在的论证说明，知识是每个人灵魂里都有的一种能力，而每个人用以学习的器官就像眼睛。——整个身体不改变方向，眼睛是无法离开黑暗转向光明的。同样，作为整体的灵魂必须转离变化世界，直至它的"眼睛"得以正面观看实在，观看所有实在中最明亮者，即我们所说的善者。是这样吧？

格：是的。

苏：于是这方面或许有一种灵魂转向的技巧，即一种使灵魂尽可能容易尽可能有效地转向的技巧。它不是要在灵魂中创造视力，而是肯定灵魂本身有视力，但认为它不能正确地把握方向，或不是在看该看的方向，因而想方设法努力促使它转向。

格：很可能有这种技巧。

苏：因此，灵魂的其它所谓美德似乎近于身体的优点，身体的优点确实不是身体里本来就有的，是后天的教育和实践培养起来的。但是心灵的优点似乎确实有比较神圣的性质，是一种永远不会丧失能力的东西；因所取的方向不同，它可以变得有用而有益也可以变得无用而有害。有一种通常被说成是机灵的坏人。你有没有注意过，他们的目光是多么敏锐？他们的灵魂是小的，但是在那些受到他们注意的事情上，他们的视力是够尖锐的。他们的"小"不在于视力贫弱，而在于视力被迫服务于恶，结果是，他们的视力愈敛锐，恶事就也做得愈多。

格：这是真的。

苏：但是，假设这种灵魂的这一部分从小就已得到锤炼，已经因此如同释去了重负——这种重负是这个变化世界里所本有的，是拖住人们灵魂的视力使它只能看见下面事物的那些感官的纵欲如贪食之类所紧缠在人们身上的。假设重负已释，这同一些人的灵魂的同一部分被扭向了真理，它们看真理就会有同样敏锐的视力，像现在看它们面向的事物时那样。

格：很可能的。

苏：那么，没受过教育不知道真理的人和被允许终身完全从事知识研究的人，都是不能胜任治理国家的。这个结论不也是很对的，而且还是上述理论的必然结论吗？因为没受过教育的人不能把自己的全部公私活动都集中于一个生活目标；而知识分子又不能自愿地做任何实际的事情，而是在自己还活着的时候就想象自己已离开这个世界进入乐园了。

格：对。

苏：因此，我们作为这个国家的建立者的职责，就是要迫使最好的灵魂达到我们前面说是最高的知识，看见善，并上升到那个高度；而当他们已到达这个高度并且看够了时，我们不让他们像现在容许他们做的那样。

格：什么意思？

苏：逗留在上面不愿再下到囚徒中去，和他们同劳苦共荣誉，不论大小。

格：你这是说我们要委屈他们，让他们过较低级的生活了，在他们能过较高级生活的时候？

苏：朋友，你又忘了，我们的立法不是为城邦任何一个阶级的特殊幸福，而是为了造成全国作为一个整体的幸福。它运用说服或强制，使全体公民彼此协调和谐，使他们把各自能向集体提供的利益让大家分享。而它在城邦里造就这样的人，其目的就在于让他们不致各行其是，把他们团结成为一个不可分的城邦公民集体。

格：我忘了。你的话很对。

苏：那么，格劳孔，你得看到，我们对我们之中出现的哲学家也不会是不公正的；我们强迫他们关心和护卫其他公民的主张也是公正的。我们将告诉他们："哲学家生在别的国家中有理由拒不参加辛苦的政治工作，因为他们完全是自发地产生的，不是政府有意识地培养造就的；一切自力更生不是被培养而产生的人才不欠任何人的情，因而没有热切要报答培育之恩的心情，那是正当的。但是我们已经培养了你们——既为你们自己也为城邦的其他公民——做蜂房中的蜂王和领袖；你们受到了比别人更好更完全的教育,有更大的能力参加两种生活。因此你们每个人在轮值时必须下去和其他人同住,习惯于观看模糊影像。须知,一经习惯,你就会比他们看得清楚不知多少倍的,就能辨别各种不同的影子,并且知道影子所反映的东西的,因为你已经看见过美者、正义者和善者的真实。因此我们的国家将被我们和你们清醒地管理着,而不是像如今的大多数国家那样被昏昏然地管理着,被那些为影子而互相殴斗,为权力——被当作最大的善者——而相互争吵的人统治着。事实是:在凡是被定为统治者的人最不热心权力的城邦里必定有最善最稳定的管理,凡有与此相反的统治者的城邦里其管理必定是最恶的。"

格: 一定的。

苏: 那么,我们的学生听到我们的这种话时,还会不服从,还会在轮到每个人值班时拒绝分担管理国家的辛劳吗(当然另一方面,在大部分的时间里他们还是被允许一起住在上面的)?

格: 拒绝是不可能的。因为我们是在向正义的人提出正义的要求。但是,和当前每个国家中的统治者相反,他们担任公职一定是把它当作一种义不容辞的事情看待的。

苏: 因为,事实上,亲爱的朋友,只有当你能为你们未来的统治者找到一种比统治国家更善的生活时,你才可能有一个管理得好的国家。因为,只有在这种国家里才能有真正富有的人来统治。当然他们不是富有黄金,而是富有幸福所必需的那种善的和智慧的生活。如果未来的统治者是一些个人福利匮乏的穷人,那么,当他们投身公务时,他们想到的就是要从中攫取自己的好处,如果国家由这种人统治,就不会有好的管理。因为,当统治权成了争夺对象时,这种自相残杀的争夺往往同时既毁了国家也毁了统治者自己。

格: 再正确不过。

苏: 除了真正的哲学生活而外,你还能举出别的什么能轻视政治权力的?

格: 的确举不出来。

苏: 但是我们就是要不爱权力的人掌权。否则就会出现对手之间的争斗。

格: 一定的。

苏：那么，除了那些最知道如何可使国家得到最好管理的人，那些有其他报酬可得，有比政治生活更好的生活的人而外，还有什么别的人你可以迫使他们负责护卫城邦的呢？

格：再没有别的人了。

苏：于是，你愿意让我们来研究如下的问题吗？这种人才如何造就出来？如何把他们带到上面的光明世界，让他们像故事里说的人从冥土升到天上那样？

格：当然愿意。

苏：这看来不像游戏中翻贝壳那样容易，这是心灵从朦胧的黎明转到真正的大白天，上升到我们称之为真正哲学的实在。

格：无疑的。

（选自《理想国》，商务印书馆，1986年版）

【交流之窗】

  在读柏拉图的《理想国》的时候，你可能在一开始时会觉得里边的想法过时而且可笑，然而你需要明确的两点是：一方面柏拉图是认真地思考过这本书的，许多你觉得的错误很有可能就是柏拉图自己希望你去发现的，因此，这本书完全值得你认真对待；另一方面你需要认真对待你自己的想法，如果你觉得它可笑，原因是什么，柏拉图想要表达的真的就是你认为的这个意思吗？回到这段文字，柏拉图的洞穴比喻顺承着"太阳比喻"和"四线段比喻"而来，讲述的是一个囚徒解放的故事，比喻的其实正是苏格拉底悲壮的经历。细细思考这个比喻，你会为柏拉图的思想感到震撼。

尼各马可伦理学：幸福

[古希腊]亚里士多德　　廖申白　译注

如果幸福在于合德性的活动，我们就可以说它合于最好的德性，即我们的最好部分的德性。我们身上的这个天然的主宰者，这个能思想高尚的、神性的事物的部分，不论它是努斯还是别的什么，也不论它自身也是神性的还是在我们身上是最具神性的东西，正是它的合于它自身的德性的实现活动构成了完善的幸福。而这种实现活动，如已说过的，也就是沉思。这个结论与前面所说的是一致的，并且符合真实。

因为首先，沉思是最高等的一种实现活动（因为努斯是我们身上最高等的部分，努斯的对象是最好的知识对象）。

其次，它最为连续。沉思比任何其他活动都更为持久。

第三，我们认为幸福中必定包含快乐，而合于智慧的活动就是所有合德性的实现活动中最令人愉悦的。爱智慧的活动似乎具有惊人的快乐，因这种快乐既纯净又持久。我们可以认为，那些获得了智慧的人比在追求它的人享有更大的快乐。

第四，沉思中含有最多的我们所说的自足。智慧的人当然也像公正的人以及其他人一样依赖必需品而生活。但是在充分得到这些之后，公正的人还需要其他某个人接受或帮助他做出公正行为，节制的人、勇敢的人和其他的人也是同样。而智慧的人靠他自己就能够沉思，并且他越能够这样，他就越有智慧。有别人一道沉思当然更加好，但即便如此，他也比具有其他德性的人更为自足。

第五，沉思似乎是惟一因其自身故而被人们喜爱的活动。因为，它除了所沉思的问题外不产生任何东西。而在实践的活动中，我们或多或少总要从行为中寻求得到某种东西。

第六，幸福还似乎包含着闲暇。因为我们忙碌是为着获得闲暇，战斗是为着得到和平。虽然在政治与战争的实现活动中可以运用德性，但这两种实践都似乎是没有闲暇的。战争不可能有闲暇。（因为，没有人是为着战争而进行或挑起战争。只有嗜血成性的人才会为战争和屠杀而对一个友好邻邦宣布战争。）政治也不可能有闲暇。政治总是追求着政治之外的某种东西，即职司与荣誉。即便政治家也追求自身或同邦人的幸福，这种幸福与政治也不是一回事（对幸福的追求也显然被认为与政治不是一回事）。尽管政治与战争在实践的活动中最为高尚和伟大，但是它们都没有闲暇，都指向某种其他的目的，并且都不是因其自身之故而被欲求。

而努斯的实现活动，即沉思，则既严肃又除自身之外没有其他目的，并且有其本身的快乐（这种快乐使这种活动得到加强）。所以，如果人可以获得的自足、闲暇、无劳顿以及享福祉的人的其他特性都可在沉思之中找到，人的完善的幸福——就人可以享得一生而言，因为幸福之中不存在不完善的东西——就在于这种活动。但是，这是一种比人的生活更好的生活。因为，一个人不是以他的人的东西，而是以他自身中的神性的东西，而过这种生活。他身上的这种品质在多大程度上优越于他的混合的品质，他的这种实现活动就在多大程度上优越于他的其他德性的实现活动。如果努斯是与人的东西不同的神性的东西，这种生活就是与人的生活不同的神性的生活。

不要理会有人说，人就要想人的事，有死的存在就要想有死的存在的事。应当努力追求不朽的东西，过一种与我们身上最好的部分相适合的生活。因为这个部分虽然很小，它的能力与荣耀却远超过身体的其他部分。

最后，这个部分也似乎就是人自身。因为它是人身上主宰的、较好的部分。所以，如果一个人不去过他自身的生活，而是去过别的某种生活，就是很荒唐的事。前面说过的那句话放在这里也适用：属于一种存在自身的东西就对于它最好、最愉悦。同样，合于努斯的生活对于人是最好、最愉悦的，因为努斯最属于人。所以说，这种生活也是最幸福的。

（选自《尼各马可伦理学》，商务印书馆，2003年版）

【交流之窗】

　　要理解这段文字,我们需要注意的是两个关键概念:德性和努斯。按照廖申白的解释,德性就是人们对于出色的实现活动的称赞,比如说眼睛的德性就是使我们看得清晰,马的德性就是跑得快。努斯是灵魂的理智部分获得真或确定性的五种方式中最高的方式,是最能体现人的特质的东西。幸福是相应于人的特有活动的,在于人的合德性的活动,那么它必定是合于我们自身中那个最好部分也就是努斯的活动,就是沉思的生活。

忏悔录：上帝之光

[古罗马]奥古斯丁　周士良　译

你（上帝）指示我反求诸己，我在你引导下进入我的心灵，我所以能如此，是由于"你已成为我的助力"。我进入心灵后，我用灵魂的眼睛——虽则还是很模糊的——瞻望着在灵魂的眼睛之上的、在我思想之上的永恒之光。这光，不是肉眼可见的、普通的光，也不是同一类型而比较强烈的、发射更清晰的光芒普照四方的光。不，这光并不是如此的，完全是另一种光。这光在我思想上，也不似油浮于水，天复于地；这光在我之上，因为它创造了我，我在其下，因为我是它创造的。谁认识真理，即认识这光；谁认识这光，也就认识永恒。惟有爱能认识它。

永恒的真理，真正的爱，可爱的永恒！你是我的天主，我日夜向你呻吟。我认识你后，你就提升我，使我看到我应见而尚未能看见的东西。你用强烈的光芒照灼我昏沉的眼睛，我既爱且惧，战战兢兢，我发觉我是远离了你漂流异地，似乎听到你发自天际的声音对我说："我是强者的食粮，你壮大后将以我为饮食。可是我不像你肉体的粮食，你不会吸收我，使我同于你，而是将合于我。"

我认识到"你是按照人的罪恶而纠正一人，你使我的灵魂干枯，犹如蛛丝"。我问道："既然真理不是散布于有限的空间，也不散布于无限的空间，不即是虚空吗？"你远远答复我说："我是自有的。"我听了心领神会，已绝无怀疑的理由，如果我再生疑窦，则我更容易怀疑我自己是否存在，不会怀疑"凭受造之物而辨识"真理是否存在。

（选自《忏悔录》，商务印书馆，1963年版）

【交流之窗】

在这段文字中,奥古斯丁提出了"光照说"。这一说法是他将《约翰福音》中的教义——"普照一切生在世上的人的真光"是"恩典和真理"——理论化的结果。奥古斯丁的大意是说,真理只存在于上帝之中,上帝是真理的来源,真理就是上帝之光,因此光照就是人的理性获得真理的途径。奥古斯丁极力推崇柏拉图,"光照说"在某种程度上正是对柏拉图的"太阳比喻"的继承。

神学大全：哲学与神学

[意大利]托马斯·阿奎那　　北京大学哲学系外国哲学史教研室　编译

有人反对在哲学以外还需要其他理论，理由：第一，除了哲学理论，似乎不需要其他理论了。因为我们没有必要追求超出人类理智的事情。《训道篇》上说："你不要找高于你的事。"一切属于可理解的事，用哲学理论就足够讲述清楚了。所以除哲学外，其他理论都是多余的。

第二，知识就是求真理，真理与存在是相通的，哲学既讨论了一切存在，而且也讨论了上帝。所以，哲学中有一部分就是神学，亦称关于上帝的学问。亚里士多德的《形而上学》，一卷六章上就说过了。所以，除了关于自然的学问外，不必要其他理论了。

这些理由是片面的。《致提摩太书》第二卷三章上说："全部经文，都是凭上帝启示写下的，对于教导，对于谴责，对于使人归正，对于使人受正义的教育，都是有益的。"这就是凭上帝启示写的，它并不属于人类凭理智获得的哲学理论。所以在哲学外，建立一种凭上帝启示的学问，是有益的。

除了哲学理论以外，为了拯救人类，必须有一种上帝启示的学问。第一，因为人都应该皈依上帝，皈依一个理智所不能理解的目的。《依撒亚》64章上说："上帝，除了你，人眼是看不见你给爱你的人所准备的。"不过，人是应该先知道上帝的目的，这样才可驾驭自己的意志、行为，趋向目的。所以，为了使人类得救，必须知道一些超出理智之外的上帝启示的道理。至于人用理智来讨论上帝的真理，也必须用上帝的启示来指导。凡用理智讨论上帝所得的真理，这只能有少数人可得到，而且费时很多，还不免带着许多错误。但是，这种真理的认识，关系到全人类在上帝那里得到拯救，所以为了使人类的拯救来得更合适、更准确，必须用上帝启示的道理来指导。因此，除了用人的理智所得的哲学理论外，还必须有上帝启示的神圣道理。

对上述不同意见的回答：（一）虽然超出人类理智的事物，用理智不能求得，但若有上帝的启示，凭信仰就可取得。所以《训道篇》上又加一句："许多超出人的知觉的事，都指示给你了。"神的道理，就是这样。

（二）对事物，从不同的方面去认识，就可得出不同的学问。例如论地圆的学说，天文学家和物理学家就得出同一的结论，不过，天文学家是对物质采用抽象的数学方法，而物理学家则就物质讨论物质。同样道理，我们也不应该禁止用上帝启示的学问去讨论哲学家用理智去认识的理论。所以说，讲圣道的神学和哲学中的神学是不同类的。

神学分为两部分，一是思辨的神学，一是实践的神学，它在思辨和实践两方面都超过其他科学。通常，我们说一种思辨科学超过其他科学，不外指它的确实性比其他科学高，或者它的题材比其他科学更高贵，而神学在这两方面都超过其他思辨科学。说它有较高的确实性，是因为其他科学的确实性都来源于人的理性的本性之光，这是会犯错误的；而神学的确实性则来源于上帝的光照，这是不会犯错的。说它的题材更为高贵，这是因为神学所探究的，主要是超于人类理性的优美至上的东西，而其他科学则只注意人的理性所能把握的东西。至于一般实践科学，它的高贵系于它是否引向一个更高的目的。如政治学、军事学，是因为军事的目的是朝向国家政治的目的。而神学的目的，就其实践方面说，则在于永恒的幸福，而这种永恒的幸福则是一切实践科学作为最后目的而趋向的目的。所以说：神学高于其他科学。

神学可能凭借哲学来发挥，但不是非要它不可，而是借它来把自己的义理讲得更清楚些。因为神学的原理不是从其他科学来的，而是凭启示直接从上帝来的。所以，它不是把其他科学作为它的上级长官而依赖，而是把它们看成它的下级和奴仆来使用：有如主要科学使用附属科学、政治学使用军事学一样，神学这样使用其他科学，这决不是因为其他科学有自己的缺点或不足之处，而只是因为我们的理智本身有缺点，我们很容易把我们通过自然的理性所得到的知识（这是其他科学的出发点）引向超乎理性之上的东西，引向神学的范围内去。

（选自《西方哲学原著选读》，商务印书馆，1981年版）

【交流之窗】

　　理性和信仰的关系问题是中世纪哲学的一个基本问题。我们在前边所提到的教父哲学中的理性主义和信仰主义就是围绕着这一问题展开的。在这段文字中，阿奎那对哲学替代神学的倾向提出了否定的答案。他认为哲学不是科学的总汇，区分科学的标准在于研究方式，而不是研究对象。哲学和神学的研究对象都是上帝、创世等，但哲学以理性认识它们，神学则依靠天启认识它们，所以哲学和神学是可以共存的。

第一哲学沉思集：我思，故我在

[法国]笛卡尔　　庞景仁　译

我昨天的沉思给我心里装上了那么多的怀疑，使我今后再也不能把它们忘掉。可是我却看不出能用什么办法来解决它们；我就好像一下子掉进非常深的水潭里似的，惊慌失措得既不能把脚站稳在水底也不能游上来把自己浮到水面上。

虽然如此，我将努力沿着我昨天已经走上的道路继续前进，躲开我能够想像出有一点点可疑的什么东西，就好像我知道它是绝对错误的一样。我还要在这条路上一直走下去，直到我碰到什么可靠的东西，或者，假如我做不到别的，至少直到我确实知道在世界上就没有什么可靠的东西时为止。

阿基米德只要求一个固定的靠得住的点，好把地球从它原来的位置上挪到另外一个地方去。同样，如果我有幸找到哪怕是一件确切无疑的事，那么我就有权抱远大的希望了。因此我假定凡是我看见的东西都是假的；我说服我自己把凡是我装满了假话的记忆提供给我的东西都当作连一个也没有存在过。我认为我什么感官都没有，物体、形状、广延、运动和地点都不过是在我心里虚构出来的东西。那么有什么东西可以认为是真实的呢？除了世界上根本就没有什么可靠的东西而外，也许再也没有别的了。

可是我怎么知道除了我刚才断定为不可靠的那些东西而外，还有我们不能丝毫怀疑的什么别的东西呢？难道就没有上帝，或者什么别的力量，把这些想法给我放在心里吗？这倒并不一定是这样；因为也许我自己就能够产生这些想法。那么至少我，难道我不是什么东西吗？可是我已经否认了我有感官和身体。尽管如此，我犹豫了，因为从这方面会得出什么结论来呢？难道我就是那么非依靠身体和感官不可，没有它们就不行吗？可是我曾说服我自己相信世界上什么都没有，没有天，没有地，没有精神，也没有物体；难道我不是也曾说服我相信连我也不存在吗？绝对不；如果我曾说服我自己相信什么东西,或者仅仅是我想到过什么东西,那么毫无疑问我是存在的。可是有一个我不知道是什么的非常强大、非常狡猾的骗子,他总是用尽一切伎俩来骗我。因此,如果他骗我,那么毫无疑问我是存在的;而且他想怎么骗我就怎么骗我,只要我想到我是一个什么东西,他就总不会使我成为什么都不是。所以,在对上面这些很好地加以思考,同时对一切事物仔细地加以检查之后,最后必须做出这样的结论,而且必须把它当成确定无疑的,即有我,我存在这个命题,每次当我说出它来,或者在我心里想到它的时候,这个命题必然是真的。

可是我还不大清楚,这个确实知道我存在的我到底是什么,所以今后我必须小心从事,不要冒冒失失地把别的什么东西当成我,同时也不要在我认为比我以前所有的一切认识都更可靠、更明显的这个认识上弄错了。

就是为了这个原故,所以在我有上述这些想法之前,我先要重新考虑我从前认为我是什么;并且我要把凡是可以被我刚才讲的那些理由所冲击到的东西,全部从我的旧见解中铲除出去,让剩下来的东西恰好是完全可靠和确定无疑的。那么我以前认为我是什么呢?毫无疑问,我想过我是一个人。可是一个人是什么?我是说一个有理性的动物吗?当然不;因为在这以后,我必须追问什么是动物,什么是有理性的,这样一来我们就将要从仅仅一个问题上不知不觉地陷入无穷无尽的别的一些更困难、更麻烦的问题上去了,而我不愿意把我剩有的很少时间和闲暇浪费在纠缠像这样的一些细节上。可是我要在这里进一步思考从前在我心里生出来的那些思想(那些思想不过是在我进行思考我的存在时从我自己的本性中生出来的),我首先曾把我看成是有脸、手、胳臂,以及由骨头和肉组合成的这么一架整套机器,就像从一具尸体上看到的那样,这架机器,我曾称之为身体。除此而外,我还曾认为我吃饭、走路、感觉、思维,并且我把我所有这些行动都归到灵魂上去;但是我还没有进一步细想这个灵魂到底是什么;或者说,假如我进一步细想了,那就是我曾想像它是什么极其稀薄、极其精细的东西,好像一阵风,一股火焰,或者一股非常稀薄的气,这个东西钻进并且散布到我的那些比较粗浊的部分里。至于物体,我决不怀疑它的性质;因为我曾以为我把它认识得非常清楚了,并且如果我要按照我那时具有的概念来解释它的话,我就会这样地描述它:物体,我是指一切能为某种形状所限定的东西；它能包含在某个地方，能充满一个空间，从那里把其他任何物体都排挤出去；它能由于触觉，或者由于视觉，或者由于听觉，或者由于味觉，或者由于嗅觉而被感觉到；它能以若干方式被移动，不是被它自己，而是被在它以外的什么东西，它受到那个东西的接触和压力，从而被它所推动。因为像本身有自动、感觉和思维等能力的这样一些优越性，我以前决不认为应该把它们归之于物体的性质，相反看到像这样一些功能出现在某些物体之中，我倒是非常奇怪的。

可是，现在我假定有某一个极其强大，并且假如可以这样说的话，极其恶毒、狡诈的人，它用尽它的力量和机智来骗我，那么我到底是什么呢？我能够肯定我具有一点点我刚才归之于物体性的那些东西吗？我在这上面进一步细想，我在心里把这些东西想来想去，我没有找到其中任何一个是我可以说存在于我心里的。用不着我一一列举这些东西。那么就拿灵魂的那些属性来说吧，看看有没有一个是在我心里的。

首先两个是吃饭和走路。可是，假如我真是没有身体，我也就真是既不能走路，也不能吃饭。另外一个是感觉。可是没有身体就不能感觉，除非是我以为以前我在梦中感觉到了很多东西，可是醒来之后我认出实际上并没有感觉。另外是思维。现在我觉得思维是属于我的一个属性，只有它不能跟我分开。有我，我存在这是靠得住的；可是，多长时间？我思维多长时间，就存在多长时间；因为假如我停止思维，也许很可能我就同时停止了存在。我现在对不是必然真实的东西一概不承认；因此，严格来说我只是一个在思维的东西，也就是说，一个精神，一个理智，或者一个理性，这些名称的意义是我以前不知道的。那么我是一个真的东西，真正存在的东西了；可是，是一个什么东西呢？我说过：是一个在思维的东西。还是什么呢？我要再发动我的想像力来看看我是不是再多一点的什么东西，我不是由肢体拼凑起来的人们称之为人体的那种东西；我不是一种稀薄、无孔不入、渗透到所有这些肢体里的空气；我不是风，我不是呼气，不是水汽，也不是我所能虚构和想像出来的任何东西，因为我假定过这些都是不存在的，而且即使不改变这个假定，我觉得这并不妨碍我确实知道我是一个东西。

可是，能不能也是这样：由于我不认识而假定不存在的那些东西，同我所认识的我并没有什么不同？我一点也不知道。关于这一点我现在不去讨论，我只能给我认识的那些东西下判断：我已经认识到我存在，现在我追问已经认识到我存在的这个我究竟是什么。可是关于我自己的这个概念和认识，严格来说既不取决于我还不知道其存在的那些东西，也更不取决于任何一个用想像虚构出来的和捏造出来的东西，这一点是非常靠得住的。何况虚构和想像这两个词就说明我是错误的；因为，如果我把我想像成一个什么东西，那么实际上我就是虚构了，因为想像不是别的，而是去想一个物体性东西的形状或影像。我既然已经确实知道了我存在，同时也确实知道了所有那些影像，以及一般说来，凡是人们归之于物体性质的东西都很可能不过是梦或幻想。其次，我清楚地看到，如果我说我要发动我的想像力以便更清楚地认识我是谁，这和我说我现在是醒着，我看到某种实在和真实的东西，但是由于我看得还不够明白，我要故意睡着，好让我的梦给我把它更真实、更明显地提供出来，是同样不合道理的。这样一来，我确切地认识到，凡是我能用想像的办法来理解的东西，都不属于我对我自己的认识；认识到，如果要让精神把它的性质认识得十分清楚，那么我就需要让它不要继续用这种方式来领会，要改弦更张，另走别的路子。

那么我究竟是什么呢？是一个在思维的东西。什么是一个在思维的东西呢？那就是说，一个在怀疑，在领会，在肯定，在否定，在愿意，在不愿意，也在想像，在感觉的东西。

当然，如果所有这些东西都属于我的本性，那就不算少了。可是，为什么这些东西不属于我的本性呢？难道我不就是差不多什么都怀疑，然而却了解、领会某些东西，确认和肯定只有这些东西是真实的，否认一切别的东西，愿意和希望认识得更多一些，不愿意受骗，甚至有时不由得想像很多东西，就像由于身体的一些器官的媒介而感觉到很多东西的那个东西吗？难道所有这一切就没有一件是和确实有我、我确实存在同样真实的，尽管我总是睡觉，尽管使我存在的那个人用尽他所有的力量来骗我？难道在这些属性里边就没有一个是能够同我的思维有分别的，或者可以说是同我自己分得开的吗？因为事情本来是如此明显，是我在怀疑，在了解，在希望，以致在这里用不着增加什么来解释它。并且我当然也有能力去想像；因为即使可能出现这种情况（就像我以前曾经假定的那样），即我所想像的那些东西不是真的，可是这种想像的能力仍然不失其为实在在我心里，并且做成我思维的一部分。总之，我就是那个在感觉的东西，也就是说，好像是通过感觉器官接受和认识事物的东西，因为事实上我看见了光，听到了声音，感到了热。但是有人将对我说：这些现象是假的，我是在睡觉。就算是这样吧；可是至少我似乎觉得就看见了，听见了，这总是千真万确的吧；真正来说，这就是在我心里叫作在感觉的东西，而在正确的意义上，这就是在思维。从这里我就开始比以前稍微更清楚明白地认识了我是什么。

（选自《第一哲学沉思集》，商务印书馆，1986年版）

【交流之窗】

这段文字摘录自笛卡尔的"第二个沉思"。我们在《我思，故我在》一文中已经初步了解了笛卡尔在"第一个沉思"中思考的内容，本篇文章正是对"第一个沉思"的顺承和初步解答。在这个沉思中，笛卡尔认为思想可以怀疑物理甚至数学对象，但是却不能怀疑自身的存在，不能怀疑"我在怀疑"，否则的话，怀疑根本无法进行。怀疑的活动一定要有一个进行怀疑的主体，"我"就是怀疑活动的主体，所以我是确切存在的。

利维坦：机械般的世界

[英国]托马斯·霍布斯　付 邦 译

"大自然"，也就是上帝用以创造和治理世界的艺术，也像在许多其他事物上一样，被人的艺术所模仿，从而能够制造出人造的动物。由于生命只是肢体的一种运动，它的起源在于内部的某些主要部分，那么我们为什么不能说，一切像钟表一样用发条和齿轮运行的"自动机械结构"也具有人造的生命呢？是否可以说它们的"心脏"无非就是"发条"，"神经"只是一些"游丝"，而"关节"不过是一些齿轮，这些零件如创造者所意图的那样，使整体得到活动的呢？艺术则更高明一些，它还要模仿有理性的"大自然"最精美的艺术品——人。

因为号称"国民的整体"或"国家"的这个庞然大物"利维坦"是用艺术造成的，它只是一个"人造的人"；虽然它远比自然人身高力大，而且以保护自然人为其目的；在"利维坦"中，"主权"是使整体得到生命和活动的"人造的灵魂"；官员和其他司法、行政人员是人造的"关节"；用以紧密连接最高主权职位并推动每一关节和成员执行其任务的"赏"和"罚"是"神经"，这同自然人身上的情况一样；一切个别成员的"资产"和"财富"是"实力"；人民的安全是它的"事业"；向它提供必要知识的顾问们是它的"记忆"；"公平"和"法律"是人造的"理智"和"意志"；"和睦"是它的"健康"；"动乱"是它的"疾病"，而"内战"是它的"死亡"。最后，用来把这个政治团体的各部分最初建立、联合和组织起来的"公约"和"盟约"也就是上帝在创世时所宣布的"命令"，那命令就是"我们要造人"。

为了论述这个人造人的本质，我们将考虑：

第一，它的制造材料和它的创造者，这二者都是人。

第二，它是怎样和用什么"盟约"组成的，什么是统治者的"权利""正当的权力"或"权威"，以及什么是保存它和瓦解它的原因。

关于第一点，有一句近来被滥用的俗话：说是"智慧"不是从"读书"

得来的,而是从了解"人"得来的。因此,那些大多数无法显示自己聪明的人就很喜欢背后互相进行恶毒攻击,以显示他们自以为已在人们身上了解到的东西。但另有一句近来尚未为人懂的俗话则是他们正应该照它来真正学会互相了解,如果他们愿意勉为其难的话,而那就是认识你自己。这句话并不是现在所应用的那样意味着支持有权势者对地位卑微的人的野蛮态度,也不意味着鼓励低下阶层的人对地位高于自己的人的那种不逊举动。而是教导我们,由于一个人的思想感情与别人相似,所以每个人对自己进行反省时,要考虑当他在"思考""推理""希望""害怕"等的时候,他是在做什么和他是根据什么而这样做的;从而他就可以在类似的情况下了解和知道别人的思想感情。我说的感情相似,是指人人都具有的,如"意愿""害怕""希望"等等,不是指感情对象的相似,即"所愿意""所害怕"和"所希望"等对象的相似:因为个人的素质和各人所受的教育千差万别,所以被以伪装、欺骗、造假和谬论掩盖并混淆的像现在这样难于被人了解的人心的性质,只有探究人心的人才能了解。虽然有时我们也从人们的行动上看出他们的意向,但那么做而没有把它和我们自己的行为动作比较,没有区别可能使情况发生变化的环节,那就只会是抓不住要点的猜测,而且在大多数情况下会由于过于相信或过于猜疑而失误;因为从事了解的人本身可以是好人,也可以是坏人。

让人们不要完全根据别人的行动来了解别人吧,这种办法只能适用于他们所熟识的人,而那是为数不多的。要统治整个国家的就必须从自己的内心进行了解而不是去了解这个或那个个别的人,而是要了解全人类。这样做起来虽然有困难,难度胜过学任何语言或科学;但是当我们明晰地系统论述了我自己的了解办法后,留下的另一个困难,只须考虑他自己内心是否还是不是那么一回事。因为这类理论是不容许有别的验证的。

(选自《利维坦》,商务印书馆,1985年版)

【交流之窗】

霍布斯受到伽利略所创立的物理学的影响，他的哲学突出地体现了近代物理学机械论的特点，因此，我们国内的哲学教科书将霍布斯称为机械唯物主义的代表人物是不无道理的。更值得注意的是，这段文字是霍布斯的代表作《利维坦》的序言。在这本书中，霍布斯发展了"社会契约论"，认为国家来自人与人之间相互订立契约，将所有权力转让给国家。因此国家拥有绝对的权力和至高无上的权威，被比喻成《圣经》中可怕的巨大海兽"利维坦"。

人类理智研究：因果关系

[英国]休 谟　吕大吉 译

"原因和结果的发现，不是通过理性而是通过经验"这个命题是很容易为人所接受的，如果就我们记得曾经完全不为我们所知的那些对象来说。因为我们必须意识到，在那个时候我们完全没有能力预知从这些对象中将会产生出什么东西来。拿两块平滑的大理石放在一个没有受过自然哲学熏陶的人面前，他决不会发现，它们是以这样一种方式黏合在一起，以至于从纵的方面要把它们分开要费很大力，而它们对横向的压力的抗力则很小。这些事件与自然中经常发生的事件少有类似之点，因而只能承认，要认识它们，只有通过经验。没有人可以想象，火药的爆炸或磁石的吸引能够通过先验论证来发现。同样，如果我们假设某种结果依赖于复杂的机械或各部分间的秘密结构，那我们就不难将我们对于这方面的一切知识归之于经验。谁敢断言他能提出终极的理由来说明牛奶和面包只对人是适宜的营养品，而不是狮子或老虎的适宜的营养品呢？

但是，乍看起来，这同一个真理对于我们有生以来就熟悉的那些事件，可能没有相同的明确性，那些事件与整个自然过程非常相似，而且人们假设它们是以那些并无各部分间的秘密结构的事物的简单性质为依据的。我们很容易想象，我们单凭理性的活动，不靠经验，就能发现这些结果。我们妄自设想，假如我们突然来到这个世界，我们立刻就能推断出，一个弹子撞击另一个弹子后，就会把运动传递给那个弹子，而不必等待事件发生，就可以确定地宣布这件事一定会发生。这是习惯的影响，习惯到了最深的程度，它就不仅掩盖了我们天生的无知，甚至隐蔽了习惯本身，以至于好像没有习惯这回事似的，而这只是因为习惯已经达到了最高的程度。

但是，要使我们相信所有的自然规律和所有的物体活动都毫无例外仅仅通过经验得到认识，那么，作下面的这些思考大概也就够了。如果一件事物呈现在我们面前，如果我们必须断定从这件事物中将要产生的结果,而不需参照过去的观察,那么,我要问你,心灵应当以什么方式来进行这种活动呢?它必须构想或想象出一个事件,把它当作那个事物的结果。很明显,这种构想一定是完全任意的。心灵即使用最精密的考察也决不能在所假定的原因里面找出结果来。因为结果是与原因完全不同的东西,所以我们决不能在原因里面发现结果。第二个弹子的运动是一件完全不同于第一个弹子的运动的事件,一个弹子中没有任何东西暗示出另一个弹子的丝毫线索。一块石头或一块金属抛到空中,如果没有任何东西支持它,便立刻回落下来。可是,若先验地来考虑这件事,我们在这种情况下,是不是可以发现一种东西能够使我们产生石头或金属降落的观念,而不是上升或者别种运动的观念呢?

(选自《人类理智研究》,商务印书馆,1999年版)

【交流之窗】

　　理解休谟在这段文字中对因果关系的质疑应该并不会有太大的困难。休谟认为我们对具体的原因和结果的认识,只能通过经验而不是通过理性获得,如果你此前从未见过任何与之类似的现象,就不会有任何所预期的观念。休谟反驳普遍因果原理和归纳原理的论证,也是反驳一般的理性主义的论证。他认为不借助经验提供的信息,仅仅推理是无法告诉我们任何关于世界的东西的,比如实体、上帝以及未来事件与过去事件的一致性。但休谟认为自己的怀疑论只是"温和的怀疑论",怀疑只是他追求确定知识的一个手段,因此他将怀疑局限于思辨领域,在实践中仍然相信我们日常的知识,包括因果关系。

纯粹理性批判：纯粹（先天）知识与经验性（后天）知识的区别

[德国]康德　李秋零　主编

我们的一切知识都从经验开始，这是不可能有任何怀疑的。因为，若不是通过对象激动我们的感官，一则由它们自己产生表象，一则使我们的知性活动运作起来，对这些表象加以比较，把它们连结或分开，由此把我们的感性印象的原始材料加工成我们称之为经验的对象的知识，那么知识能力又该由什么来唤起活动呢？因此，按照时间，我们没有任何知识是先行与经验的，一切知识都从经验开始。

但是，尽管我们的一切知识都是以经验开始的，它们却并不因此都产生于经验。因为，很可能甚至我们的经验知识，也是我们通过印象所接受的东西和我们自己的知识能力（仅仅通过感性印象激发）从自己本身提供的东西的一个复合物，对于我们的增添，在长期的训练使我们注意到它并熟练地将它分离出来以前，我们是不会把它与那些原始材料区分开来的。

因此，至少有一个还需要进一步研究而不能一见之下即刻打发掉的问题，即是否存在一种独立于经验甚至独立于一切感官印象的知识。人们把这样的知识称为先天的，并把它们与那些具有后天来源，即在经验中有其来源的经验性知识区别开来。

[选自《康德著作全集第3卷：纯粹理性批判（第2版）》，中国人民大学出版社，2010年版，有改动]

【交流之窗】

要读懂康德的著作是一件相当困难的事情。所以，我们只是选取几个简易的片段，以期由此引发大家对康德的兴趣。许多哲学家认为康德是自柏拉图和亚里士多德以来最伟大的哲学家。作为灵感之源和奠基者,他在美国和欧洲的几乎每一场现代哲学运动中都处在开端位置。没有他,就不可能有存在主义、现象学和实用主义,以及在几乎整个二十世纪支配着英美哲学的各种各样的语言哲学。康德把外部世界做了这样的区分,一方面是我们关于世界的信念和经验,另一方面是世界本身、实在和真理。他认为以往我们总是认为我们所认识到的内容是由对象所决定的,但实际上正好相反,是人的直观能力决定了人们能认识到的内容。正如人被限制了只能听见一定波段的声音,但是并不是说超出这个波段之外就不存在声音。而上文的片段基于康德基本的哲学观为我们区分了纯粹知识和经验性知识。

查拉图斯特拉如是说：上帝死了

[德国]尼　采　　钱春绮　译

查拉图斯特拉独自下山，没有碰到任何人。可是，当他走进森林时，突然有一位白发老者出现在他的面前，那位老者是为了到林中寻觅草根而离开自己的圣庵的。老者对查拉图斯特拉如是说道：

"这位行人很面熟：好多年前，他经过此处。他叫查拉图斯特拉，可是他变了样子了。

"那时你把你的死灰带进山里：今天你要把你的火带往山谷中去吗？你不怕放火者受到的惩罚吗？

"是的，我认得查拉图斯特拉。他的眼神是纯洁的，他的口角上不藏有一点厌恶。他不是像个舞蹈者一样走过来吗？

"查拉图斯特拉变了。查拉图斯特拉已经变成了孩子，查拉图斯特拉是个觉醒者：现在你要到沉睡者那里去干什么呢？

"像在海中一样，你曾生活在孤独之中，海水负载过你。哎呀，你要上岸？哎呀，你又要拖曳你的身体行走吗？"

查拉图斯特拉回道："我爱世人。"

"可是，"那位圣人说道，"我为什么走进这片森林的偏僻地方？不是由于我爱世人爱得太过头了吗？

"现在我爱上帝。我不爱世人。我觉得世人是太不完美的东西。对世人的爱，会把我毁掉。"

查拉图斯特拉回答："我怎么说起爱来！我是去给世人赠送礼物的！"

当查拉图斯特拉走到森林外边最先到达的市镇时，看到许多人聚集在广场上：因为曾有预告，叫大家来看一个走钢丝者表演。查拉图斯特拉对群众如是说道：

我教你们何谓超人：人是应被超越的某种东西，你们为了超越自己，干过什么呢？

直到现在，一切生物都创造过超越自身的某种东西：难道你们，要做大潮的退潮,情愿倒退为动物而不愿超越人的本身吗?

猿猴在人的眼中是什么呢?乃是让我们感到好笑或是感到痛苦的耻辱的对象,在超人眼中,人也应当这样,一种好笑的东西或者是痛苦的耻辱。

你们走过了从虫到人的道路,你内心中有许多还是虫。从前你们是猿猴,就是现在,你们比任何猿猴还更加是猿猴。

你们当中的最聪明者,也不过是植物和鬼怪的分裂体和杂种。可是难道是我叫你们变成鬼怪或是植物的吗?

瞧,我是教你们做超人。

超人就是大地的意思。你们的意志要这样说:让超人就是大地的意思吧!

我恳求你们,我的弟兄们,忠于大地吧,不要相信那些跟你们侈谈超脱尘世的希望的人!他们是调制毒药者,不管他们有意或无意。

他们是蔑视生命者,行将死灭者,毒害自己者,大地对他们感到厌烦,那就让他们离开人世吧!

从前亵渎上帝乃是最大的亵渎,可是上帝死掉了,因而这些亵渎上帝者也死掉了。现在最可怕者乃是亵渎大地,而且把不可探究者的脏腑看得比大地的意义还高。

从前灵魂对肉体投以轻蔑的眼光,这种轻蔑在当时是最崇高的思想——灵魂要肉体消瘦、丑陋、饿死。这样灵魂就以为可以摆脱肉体和大地。

哦,这种灵魂本身却是更加消瘦、丑陋而且饿得要死:作残酷行为乃是这种灵魂的快乐。

可是,我的弟兄们,请你们也对我谈谈:你们的肉体在讲到你们的灵魂时说些什么呢?你们的灵魂不就是贫乏、不洁和可怜的安逸吗?

确实,人是一条不洁的河。要能容纳不洁的河流而不致污浊,人必须是大海。

注意,我教你们做超人:他就是大海,你们的极大的轻蔑会沉没在这种大海里。

你们能体验到的最大的事物是什么呢?那就是极大轻蔑的时刻,在这个时刻,连你们的幸福也使你们感到恶心,你们的理智和道德也是如此。

在这个时刻，你们说："我们的幸福有什么重要呢！它是贫乏、不洁和可怜的安逸。可是，我的幸福应当是肯定生存本身！"

在这个时刻，你们说："我的理性有什么重要呢！它追求知识如同狮子追求食物吗？它是贫乏、不洁和可怜的安逸！"

在这个时刻，你们说："我的道德有什么重要呢！它还是没有使我狂热过。我对我的善和我的恶是怎样感到厌烦啊！这一切都是贫乏、不洁和可怜的安逸！"

在这个时刻，你们说："我的正义有什么重要呢！我看不出我是火和煤。可是正义的人却是火和煤！"

在这个时刻，你们说："我的同情有什么重要呢！同情不就是那位爱世人者被钉上去的十字架吗？可是我的同情并不是什么钉上十字架的死刑。"

你们已经这样说过吗？你们已经这样叫过吗？啊，但愿我曾听到你们这样叫过！

向上天呼叫的，不是你们的罪，而是你们的自我满足，是你们罪恶中的贪心向上天呼叫！

可是，用火舌舐你们的闪电在哪里？你们必须让它灌输的疯狂在哪里？

注意，我教你们做超人：他就是这种闪电，他就是这种疯狂！

查拉图斯特拉说完这些话，群众中有一人叫道："关于走钢丝者的事，我们已经听够了，现在让我们瞧瞧他的真本领吧！"所有的群众都嘲笑查拉图斯特拉。而那个走钢丝者，他以为此话是指他而言，就开始表演起来。

查拉图斯特拉却望望那些群众而感到惊异。随后，他如是说道：人是联结在动物与超人之间的一根绳索——悬在深渊上的绳索。

走过去是危险的，在半当中是危险的，回头看是危险的，战栗而停步是危险的。

人之所以伟大，乃在于他是桥梁而不是目的；人之所以可爱，乃在于他是过渡和没落。

我爱那些不知道怎样生活的人，他们只知道做个没落的人，因为他们是向彼处过渡者。

我爱那些大大的蔑视者,因为他们是大大的尊敬者,是向往彼岸的憧憬之箭。

我爱那样一种人,他们不向星空的那边寻求没落和牺牲的理由,他们只向大地献身,让大地将来属于超人。

我爱那样一种人,他为了求认识而生活,他想认识有一天超人会出现。因此他情愿自己没落。

我爱那样一种人,他干活、动脑筋,是为了给超人建住房,为了给超人准备大地、动物和植物:因此他情愿自己没落。

我爱那样一种人,他爱自己的道德:因为道德就是甘于没落的意志,一支憧憬之箭。

我爱那样一种人,他不为自己保留一滴精神,而想要完全成为自己的道德之精神:因此他作为精神之灵走过桥去。

我爱那样一种人,他把自己的道德变为自己的偏爱和自己的宿命:因此他甘愿为自己的道德生存或死灭。

我爱那样一种人,他不愿具有太多的道德。一个道德胜于两个道德:因为一个道德是扣住命运的更牢固的结。

我爱那样一种人,他的灵魂很慷慨大方,他不要人感谢,也不给人报答:因为他总是赠予而不想为自己保留。

我爱那样一种人,他为掷色子赌赢而感到羞愧,并且自问是不是作弊的赌徒?——因为他自甘灭亡。

我爱那样一种人,他在行动之前先抛出金言,他所履行的,总超过他所许诺的:因为他自愿没落。

我爱那样一种人,他肯定未来的人们,拯救过去的人们:因为他甘愿因现在的人们而灭亡。

我爱那样一种人,他因为爱他的神而惩罚他的神:因为他必须干神怒而灭亡。

我爱那样一种人,他的灵魂虽受伤而不失其深,他能因小小的体验而死灭:因此他就乐愿过桥。

我爱那样一种人,他的灵魂过于充实,因此忘却自己,而且万物都备于他一身:因此一切事物都成为他的没落的机缘。

我爱那样一种人,他有自由的精神和自由的心情:因此他的头脑就不过是他的心情的脏腑，而他的心情却驱使他没落。

  我爱那样一种人，他们全像沉重的雨点，从高悬在世人上空的乌云里一滴一滴落下来：他们宣告闪电的到来，而作为宣告者灭亡。

  瞧啊，我是闪电的宣告者，从云中落下的一滴沉重的雨点：而这个闪电就叫作超人。

（选自《查拉图斯特拉如是说》，生活·读书·新知三联书店，2007年版，有改动）

【交流之窗】

  当尼采宣布"上帝死了"的时候，他是在宣告以上帝或绝对理性概念为基础的基督教和理性主义哲学的终结。尼采认为肇始于苏格拉底和基督教的西方文化并不意味着人类的进步，而是促进着人类的堕落和退化。这种堕落在最近一两百年来变本加厉，人们的生命力不断被压制，精神生活日益贫乏，虚无主义也开始抬头。因此，尼采主张必须终结传统的理性主义哲学。尼采的哲学著作在形态和风格上不同于大多数传统的哲学著作。在表达思想上，尼采往往不采用系统的合乎逻辑的论证，反而是用"散文诗式的抒发、格言警句式的隐喻"。因此，虽然同为哲学家，并且同样用德语进行写作，但尼采在文采方面就要远远胜过康德。

哲学研究：语言游戏

[英国]维特根斯坦　　陈嘉映　译

假如我给某人一个指令："从那片草场上摘一朵红花给我。"我仅仅给了他一个词，他怎么知道该带哪一种花给我？

人们首先可能回答说，他心里带着红的意象去找红花，拿这个意象与各种花做比较，看哪朵花具有这个意象的颜色。的确，有这样一种找寻的方式，而且，我们使用的意象是不是心理意象，这一点根本无关紧要。实际情况可以是：我拿着一张配有名称的色块图表，我听到"拿给某某"的指令，我就用手指在图表上从"红"这个词指向与"红"相应的色块，然后去找那朵与这个色块颜色相同的花。但是这并不是寻找的唯一方式，而且也不是通常的方式。我们走进草场，四下看看，走向一朵花，把它摘下来，并没有把它和任何东西比较。要看到我们可以以这种方式遵行一个指令，请想一想"想象一片红色"这个指令。在这个例子中，你不会被诱惑去认为：在你遵行这个指令之前你必须先想象一片红色，把它作为那个你被指令去想象的那片红色的样本。

现在你会问：在我们遵行指令之前是否先对语词做了解释？在有些情况下你会发现在遵行之前你确实做了可被称为解释的事情，有些情况下则否。

似乎存在着某些确定的心理过程，与语言的运作系在一起，语言只有通过这些心理过程才能起作用。我指的是理解过程和意谓过程。如果没有这些心理过程，我们语言的符号似乎是僵死的；符号的唯一作用似乎就是引发这些心理过程，它们才是我们应该真正的兴趣所在。因而，如果问你什么是一个名称和它所称的事物之间的关系，你将倾向于回答说这是一种心理上的关系，你这么说的时候，也许你特别想到的是联想机制。

语言的运作由两部分组成：一个是无机的部分，即符号操作，一个是有机的部分，我们称之为对符号的理解、意谓、解释、思考。后面这些活动似乎是在心智这种奇妙的媒介中发生的。心智的机制能产生任何物质机制所不能产生的效果——尽管看起来我们还不很了解心智机制具有何种性质。因此,一个思想(它就是这样的一种心理过程)可以与现实一致或者不一致;我能够思想一个不在场的人;我能够想象他,能够在一句谈到他的话里"意指他",尽管他也许在千里之外甚至已经死了。有人也许会说:"愿望的机制是多么奇妙的机制啊,我竟能够愿望永远不会发生的事情。"

有一种方法可以帮助我们至少部分地避免为思想过程套上玄秘的光轮,这就是,在这过程中始终用观看实物来替代所有想象活动。我听到"红"这个词并有所理解,一个红色的意象应在我心智的眼睛之前,这一点也许像是极其重要的,至少在有些情况下极其重要。但是为什么我们不能用看到一小片红纸来代替想象一小片红色呢?眼睛看到的图像只会更加鲜活。

…………

没有意义或者没有思想,一个命题将是一堆僵死的碎屑。而且,看来非常明显,再添加多少无机的符号也不能使这个命题获得生命。人们从这里得出的结论是:为了赋予命题以生命,需要为僵死的符号增添的是某种非物质的东西,它具有所有单纯符号所不具有的属性。

但若符号确有生命而我们非得给这种生命命名,我们只好说,那是符号的用法。

如果符号的意义是我们看到或听到这个符号时在我们心里建立起来的意象,那么首先让我们采用刚刚描述过的办法,用某种可见的外部实物,例如画出来的或塑出来的形象,来代替这种心理意象。然而为什么单是写下来的符号是僵死的,而写下来的符号加上这个画出来的形象就变成活的了?

实际上,一旦你想到用画出来的形象等来代替心理意象,一旦心理意象因此失去了它的玄秘性质,它就完全不再像是在给句子输送生命活力了。

我们易犯的错误可以这样表达:我们在寻找符号的用法,但我们却像寻找一个与符号并存的物体那样去寻找它。

符号(句子)从符号系统、从它所属的语言中获得意义。大致说来:理解一个句子意味着理解一种语言。

可以说，句子作为语言系统的一部分而拥有生命。但是人们设想给予句子以生命的是玄秘之域中的某种伴随着句子的东西。但若有什么伴随着句子，无论它是什么，对我们来说它都只是另一个符号。

（选自《维特根斯坦读本》，新世界出版社，2010年版）

【交流之窗】

维特根斯坦是语言学派的主要代表人物。他的哲学主要研究的是语言，他想揭示当人们交流时，表达自己的时候到底发生了什么。他主张哲学的本质就是语言。语言是人类思想的表达，是整个文明的基础，哲学的本质只能在语言中寻找。他消解了传统形而上学的唯一本质，为哲学找到了新的发展方向。他认为哲学必须直面语言，"凡是能够说的事情，都能够说清楚，而凡是不能说的事情，就应该沉默"，哲学无非是把问题讲清楚。维特根斯坦的哲学可以分为前后两期，前期的主要代表作是《逻辑哲学论》，后期的代表作则是《哲学研究》。本文所选取的部分来自他的《蓝皮书》，按照陈嘉映的说法，在维特根斯坦口授写下这本《蓝皮书》时，他后期的思想已经成形。语言游戏说是他后期思想的核心内容，他想表达的是语言的意义在于它们在实际中的运用，语言的运用也应当遵守一定的规则。

第六编
中国的智慧

⊙ 陈连强绘

● 本编导言

在这一编中,我们将目光转向东方,转向中国哲学。中国哲学蕴含于中国国学体系中并历经数千年传承发展,增删损益。而国学博大精深,各家、各流派、各学说本质上都有其哲学理念为支撑。本编我们主要选取了涉及儒、道、佛、理学、心学等内容的篇目,这些文章或论及这些学说所蕴含的哲理,或用具象的故事来阐发其哲学观念,或通过综合现象获得东方哲学的总体特征,或中西哲学比较凸显东方哲学特征。

但选文的重点还是集中于儒家,因为无论从国家民族还是世界的未来考量,我们对儒家哲学寄予厚望。儒家从人的自然情感出发,为安放人的情感而构建出了一套家与国的伦理秩序。也正因为这套伦理秩序,自汉武帝之后,儒家就是我国历朝历代的正统意识形态。但事实上,魏晋南北朝之后,儒家的地位备受道家和佛教的冲击。道家思想往往与隐士相关联,佛教思想更是主张出世,这都与儒家的伦理思想背道而驰。直到宋朝之后,随着宋明理学的兴起,儒学才得到重新振兴。

然而,儒学的发展并非从此一帆风顺。相反,进入近代,西方的坚船利炮所带来的不仅仅是军事和政治上的胜利,还有文化上的优越感,传统的儒家思想在西方的工业文明面前似乎不堪一击。到20世纪初二十余年,传统的儒家文化已经全部解体,新文化运动的发展更是让儒家文化在青年中失去权威。在这种境况之下,国人不断反思检讨着传统的儒家思想,比较着中西文化之间的差异,渴望从中再次寻找到一条出路。

儒家的"我是谁?"

陈壁生

当我们以一个现代人的眼光去看待古代的经典,可以看到,像"我是谁"这样的疑问,贯穿了人类思想的历程。但是这个"我"是如何体现的,不同文明有不同的看法。冯友兰先生在《中国哲学史》中曾说到中国哲学与西方近代哲学的区别:

西洋近代史中,一最重要的事,即是"我"之自觉。"我"已自觉之后,"我"之世界即中分为二:"我"与"非我"。"我"是主观的,"我"以外之客观的世界,皆"非我"也。"我"及"非我"既分,于是主观客观之间,乃有不可逾越之鸿沟,于是"我"如何能知"非我"之问题,乃随之而生,于是知识论乃成为西洋哲学中之一重要部分。在中国人之思想中,迄未显著的有"我"之自觉,故亦未显著地将"我"与"非我"分开,故知识问题(狭义的)未成为中国哲学上之大问题。

冯先生此论,挂在"中周哲学之弱点及其所以"一节之下。也就是说,冯先生是以西方近代以来之哲学为框架、视角,去裁剪中国古代思想,以此证明中国思想的弱点在于没有"我"的自觉,故无"我"与"非我"之别,遂无狭义的知识问题。冯先生所说的"我"的自觉,最明显体现在笛卡尔的哲学之中。笛卡尔认为,感官与身体都是不可靠的,"那么我究竟是什么呢?是一个在思维的东西。什么是一个在思维的东西呢?那就是说,一个人在怀疑,在领会,在肯定,在否定,在愿意,在不愿意,也在想象,在感觉的东西"。所以,"严格来说我只是一个在思维的东西,也就是说,一个精神,一个理智,或者一个理性"。由此,笛卡尔确立了"我思,故我在"的第一哲学原则。在这里,笛卡尔抽象出一个"我",把"我"和客观世界判然区别开来,"我"只是一个理性,一个精神,去认识客观世界。

笛卡尔哲学以确立"我",而成为西方近代哲学的基础。而在中国古代思想中,"我"并没有"理性的自觉",如果在孔子的思想中追问"我是谁",那么,孔子思想中的"我",既不是像哲学家笛卡尔那样哲学化为一个抽象的认知主体,也不像政治学家卢梭那样契约化为一个独立的权利主体,而是一种生命角色。什么样的生命角色呢?人的出生,并不是一种主动选择,而是一个"被"出生的,一个生命出于不可解释的缘由诞生到这个世界上,而当这个生命诞生之始,甚至在这个生命还处在胎儿状态之时,他便先在地、不可选择地、毫无理由地处在"子"的角色上,也就是说,一个生命的出现,首先是作为"子"的形象、角色出现,在生命发源之时,这个生命除了"子"这一符号之外,一无所有,他不是独立的生命,没有独立的意识,没有自由的选择,而在成为真正的"人"之前,便已经是作为"子"存在着,被诞生着。而儒家思想正是在这样的现实中建构其思想体系的,也就是说,从这个"子"的角色发展出依附于这一角色的伦理——"孝",以此为根底,开出一片思想空间。儒家思想直接建立在基本的生活经验之上,在生活经验中,一个生命的出现,决不可能以抽象的方式出现,决不可能不依赖于其他生命体而单独出现。一个生命甫一诞生,便是以"子"的身份来到这个世界上,并将以"子"的身份度过懵懂无知的童年。父与子、夫或妇、兄或弟、君或臣的角色,将伴随着一个人的终身,并且在孔子看来,只要华夏文明不坠,每一个人都将无所逃于天地间地置身于这一社会角色网络之中。这一个社会角色网络,以其先在性、社会性、政治性、伦理性,成为人之所以为人最坚强的依据。"我"是谁?在这个问题产生之前,"我"已经绝对是"子"了,在追问这个问题之前,生活已经直观、完整地呈现了答案。

在儒家思想中,"我"之所以存在,依赖于现实生活固有的生活经验,依赖于人之所以为人的整体性定义。可以说,"我"的存在,不是作为独立主体的存在,而是一种社会角色,或者说生命角色的存在。人如果是一种独立主体的存在,则其必以理性的态度来看待他与周围一切的关系,从而以契约的方式结成社会国家。而人作为一种生命角色存在,则其看待周围一切的态度就是经验性的、情感性的,构成的聚合群体也是以共同道德为基础的共同体。而在这共同体中,对"我是谁"的回答,便不是通过理性的认知去回答,而是从道德共同体的角度去回答,即通过回答"人是什么",来回答"我是谁"。

儒家思想所定义的"人"有几个参照系:一是天地,二是鬼神,三是禽兽。从"天地"定义人,最典型的是在《易》的系统中,即把自然的天地道德化,进而把人类社会视为自然的延伸,例如从自然所见的天、地,道德化为天尊地卑,进而以父母、夫妇、男女比附之。从"鬼神"定义人,则以祖先、神灵的存在,作为当下生命的依据。而西周人文精神兴起之后,最明显的是以人与禽兽之别来定义人,孟子说人之异于禽兽者几希,而孟子拒斥杨墨,便是直接从"人"的定义来把杨墨学说骂为"禽兽",《孟子·滕文公下》云:"圣王不作,诸侯放恣,处士横议。杨朱、墨翟之言盈天下。天下之言,不归杨,则归墨。杨氏为我,是无君也。墨氏兼爱,是无父也。无父无君,是禽兽也。"站在今天的立场上看待杨朱、墨子之说,杨朱"为我",似有可与现代个人主义相接之处,墨氏"兼爱",更被清末民初思想家大为重视。这两种学说无论如何不至于"禽兽"。

我们只有从对孟子对"人"与禽兽之别的角度去理解,才能理解孟子何以认为"为我""兼爱"会把人导向"禽兽"。孟子继承了孔子的思想,其对"人"的定义,首先是把人视为家庭、家族乃至国家中的角色。正如前面所述,在"家"中人伦的主干是父母,在"国"中政治关系的主干是君臣。父的存在,是子之所以为子的根源,君的存在,是臣之所以为臣的根源。所以,一旦无父,则子不成其为子,一旦无君,则臣不成其为臣。无父无君,则人不能成其为人。正像焦循注解孟子所言说:"既设卦观象,定人道,辨上下,于是有君臣父子之伦,此人性之善,所以异于禽兽也。杨、墨之说行,至于无父无君,乃与禽兽等矣。"

既然人之所以为人,是因为人在由身到家到国的人伦秩序中扮演一定的社会角色与生命角色,那么,更进一步的追问是,这些人伦角色何以是正当的?因为,我们今天考察人类史便可以发现,人类历史上曾经有过无数种家庭组织模式,在不同的家庭组织模式中,父子夫妇兄弟有完全不同的角色标准。同时,人类历史上也有过无数的国家、城邦组织方式,不同的政体结构中,统治者与被统治者有完全不同的角色标准。那么,孔子思想中的君臣父子角色标准何在?《论语·颜渊》有云:齐景公问政于孔子。孔子对曰:"君君,臣臣,父父,子子。"公曰:"善哉!信如君不君,臣不臣,父不父,子不子,虽有粟,吾得而食诸?"

对这则语录,历史上的解释,从何晏集解到朱熹集注,皆以为是当时陈桓制齐,君不君臣不臣父不父子不子,故孔子以君君臣臣父父子子相对。今天我们从孔子对人的定义的角度,更应该追问的是,孔子的思维中,"君君,臣臣,父父,子子"这句话里面的第二个"君"字、第二个"臣"字、第二个"父"字、第二个"子"字何以成为标准?

何晏注解这则对话说:"言政者正也,若君不失君道,乃至子不失子道,尊卑有序,上下不失,而后国、家正也。"刘宝楠解释这句话说:"言君当思所以为君,臣当思所以为臣,父当思所以为父,子当思所以为子,乃深察名号之大者。"何晏所言的"君道",与刘宝楠所言的"所以为君",乃至何晏所言的"子道"与刘宝楠所言的"所以为子",其意大致相同。但是,在行动中,如何才是"君道",如何才能做到"所以为君",乃至如何才是"子道",如何才能做到"所以为子",才是我们理解孔子思想最关键的问题。

这就需要把孔子思想放到具体的历史情景中去理解。如果我们回到孔子思想的历史情景中,可以发现,君之所以为君,臣之所以为臣,父之所以为父,子之所以为子,不是蕴含在思想家对君臣父子的理性的定义之中,而是蕴含在基于传统生活的自发性社会秩序之中,也就是说,维系君臣父子这套家国关系的礼制秩序,不是靠理性、理智来规划、实现,而是靠传统、经验来维持、发扬。正像费孝通先生说到"传统"的意义的时候所讲的:

> 传统是社会所积累的经验。行为规范的目的是在配合人们的行为以完成社会的任务,社会的任务是在满足社会中各分子的生活需要。人们要满足生活需要必须相互合作,并且采取有效技术,向环境获取资源。这套方法并不是每个人自行设计,或临时聚集了若干人加以规划的。人们有学习的能力,上一代所试验出来有效的结果,可以教给下一代。这样一代一代地积累出一套帮助人们生活的方法。从每个人说,在他出生之前,已经有人替他准备下怎样去应付人生道路上所可能发生的问题了。他只要"学而时习之"就可以享受满足需要的愉快了。

可以说,当我们考察孔子思想中"我是谁"的时候,孔子的直接答案,是"我"在活生生的世界中,一直经验性地呈现为诸种社会角色,而这些角色的核心,在"家"中是父、子,在"国"中是君、臣,这些社会角色在整个人伦秩序中得到安顿,通过"礼"的规范实现。这意味着这些角色的标准,在乡土社会中直接来自生活的经验。每个人总是在生活中,模仿着父祖继续生活，因为他像他的父祖一样，循环地扮演着从子到父的角色。所以说，孔子心目中的个体生命，最根本之处，不是以独立姿态理性地出现的生命，而是生命的父子相承中的一个环节。

正是基于此，孔子心目中理想的社会秩序，也不是理性设计的秩序，而是自发内生的礼制秩序，这充分体现在他的"正名"思想中。《论语·子路》云：

子路曰："卫君待子而为政，子将奚先？"子曰："必也正名乎！"子路曰："有是哉？子之迂也！奚其正？"子曰："野哉，由也！君子于其所不知，盖阙如也。名不正，则言不顺；言不顺，则事不成；事不成，则礼乐不兴；礼乐不兴，则刑罚不中；刑罚不中，则民无所措手足。故君子名之必可言也，言之必可行也。君子于其言，无所苟而已矣！"

如何"正名"？"名"与"实"有所区分，一个礼崩乐坏的时代，就是"名"和"实"不再统一，君不君臣不臣，父不父子不子，而"正名"，就是要使"实"以"名"为标准而使二者统一起来。在作《春秋》，立一王大法之前，孔子的"名"的标准，则是周政。萧公权先生认为：正名必借具体制度为标准。孔子所据之标准，即盛周之制度。

以已逝的传统为标准，并不意味着简单地回到传统；而是在新的历史情势中，通过"正名"，以传统为基石，经验性地创发新的政治秩序。所以可以说，孔子面对传统，是从生活经验出发，对传统进行"传承性转化"，这意味着首先尊重周制的礼乐精神深深扎根在社会生活中的现实，而把盛周之制在现实中进行转化，使之能够作为一种道德理想来适用于对礼崩乐坏的现实的批判。这种对待传统与现实的态度，旨在立足传统，从传统生活经验出发，创发出一种自发、内生的礼制新秩序。

而在这种理想的新秩序中，"我"不是脱离传统、激发理性的"我"，而是基于传统，通过学习礼制，学习父辈生活，传承父辈生活的生命链条中的"我"。"我"之所以存在，乃是缘于礼乐制度，父子之间、君臣之间的角色互动，使"我"作为一种角色处于其网状的动态结构中，通过学习而成人。

（选自《经学、制度与生活——〈论语〉"父子相隐"章疏证》，华东师范大学出版社，2010年版）

【交流之窗】

笛卡尔的"我思,故我在",把"我"和客观世界区分开来,笛卡尔哲学以确立"我"而成为西方近现代哲学的基础。"我"是一个理性,一个精神。而我国儒家,也在其学说和理念中对"我是谁"做了确定。我是谁?"我"是"子"。儒家理念中我在成为真正的"人"之前,便已经是作为"子"存在着,被诞生着。"我"没有主动选择,"我"是被动出生的,"我"不是作为独立主体存在,而是一种早已确定的社会角色。可见,对"我是谁"这个问题的回答和理解,恐怕是我们了解东西方文化差异的一个重要基石。

以智慧取胜的老子

傅佩荣

老子说:"吾言甚易知,甚易行。天下莫能知,莫能行。"为什么老子认为自己的说法容易实践,但是天下人却没有办法了解,也没有办法实践呢?答案是:老子的智慧太高了。

"智慧"其实无所谓高低,它像是一道门槛。只有跨过去与跨不过去的问题。一旦跨过去,就觉悟了,就豁然开朗,从此月白风清,无所滞碍,可以解脱自在,也可以逍遥自得。庄子的表现不正是如此吗?

道家由老子开创,并由庄子发展,所形成的思想及影响可以同儒家分庭抗礼,在深度与广度上则更有过之。关于儒家与道家的差异,可以约分为以下三点:

第一,儒家以人为中心,强调人之社会性。道家不以人为中心,重视人之自然性。

第二,儒家以天为至高存有,凸显历史背景。道家以"道"为至高存有,展现宇宙视野。

第三,儒家企盼天人合德,人须行善以求至善。道家向往与"道"合一,人需智慧以求解脱。

综合看来,这两大哲学系统的架构是相似的,都是肯定人生应该不断体现更高的价值。儒家的目标是"止于至善",但是行善要靠政治、社会、教育各方面的条件配合,而天下治少乱多,即使像孔子一样"知其不可而为之",依然难免于遗憾。道家采取釜底抽薪之计,突破以人类为中心的格局,从永恒的与无限的层面来观察,发现一切造作都是无谓的盲动与执著,不如点破而化解之,以无心的态度顺其自然。

所谓"道",是指"究竟真实"而言,亦即万物的始源与归宿,万物的基础与动力来源。这样的道,当然超过人类认知的能力及表述的范围,所以说:"道,可道,非常道。"又说:"知者不言,言者不知。"既然如此,那么老子又是如何知道的?他凭借的是:"致虚极,守静笃。"意思是:追求"虚",要达到极点;守住"静",要完全确实。靠着虚与静,无异于排除感官与认知的分辨作用,化解欲望与行动的具体作为,然后再觉悟那由"道"而来的"永恒的与无限的层面"。依此观之,万物的变化不再使人困扰,万物的有限也不再使人遗憾。从体验"真实"出发,可以抵达"审美"之境,因为心灵敞开,无所不容,天下又岂有不可欣赏之人,又岂有难以欣赏之物?

《老子》向来是一本难解的书,而其关键即在于"道"字。一方面,"道"是无所不在的,而"德"是万物"得之于道者",所以说"道生之,德畜之";另一方面,"道"又与万物截然不同,因为它"独立而不改,周行而不殆"。这两种性质可以分别称为"内存性"与"超越性",亦即"道"是既超越又内存的。掌握了这一点,才可以进而发挥老子的无为观与自然观。譬如,何以无为?因为,"无为而无不为",人又何必自寻烦恼?又如,何谓自然?"自然"即是自己如此,一切本来就会走上正途,合乎"道"的运作模式。

我在解读《老子》时,主要的根据是自己研习中西哲学三十余年的心得。哲学的原意是爱好智慧,因而对于老子的智慧,自有相契。我在近年致力于解读儒家的经典著作,虽然辛苦但获益良多,并且更能深切体认固有文化之真、之善、之美。

(选自《我读〈老子〉》,北京理工大学出版社,2011年版)

【交流之窗】

作者笔下的老子,代表了中国哲学史上的一个高峰。在解读他的思想时,一些人会运用玄妙晦涩的哲学语言,而傅佩荣的写作语言则力求平实,并且用人们更为熟悉的儒家与老子的道家做对比,以帮助理解。老子的"道"为万物的始源与归宿,万物的基础与动力来源。这种理解,是否在说明2000多年前的老子就已经在思考"世界从何而来"这一哲学命题,并给出了他所认知的答案——"道"呢?"道"是什么呢?无所不在,而又与万物不同,"道"是种种具象还是抽象的精神理念呢?但无论怎样,老子的哲学都堪比古希腊的哲人们的种种哲思。

菩提本无树

惠 能　　尚 荣 译注

　　祖一日唤诸门人总来："吾向汝说，世人生死事大，汝等终日只求福田，不求出离生死苦海。自性若迷，福何可救？汝等各去，自看智慧，取自本心般若之性，各作一偈，来呈吾看，若悟大意，付汝衣法，为第六代祖。火急速去，不得迟滞。思量即不中用，见性之人，言下须见。若如此者，抡刀上阵，亦得见之。"

　　众得处分，退而递相谓曰："我等众人，不须澄心用意作偈，将呈和尚，有何所益？神秀上座，现为教授师，必是他得；我辈谩作偈颂，枉用心力。"余人闻语，总皆息心，咸言："我等已后依止秀师，何烦作偈。"

　　神秀思惟：诸人不呈偈者，为我与他为教授师，我须作偈，将呈和尚。若不呈偈，和尚如何知我心中见解深浅。我呈偈意，求法即善，觅祖即恶，却同凡心夺其圣位奚别？若不呈偈，终不得法，大难大难。

　　五祖堂前，有步廊三间，拟请供奉卢珍画《楞伽经变相》及《五祖血脉图》，流传供养。神秀作偈成已，数度欲呈，行至堂前，心中恍惚，遍身汗流，拟呈不得。前后经四日，一十三度，呈偈不得。

　　秀乃思惟：不如向廊下书著，从他和尚看见，忽若道好，即出礼拜，云是秀作。若道不堪，枉向山中数年，受人礼拜，更修何道？

　　是夜三更，不使人知，自执灯，书偈于南廊壁间，呈心所见。偈曰：

　　身是菩提树，心如明镜台。

　　时时勤拂拭，勿使惹尘埃。

　　秀书偈了，便却归房，人总不知。秀复思惟：五祖明日见偈欢喜，即我与法有缘，若言不堪，自是我迷，宿业障重，不合得法，圣意难测。房中思想，坐卧不安，直至五更。

　　祖已知神秀入门未得，不见自性。天明，祖唤卢供奉来，向南廊壁间绘画图相，忽见其偈。报言："供奉却不用画，劳尔远来。经云：凡所有相，皆是虚妄。但留此偈，与人诵持。依此偈修，免堕恶道。依此偈修，有大利益。"令门人炷香礼敬，尽诵此偈，即得见性。

门人诵偈，皆叹善哉。

祖三更唤秀入堂，问曰："偈是汝作否？"秀言："实是秀作，不敢妄求祖位。望和尚慈悲，看弟子有少智慧否？"祖曰："汝作此偈，未见本性，只到门外，未入门内。如此见解，觅无上菩提，了不可得。无上菩提，须得言下识自本心，见自本性。不生不灭，于一切时中，念念自见，万法无滞，一真一切真，万境自如如。如如之心，即是真实。若如是见，即是无上菩萨之自性也。汝且去一两日思惟，更作一偈，将来吾看汝偈，若入得门，付汝衣法。"

神秀作礼而出，又经数日，作偈不成，心中恍惚，神思不安，犹如梦中，行坐不乐。

复两日，有一童子，于碓坊过，唱诵其偈。惠能一闻，便知此偈未见本性。虽未蒙教授，早识大意。遂问童子曰："诵者何偈？"童子曰："尔这獦獠不知。大师言：'世人生死事大。'欲得传付衣法，令门人作偈来看。若悟大意，即付衣法，为第六祖。神秀上座，于南廊壁上，书无相偈，大师令人皆诵，依此偈修，免堕恶道。依此偈修，有大利益。"惠能曰："我亦要诵此。结来生缘。上人，我此踏碓，八个余月，未曾行到堂前，望上人引至偈前礼拜。"

童子引至偈前礼拜。惠能曰："惠能不识字。请上人为读。"

时有江州别驾，姓张，名日用，便高声读。惠能闻已，遂言："亦有一偈，望别驾为书。"别驾言："汝亦作偈，其事希有。"

惠能向别驾言："欲学无上菩提，不得轻于初学。下下人有上上智，上上人有没意智。若轻人，即有无量无边罪。"

别驾言："汝但诵偈，吾为汝书。汝若得法，先须度吾，勿忘此言。"

惠能偈曰：

菩提本无树，明镜亦非台。

本来无一物，何处惹尘埃。

书此偈已，徒众总惊，无不嗟讶，各相谓言："奇哉，不得以貌取人，何得多时使他肉身菩萨。"

祖见众人惊怪，恐人损害，遂将鞋擦了偈，曰："亦未见性。"众以为然。次日祖潜至碓坊，见能腰石舂米，语曰："求道之人，为法忘躯，当如是乎!"乃问曰:"米熟也未?"惠能曰:"米熟久矣,犹欠筛在。"

祖以杖击碓三下而去。惠能即会祖意。三鼓入室。

祖以袈裟遮围,不令人见。为说《金刚经》,至"应无所住而生其心",惠能言下大悟"一切万法不离自性"。遂启祖言:"何期自性,本自清净;何期自性,本不生灭;何期自性,本自具足;何期自性,本无动摇;何期自性,能生万法。"祖知悟本性,谓惠能曰:"不识本心,学法无益。若识自本心,见自本性,即名丈夫、天人师、佛。"

三更受法,人尽不知,便传顿教及衣钵。云:"汝为第六代祖,善自护念,广度有情。流布将来,无令断绝。听吾偈。"曰:

有情来下种,因地果还生。

无情既无种,无性亦无生。

（选自《坛经》,中华书局,2010年版）

【交流之窗】

佛教有着完整的世界观与人生观,从唐代开始与本土文化融合并发展,成为中国哲学的一部分,深深地影响着民族气质与行为。禅宗就是最具中国气质的佛教学派。六祖惠能并不识字,却成为禅宗真正的开山祖师。他提出的"见性成佛""顿悟""无相无念"等概念是佛教中国化（本土化）的标志,记录他言行和传法经历的《坛经》是中国僧人著作中唯一称为"经"的典籍。神秀的偈子主张"时时勤拂拭",强调要时时刻刻修养自己的身心,抵御内心的邪念和外界的诱惑。而惠能的偈子,认为世界和心都是空的,无所谓内心的邪念和诱惑。"空"亦是禅宗的不二法门,惠能的偈语中,尘埃也成了无物,而神秀却要时时勤拂拭,才能使自己不惹尘埃。

一有一无,一动一静,巧妙地揭示出超然的哲学理念。

知行合一

梁启超

王阳明,浙江余姚人,他在近代学术界中极其伟大;军事上政治上,亦有很大的勋业。以他的事功而论,若换给别个人,只这一点,已经可以在历史上占很重要地位了;阳明这么大的事功,完全为他的学术所掩,变成附属品,其伟大可想而知。阳明的学问,得力于龙场一悟。刘瑾当国,阳明弹劾他,位卑言高,谪贬龙场驿丞。在驿三年,备受艰难困苦,回想到从前所读的书,所做的事,切实体验一番,于是恍然大悟。这种悟法,是否与禅宗参禅有点相类,我们也不必强为辩护,但是他的方法,确能应时代的需要。其时《性理大全》一派,变为迂腐凋敝,把人心弄得暮气沉沉的,大多数士大夫尽管读宋代五子的著作,然不过以为猎取声名利禄的工具,其实心口是不一致的。阳明起来,大刀阔斧地矫正他们,所以能起衰救敝,风靡全国。

阳明的主要学说,即"致良知"与"知行合一"二事。前者为对于《大学》格物致知的问题。朱子讲格物,教人"即凡天下之物,莫不因其已知之理而益穷之,以求至乎其极"这种办法。朱子认为:《大学》所谓"明明德"的张本,从"大学之道"起至"未之有也"止,是经,以下是传。"诚意、正心、修身、齐家、治国、平天下"都有传,唯有"格物致知"无传,文有颠倒断节。朱子替他补上,其学说的要点,即由此出。阳明以为:读古人书,有些地方加添,有些地方补正,这方法,固有价值,但是《大学》这篇,绝对不应如此解释。所以他发表古本,不从朱子改订本。主张格物致知,即是诚意,因为原文说:"欲诚其意者,先致其知。"下面又说:"君子必慎其独也。"慎独,即是致知,致知的解释,不是客观的知识,乃孟子所谓"人之所不学而知者其良知也"的良知。致的意思,是扩充它,诚意功夫如此。拿现在的话解释,就是服从良心的第一命令,很有点像康德的学说,事到临头,良知自能判断。如像杀人,头一念叫你不要作,又像职分上的牺牲,头一念叫你尽管作去,这就是良知;第二、第三念,便又坏了。或者打算做好事，头一念叫你作去，第二念觉得辛苦；第三念又怕危险，于是歇手不作，这种就是致良知没有透彻。为人做学问，入手第一关键在此。

阳明既然主张致良知，更不能不主张知行合一。如恶恶臭，如好好色；见恶臭是知，恶恶臭是行；见好色是知，好好色是行。知、行两个字，原是一件东西，事到临头，良知自有主宰，善使知善，恶使知恶，丝毫瞒他不得。世未有知而不行，知而不行，不是真知。如小孩看见火，伸手去摸，成人决不会摸，因为成人知道烫人，小孩不知道烫人。又如桌上放好臭鸭蛋、臭豆腐，不恶恶臭的人吃，恶恶臭的人就不吃。只需你一知道，要吃或不吃，立刻就可以决定，这便是知行合一。朱子以为先要致知，然后实行，把做学问的功夫，分成两橛。阳明主张，方说一个行，已自有知在，只是一件，决不可分。阳明教人下手方法，与朱子教人下手方法不同。

（选自《儒家哲学》，中华书局，2015年版）

【交流之窗】

王阳明是我国明代著名的哲学家、思想家、政治家和军事家，被称为中国历史上唯一没有争议的立德、立功、立言三不朽的不朽圣人。梁启超说："儒家哲学，一面讲道，一面讲术；一面教人应该做什么，一面教人如何去做。"致良知和知行合一就是这个说法的体现。致良知和知行合一是王阳明心学体系的核心与精华。心学就是修炼自己心灵的学问。人最难战胜的是自己，所以王阳明说"破山中贼易，破心中贼难"，旨在强调每个人要洞察内心，强大自我，成就人生。当一个人能够掌控自己内心的时候，他就会迸发出无比强大的能量去影响外部世界。

在这个物质极大丰富心灵却日趋荒芜的时代，王阳明的心学再一次被发掘并推崇，成为一剂拯救焦虑心灵的对症良药。

白马非马

冯友兰

公孙龙有《白马论》。《白马论》的主要立论是"白马非马"。他所用以证明他的立论底辩论可以分为三点。第一点是："马者，所以命形也；白者，所以命色也；命色者非命形也，故曰：白马非马。"这是就马之名及白之名的内涵说。马之名的内涵是马的形。白之名的内涵是一种颜色。白马之名的内涵是马的形及一种颜色。此三者的内涵各不相同，所以"白马非马"。

第二点是："求马，黄黑马皆可致。求白马，黄黑马不可致。……故黄黑马一也，而可以应有马，而不可以应有白马，是白马之非马，审矣。""马者，无去取于色，故黄黑皆所以应。白马者有去取于色，黄黑马皆所以色去，故惟白马独可以应耳。无去者，非有去也。故曰：白马非马。"这是就马之名与白马之名的外延说。马之名的外延，包括一切马。白马之名的外延，则只包括白马。所以一个人只求马，则黄黑马"皆可以应"。若指定求白马，则"惟白马独可以应耳"。马之名的外延，与白马之名的外延，各不相同，所以"白马非马"。

第三点是："马固有色，故有白马。使马无色，有马如己耳，安取白马？故白者，非马也。白马者，马与白也，马与白非马也。故曰：白马非马也。"这是就马之共相，白之共相，白马之共相说。马之共相，只是一切马所共有底性质，其中并没有颜色的性质。它只是马。此所谓有马如己耳（原文作"如己耳"，"已"似当作"己"）。马之共相，则是一切马所共有底性质，又加白的性质，所以"白马非马"。

不但白马非马，而且白马亦非白。《白马论》说："白者，不定所白，忘之而可也。白马者，言白定所白也。定所白者，非白也。"此白物或彼白物所表现底白，是定所白底白。定是决定的意思。此白物所表现的白，为此白物所决定。彼白物所表现底白，为彼白物所决定。白之共相，亦可以说是："自如己耳"，不为彼白物所决定，亦不为此白物所决定。它是"不定所白"底白。"不定所白"。底白，不为一般人所注意。一般人不注意"不定所白"底白，于其日常生活，亦无影响，所谓"忘之而可也"。然"定所白"底白，不是"不定所白"底白。白马的白，是"定所白"底白。"定所白者非白也"，所以白马非马。

（选自《冯友兰作品精选》，生活·读书·新知三联书店，2007年版，有改动）

【交流之窗】

　　这是中国古代伟大的逻辑学家公孙龙（约前320—前250）提出的一个著名的逻辑问题。白马怎么会不是马呢？实际上公孙龙是要说明作为一般抽象概念的马与一匹匹具体的马是不同的，前者是所有具体马的抽象，后者则是一匹活生生的白马。白马的所有特性是白马自己所特有的，并非完全为马的概念所包括，从这个意义上说，白马非马。可以说这一思维还为中国哲学提供了一条通往纯粹思辨的思想路径。这是先秦名家对中国思想史的一大贡献。

濠梁之辩

庄 子

⊙庄子　王博绘

庄子与惠子游于濠梁之上。

庄子曰:"鲦鱼出游从容,是鱼之乐也。"

惠子曰:"子非鱼,安知鱼之乐?"

庄子曰:"子非我,安知我不知鱼之乐?"

惠子曰:"我非子,固不知子矣;子固非鱼也,子之不知鱼之乐,全矣。"

庄子曰:"请循其本。子曰'汝安知鱼乐'云者,既已知吾知之而问我,我知之濠上也。"

(选自《国民阅读经典:庄子浅注》,中华书局,2014年版)

【交流之窗】

"濠梁之辩"记载于《庄子·秋水》。两位辩论高手,于濠水之上,展开一场人鱼之乐是否可知的辩论。其题虽小,而其旨甚大。两人在辩论中所反映出来的敏捷的思路,使人应接不暇;睿智的谈锋,令人拍案叫绝;丰富的奇想,更能启人遐思。他们两人的辩论,洋溢着深厚的哲理、妙趣横生的思辨力量和浓郁的抒情色彩。庄子从所谓"道"出发,认为物我同心,将主观的情发挥到外物上,而产生移情同感的作用,以自己的逍遥之心感受鱼的自在之乐,有艺术家的超然;而惠子则强调"物各有知""俱不能相知",用现代哲学的说法,强调了客观主体间的沟通之难,体现了逻辑家的严谨。于是,"鱼之乐"之辩成为千古美谈。

塞翁失马

刘 安

　　近塞上之人,有善术者,马无故亡而入胡。人皆吊之。其父曰:"此何遽不为福乎?"居数月,其马将胡骏马而归。人皆贺之。其父曰:"此何遽不能为祸乎?"家富良马,其子好骑,堕而折其髀。人皆吊之。其父曰:"此何遽不为福乎?"居一年,胡人大入塞,丁壮者引弦而战。近塞之人,死者十九。此独以跛之故,父子相保。

（选自《国学经典丛书·淮南子》,中州古籍出版社,2010年版）

【交流之窗】
　　刘安是汉高祖刘邦的孙子,有才华,有抱负。《淮南子》这本黄老之学的集大成之作,被梁启超誉为"汉人著述第一流"。而其中"塞翁失马"的故事在中国更是家喻户晓。老子的辩证法思想,是道家哲学的精华所在。他体悟到万事万物相互联系、相互依存和相互转化的哲理,提出"祸兮福所倚,福兮祸所伏",具有朴素的辩证法思想。而这种思想,在《淮南子》中得到极大体现。"塞翁失马"通过一个寓言故事,阐述了祸与福的对立统一、相反相成关系。启发人们用发展的眼光去看问题:遇到磨难挫折不沮丧,树立"柳暗花明"的乐观信念;身处顺境要有所敬畏,保持"死于安乐"的忧患意识。无论遇到福还是祸,要时常内心静默恬淡,不因宠辱改变自己的对人态度与处世原则。

天人合一

黎 康

"究天人之际,通古今之变",这一直是中国古代的哲学家们最关注的重大基本问题。而"天人合一"命题的提出,就是中国古代哲学家们在古典时代里对"天人"关系问题所做出最具民族特色的解答。"淹贯中西"的国学大师钱穆先生晚年就曾以天启之感,彻悟"天人合一""实是整个中国传统文化思想之归宿处"。可以说,"天人合一"不仅是中国传统哲学的一个基本命题,更是中国传统文化的一个基本精神。或许是有见于当今社会生态问题的日益突出,作为中国传统思想核心命题之一的"天人合一"就显得格外引人注目,甚至被簇拥为一面绿色环保的旗帜。

虽然"天人合一"的思想起源较早,但作为一个固定用语则出现较晚。尽管汉代的董仲舒曾说过:"以类合之,天人一也。"又说:"天人之际,合而为一。"宋代的邵雍也曾说过:"学不际天人,不足以谓之学。"他们确实都表达了"通贯天人"之意,但都没有明确提出"天人合一"这四字成语。实际上,明确提出"天人合一"命题的是作为"关学"创始人的张载,他说:"儒者则因明致诚,因诚致明,故天人合一,致学而可以成圣,得天而未始遗人。"又说:"合内外,平物我,自见道之大端。""天人合一"亦即内外合一。张载对"天人合一"的论述,既是对此前"天人合一"思想的概括,同时也为后世儒家对这一命题的阐扬开了先河。

沿中国思想史的长河溯源而上,可以发现,"天"和"人"是中国传统哲学出现最早且历史最久的一对哲学范畴,它包容了多种复杂的含义。甚至可以说,不同时代和不同学派所说的"天"和"人"都有着不同的内涵。

在甲骨文中,"天"字是大头人的形象,表示人之顶巅,作"大"或"上"解。大约在商末周初,"天"被用以指称人们头顶上的苍天。由于浩渺的苍天被认为是至上神的所在,于是"天"又成为至上神的代称。西周初年,"天"已逐渐代替殷人的"帝"(拥有主宰人间吉凶祸福的无上权威的至上神)的称呼,而"天"和"人"也作为相互对应的概念同时出现在当时的文献中。"天"可以通过龟卜向人间发号施令,赐福降祸,而"夙夜畏天之威"的"人"则匍匐在天帝的脚下。这就是中国历史上"天人"观的最初形态,这种以"天"统"人"的立场很难说就是表现了人与自然的和谐与统一的关系。

及至西周后期,伯阳父用天地"阴阳二气"的"失序"来解释地震的产生;春秋时期又相继出现了"天有六气""地有五行"之说。这样,由于有无所不在的、流动的精微物质——"气"概念的介入,使"天"也被物质化了。从此,对"天"的理解更呈现出多元化趋势,"天"被理解为"自然之天""神性之天""理念之天""本然之天"和"命运之天"等等。不同学派间,同一学派中的不同学者间,乃至同一学者在不同场合下,因对"天"的不同言说而存在不同的"天人关系"论。

就中国传统文化的主流——儒家而言,其在"天人关系"问题上的主要倾向是"天人合一"论,不过其表现形态略有不同,或表现为"天人相通",或表现为"天人相类"。

孟子说过:"尽其心者,知其性也,知其性,则知天矣。"(《孟子·尽心》)由于其逻辑前提是"人性天授"("人性"与"天道"本来就是统一的),所以只要充实和发挥人性,就可以达到"知天"的境界。孟子把仁、义、忠、信等说成是"天"之所赐,称为"天爵",实际上就是把人的道德理念当作"天"的属性,故此"天"实为理念之天。这种基于理念之天来实现"天人相通"的思想,为后世宋儒所继承和阐扬。先秦儒家的这种"天人合一"论指向的不是人与自然的合一而是"性与天道"的统一。

与孟子在主体精神内完成人与天的合一的路径不同,汉代董仲舒提供了儒家另一类型的"天人合一"论,即在"天人相类"基础上实现天人合一的"天人感应"("同类相动")说。这一学说讲的倒大体是人与自然的关系,但由于他的"天"只是具有自然的外貌而实为有意志、有目的的至上神,所以这种以"阴阳五行"为骨架的神学化的"天人合一"论,所反映出的就只是一种被扭曲了的人与自然的关系。

发源于周代的"天人合一"的观念,经由孟子的"性天相通"说与董仲舒的"人副天数"说的前后激扬,到了宋代的张载、二程(程颐、程颢)而臻于成熟。张载、二程阐扬了孟子"性天相通"说的内在精髓,扬弃了董仲舒"天人感应"论的粗陋形式,从而达到了中国传统哲学中"天人合一"论的新的理论高峰。

应当说,"天人合一"是中国传统文化中概括力极强的哲学范畴。天人合一之"合"主要表现在两个方面:一是天作为人性的赋予者或来源与人性合一,人通过自己的德行锻炼努力回归于天(性、心);二是天道与人道合一,天道是人道的前提和基础,人道是天道的顺承、效法和补充。"天人合一"作为一个极其简明而有力的论断,尽管不能简单地将其归结为"自然与人"的统一,但它确实表述了人和大自然和社会整体的归宿关系。

究其实质,中国传统的"天人合一"观念其实就是说,"天"与"人"的所有合理性从其根本而言是建立在同一个基本的依据上,而这实际已经构成了古代中国知识与思想的决定性的支撑背景。不过,在儒家"天人合一"的思维模式中,人始终是主要的,所谓"天道远,人道迩","未能事人,焉能事鬼"。当天道与人道,自然与人事发生冲突之时,就应该"敬鬼神而远之"。因此,在古代中国,对人世的眷恋始终没有被对天国的向往所取代,人的道德也始终没有发展成为西方式的神的宗教。"天地故生人",然"无人则无以见天地"。没有人的客观世界是没有任何意义的。因此,儒家是以人为中心,天、地、人三者形成一个整体结构和体系,以此来展示其独特的"天人合一"的思维活动,虽然这其中有着某些人对主宰、命定的被动顺从的消极意义(如"国将兴,听于民;将亡,听于神")。可以说,在中国传统文化中,"天人合一"既是世界观,又是人们认识自然界、改造自然界的方法论,也是处理各种关系的行为准则。

儒家"天人合一"的观念,其本义并非直接讨论人与自然的关系。"天人合一"主要是作为一种道德理想和精神境界而发生作用,是儒家学者以伦理为本位来建构自己的世界图景的产物,其立论的基点是泛道德主义。从先秦的孟子到宋明诸大儒,可以说走的都是同一条路径。自然之天在儒家传统中并不占据主要地位,事实上心性或义理之天才构成了儒家天伦的主流。儒家"天人合一"论的提出,它所要解决的问题是人的精神价值的来源问题,而不是对如何处理人与自然的关系所进行的哲学探究。很显然,直接用儒家"天人合一"的观念去解决现代社会中日益凸显的人与自然的对立是办不到的,而必须进行现代的诠释与重建。

当然,儒家"天人合一"观念中所显示出来的将人与自然万物看成是在精神价值上的统一,并把天地万物当作是人的观念的来源和落实人的情感的对象,这样一种价值取向,标示出中国传统主流思想确实没有征服自然的强烈意识,这对在现代化进程中陷入生态危机的现代人而言,确实可以提供一个消除人与自然对立的极富启发意义的"根本解决之道"。

在对中国古代"天人合一"思想抱有极大热忱与期许的人们中,当代著名学者季羡林的看法是颇具代表性的,他在题为《"天人合一"新解》的文章中指出:西方文化被其占主导地位的分析思维模式所支配,在处理人与自然的关系方面,指导思想是征服自然、暴烈索取。在西方文化主宰下,全世界范围内生态严重失衡,已经威胁着人类未来的发展和生存。这些弊害表明西方文化行将衰落。而作为东方综合思维模式的最高和最完整体现的"天人合一"思想,则可以济西方分析思维模式之穷。人们只有按照"天人合一"的思想,去同大自然交朋友,彻底地改"恶"向"善",人类才能继续幸福地生存下去。

的确,人类若想在这个地球上安全地栖居,甚至是"诗意地栖居",可以而且必须从"天人合一""这个代表中国古代哲学主要基调的""非常伟大"且"含义异常深远的思想"中去汲取"生存的智慧";中国传统的"天人合一"的观念也会因为这样的阐扬而别添新的生命力。

(选自《东方哲学经典命题》,江西人民出版社,2007年版)

【交流之窗】

"天人合一"命题是中国古代哲学家们在古典时代里对"天人"关系问题所做出最具民族特色的解答。无论是老子的道法自然,还是儒家的天人合一,都在阐述人与自然的关系。人类诗意地栖居地球,需要生存的智慧。传统的自然观认为人是自然的主宰,人在自然面前自大贪婪,肆意妄为,而天人合一的思想,强调顺应自然,追求天人二者内在的和谐。在重视生态文明建设的今天,不仅具有理论价值,而且具有实践意义。

中国哲学的问题和精神

冯友兰

中国哲学的历史中有个主流，可以叫作中国哲学的精神。为了了解这个精神，必须首先弄清楚绝大多数中国哲学家试图解决的问题。

有各种的人。对于每一种人，都有那一种人所可能有的最高的成就。例如从事于实际政治的人，所可能有的最高成就是成为大政治家。从事于艺术的人，所可能有的最高成就是成为大艺术家。人虽有各种，但各种的人都是人。专就一个人是人说，所可能有的最高成就是成为什么呢？照中国哲学家们说，那就是成为圣人，而圣人的最高成就是个人与宇宙的同一。问题就在于，人如欲得到这个同一，是不是必须离开社会，或甚至必须否定"生"？

照某些哲学家说，这是必须的。佛家就说，生就是人生的苦痛的根源。柏拉图也说，肉体是灵魂的监狱。有些道家的人"以生为附赘悬疣，以死为决疣溃痈"，意思是把生当作脓包毒瘤，把死看成脓包毒瘤的溃烂穿透。这都是以为，欲得到最高的成就，必须脱离尘罗世网，必须脱离社会，甚至脱离"生"。只有这样，才可以得到最后的解脱。这种哲学，即普通所谓"出世的哲学"。

另有一种哲学，注重社会中的人伦和世务。这种哲学只讲道德价值，不会讲或不愿讲超道德价值。这种哲学，即普通所谓"入世的哲学"。从入世的哲学的观点看，出世的哲学是太理想主义的，无实用的，消极的。从出世的哲学的观点看，入世的哲学太现实主义了，太肤浅了。它也许是积极的，但是就像走错了路的人的快跑：越跑得快，越错得远。

有许多人说，中国哲学是入世的哲学。很难说这些人说的完全对了，或完全错了。从表面上看中国哲学，不能说这些人说错了，因为从表面上看中国哲学，无论哪一家思想，都是或直接或间接地讲政治，说道德。在表面上，中国哲学所注重的是社会，不是宇宙；是人伦日用，不是地狱天堂；是人的今生，不是人的来世。孔子有个学生问死的意义，孔子回答说：

"未知生，焉知死？"孟子说："圣人，人伦之至也。"照字面讲，这句话是说，圣人是社会中的道德完全的人。从表面上看，中国哲学的理想人格，也是入世的。中国哲学中所谓圣人，与佛教中所谓佛，以及耶教中所谓圣者，是不在一个范畴中的。从表面上看，儒家所谓圣人似乎尤其是如此。在古代，孔子以及儒家的人，被道家的人大加嘲笑，原因就在此。

不过这只是从表面上看而已，中国哲学不是可以如此简单地了解的。专就中国哲学中主要传统说，我们若了解它，我们不能说它是入世的，然而也不能说它是出世的。它既入世而又出世。有位哲学家讲到宋代的新儒家，这样地描写他："不离日用常行内，直造先天未画前。"这正是中国哲学要努力做到的。有了这种精神，它就是最理想主义的，同时又是最现实主义的；它是很实用的，但是并不肤浅。

入世与出世是对立的，正如现实主义与理想主义也是对立的。中国哲学的任务，就是把这些反命题统一成一个合命题。这并不是说，这些反命题都被取消了。它们还在那里，但是已经被统一起来，成为一个合命题的整体。如何统一起来？这是中国哲学所求解决的问题。求解决这个问题，是中国哲学的精神。

中国哲学以为，一个人不仅在理论上而且在行动上完成这个统一，就是圣人。他是既入世而又出世的。中国圣人的精神成就，相当于佛教的佛、西方宗教的圣者的精神成就。但是中国的圣人不是不问世务的人。他的人格是所谓"内圣外王"的人格。以儒家内圣外王为主的理想人格，对中国社会的政治、伦理、哲学、文化产生了深远的影响，成为中国历代士人与知识分子人生追求的理想人格。内圣，是就其修养的成就说；外王，是就其在社会上的功用说。圣人不一定有机会成为实际政治的领袖。就实际的政治说，他大概一定是没有机会的。所谓"内圣外王"，只是说，有最高的精神成就的人，按道理说可以为王，而且最宜于为王。至于实际上他有机会为王与否，那是另外一回事，亦是无关宏旨的。

照中国的传统，圣人的人格既是内圣外王的人格，那么哲学的任务，就是使人有这种人格。所以哲学所讲的就是中国哲学家所谓内圣外王之道。

这个说法很像柏拉图所说的"哲学家——王"。照柏拉图所说，在理想国中，哲学家应当为王，或者王应当是哲学家；一个人为了成为哲学家，必须经过长期的哲学训练，使他的心灵能够由变化的事物世界"转"

人永恒的理念世界。柏拉图说的，和中国哲学家说的，都是认为哲学的任务是使人有内圣外王的人格。但是照柏拉图所说，哲学家一旦为王，这是违反他的意志的，换言之，这是被迫的，他为此作出了重大牺牲。古代道家的人也是这样说的。据说有个圣人，被某国人请求为王，他逃到一个山洞里躲起来。某国人找到这个洞，用烟把他熏出来，强迫他担任这个苦差事。这是柏拉图和古代道家的人相似的一点，也显示出道家哲学的出世品格。到了公元三世纪，新道家郭象遵循中国哲学的主要传统，修正了这一点。儒家认为，处理日常的人伦世务，不是圣人分外的事。处理世务，正是他的人格完全发展的实质所在。他不仅作为社会的公民，而且作为"宇宙的公民"，即孟子所说的"天民"，来执行这个任务。他一定要自觉他是宇宙的公民，否则他的行为就不会有超道德的价值。他若当真有机会为王，他也会乐于为人民服务，既作为社会的公民，又作为宇宙的公民，履行职责。

  由于哲学讲的是内圣外王之道，所以哲学必定与政治思想不能分开。尽管中国哲学各家不同，各家哲学无不同时提出了它的政治思想。这不是说，各家哲学中没有形而上学，没有伦理学，没有逻辑学。这只是说，所有这些哲学都以这种或那种方式与政治思想联系着，就像柏拉图的《理想国》既代表他的整个哲学，同时又是他的政治思想。

  举例来说，名家以沉溺于"白马非马"之辩而闻名，似乎与政治没有什么联系。可是名家领袖公孙龙"欲推是辩，以正名实，而化天下焉"。我们常常看到，今天世界上每个政治家都说他的国家如何希望和平，但是实际上，他讲和平的时候往往就在准备战争。在这里，也就存在着名实关系不正的问题。公孙龙以为，这种不正关系必须纠正。这确实是"化天下"的第一步。

  由于哲学的主题是内圣外王之道，所以学哲学不单是要获得这种知识，而且是要养成这种人格。哲学不单是要知道它，而且是要体验它。它不单是一种智力游戏，而是比这严肃得多的东西。正如我的同事金岳霖教授在一篇未刊的手稿中指出的："中国哲学家都是不同程度的苏格拉底。其所以如此，因为道德、政治、反思的思想、知识都统一于一个哲学家之身；知识和德性在他身上统一而不可分。他的哲学需要他生活于其中；他自己以身载道。遵守他的哲学信念而生活，这是他的哲学组成部分。他要做的事就是修养自己,连续地、一贯地保持无私无我的纯粹经验,使他能够与宇宙合一。显然这个修养过程不能中断,因为一中断就意味着自我复萌,丧失他的宇宙。因此在认识上他永远摸索着,在实践上他永远行动着,或尝试着行动。这些都不能分开,所以在他身上存在着哲学家的合命题,这正是合命题一词的本义。他像苏格拉底,他的哲学不是用于打官腔的。他更不是尘封的陈腐的哲学家,关在书房里,坐在靠椅中,处于人生之外。对于他,哲学从来就不只是为人类认识摆设的观念模式,而是内在于他的行动的箴言体系;在极端的情况下,他的哲学简直可以说是他的传记。"

(选自《中国哲学简史》,北京大学出版社,1985年版)

【交流之窗】

确如作者所言,在表面上,中国哲学所注重的是社会,不是宇宙;是人伦日用,不是地狱天堂;是人的今生,不是人的来世。但不能因为这些表面现象而定性中国哲学是出世还是入世,因为中国哲学既入世而又出世,但入世与出世是对立的,所以,中国哲学的任务,就是要把这些反命题统一成一个合命题。如何统一起来?这是中国哲学所求解决的问题。而探索和求解这个问题,就是中国哲学的精神。

略说中西文化

熊十力

　　文化的根柢在思想。思想原本性情。性情之熏陶,不能不受影响于环境。中西学术思想之异,如宗教思想发达与否,哲学路向同否,科学思想发展与否,即此三大端,中西显然不同。此其不同之点,吾以为就知的方面说,西人勇于向外追求,而中人特重反求自得。就情言,西人大概富于高度的坚执之情,而中人则务调节情感,以归于中和。不独儒者如此,道家更务克治其情,以归恬淡。西人由知的勇追,与情之坚执,其在宗教上追求全知全能的大神之超越感,特别强盛。稍易其向,便由自我之发现而放弃神的观念,既可以坚持自己知识即权力,而有征服自然,建立天国于人间之企图。西人宗教与科学,形式虽异,而其根本精神未尝不一也。中国人非无宗教思想,庶民有五祀与祖先,即多神教。上层人物,亦有天帝之观念,即一神教。但因其知力不甚喜向外追逐,而情感又戒其坚执,故天帝之观念,渐以无形转化,而成为内在的自本自根之本体或主宰,无复有客观的大神;即在下层社会,祭五祀与祖先,亦渐变为行其心之所安的报恩主义,而不必真有多神存在,故祭如在之说,实中国上下一致之心理也。中国人唯反求诸己,而透悟自家生命,与宇宙原来不二。孔子赞《易》,明乾元统天,乾元,仁也。仁者,本心也。即吾人与万物同具之生生不息的本体。无量诸天,皆此仁体之显现,故曰统天。夫天且为其所统,而况物之细者乎。是乃体物而不遗也。孟子言万物皆备于我,庄生言独与天地精神往来,灼然物我同体之实。此所以不成宗教,而哲学上,会物归己,用僧肇语,陆子静言宇宙不外吾心,亦深透。于己自识,即大本立。此中己字,非小己之谓。

　　科学思想,中国人非贫乏也。天、算、音律与药物诸学,皆远在五帝之世。指南针自周公。必科学知识,已有相当基础,而后有此重大发明。未可视为偶然也。工程学在六国时,已有秦之李冰,其神巧所臻,今人犹莫能阶也。非斯学讲之有素,岂可一蹴而就乎。张衡候风地动仪,在东汉初。

可知古代算学已精，汉人犹未失坠。余以为周世诸子百家之书，必多富于科学思想，秦以后渐失其传。即以儒家六籍论，所存几何。孔门三千七十，《论语》所记，亦无灵语。况百家之言，经秦人摧毁，与六国衰亡之散佚，又秦以后大一统之局，人民习守固陋，其亡失殆尽，无足怪者。余不承认中国古代无科学思想。但以之与希腊比较，则中国古代科学知识，或仅为少数天才之事，而非一般人所共尚。此虽出于臆测，而由儒道诸籍，尚有仅存，百家之言，绝无授受，两相对照，则知古代科学知识非普遍流行，故其亡绝，易于儒道诸子。此可谓近乎事实之猜度，不必果为无稽之谈也。中国古代一般人嗜好科学知识不必如希腊人之烈。古代由儒家反己之学，自孔子集二帝三王之大成以来，素为中国学术思想界之正统派，及道家思想与儒术并行之情形以观，正可见中国人知不外驰，情无僻执，乃是中国文化从晚周发原便与希腊异趣之故。希腊人爱好知识，向外追求，其勇往无前的气概，与活泼泼的生趣，固为科学思想所由发展之根本条件，而其情感上之坚执不舍，复是其用力追求之所以欲罢不能者。此知与情之两种特点，如何养成，吾以为环境之关系最大。希腊人海洋生活，其智力以习于活动而自易活跃。其情感则饱历波涛汹涌而无所震慑，故养成坚执不移之操。中国乃大陆之国，神州浩博，绿野青天，浑沦无间，生息其间者，上下与天地同流，神妙万物，无知而无不知。妙万物者，谓其智周万物而实不滞于物也。不琐碎以逐物求知，故曰无知。洞彻万物之原，故曰无不知。彼且超越知识境界，而何事匆遽外求，侈小知以自丧其浑全哉。儒者不反知，而毕竟超知；道家直反知，亦有以也。夫与天地同流者，情冥至真而无情，即荡然亡执矣。执者，情存乎封畛也。会真则知亡，有知，则知与真为二。非会真也。而情亦丧。妄情不起曰丧。故无执也，知亡情丧，超知之境，至人之诣也。儒道上哲，均极乎此。其次，虽未能至，而向往在是也。

中国文学以《三百篇》与《骚经》为宗。《三百篇》首《二南》，《二南》皆于人生日用中，见和乐之趣，无所执，无所悲也。《骚经》怀亡国昏主托于美人芳草，是已移其哀愤之情，聊作消遣。昔人美《离骚》不怨君。其实，亡国之怨，如执而不舍，乃人间之悲剧，即天地之劲气也。后世小说写悲境必以喜剧结，亦由情无所执耳。使其有坚执之情，则于缺憾处，必永为不可弥缝之长恨，将引起人对于命运或神道与自然及社会各方面提出问题，而有奋斗与改造之愿望。若于缺憾而虚构团圆，正见其情感易消逝而无所固执。在己无力量，于人无感发。后之小说家承屈子之流而益下，未足尚也。要之中国人鲜坚执之情，此可于多方面征述，兹不暇详。

就哲学上超知之诣言，非知不外驰，情无僻执，无由臻此甚深微妙境界。然在一般人，并不能达于哲学上最高之境，而不肯努力向外追求，以扩其知。又无坚执之情，则其社会未有不趋于委靡，而其文化，终不无病菌之存在。中国人诚宜融摄西洋以自广，但吾先哲长处，毕竟不可舍失。

或问曰：西方文化无病菌乎？答曰：西洋人如终不由中哲反己一路，即终不得实证天地万物一体之真，终不识自性，外驰而不反，只向外求知，而不务反求诸己。知识愈多，而于人生本性日益茫然。长沦于有取，以丧其真。有取一词，借用佛典。取者，追求义略言之，如知识方面之追求，则以理为外在，而努力向外穷索，如猎者之疲于奔逐。而其神明恒无超脱之一境，卒不得默识本原，是有取之害也。欲望方面之追求，则凡名利权力种种皆其所贪得无厌而盲目以追逐之者，甚至为一己之野心与偏见，及为一国家一民族之私利而追求不已，构成滔天大祸，卒以毁人者自毁。此又有取之巨害也。是焉得无病菌乎！中西文化宜互相融合，以反己之学立本，则努力求知，乃依自性而起大用，无逐末之患也。并心外驰，知见纷杂，而不见本原，无有归宿，则其害有不可胜言者矣。中西学术，合之两美，离则两伤。

（选自《境由心生》，北京联合出版公司，2014年版）

【交流之窗】

熊十力先生用简洁的语言条析中西文化在宗教、哲学、科学路向与发展的不同，并阐释产生这些差异的原因。主观上西人勇于向外追求，而中人特重反求自得；客观上海洋之国与大陆之国地理环境不同，对文化差异也起到推波助澜的作用。他在中西哲学比较中明确指出："西洋人如终不由中哲反己一路，即终不得实证天地万物一体之真，终不识自性，外驰而不反，只向外求知，而不务反求诸己。知识愈多，而于人生本性日益茫然。"但客观而论，西哲侧重向往，中哲侧重反求诸己，但二者各有缺陷，若能各取所长，相互融合，或许能推进我们对人与世界宇宙的探索步伐。

中西哲学的差异与原因（节选）

张祥龙

现在来看中西传统哲学各自的特点。首先，不同的语言特点，它鼓励、塑造了不同的思想倾向。自远古以来，人无时无刻不浸泡在语言中。从长远的角度来看，说某种语言的民族的思想方式，不可能不受这个语言的基本结构的塑造。我觉得可以这样说，语言的使用者实际上是语言的活体表现。尤其对于哲理的思维，在那久远的、文化交流不多的历史时期，更是这样。西方语言鼓励和塑造了对形式的高度敏感，因为西方人一开口，一落笔，全是形式的种种变化规则，他们就觉得只有这样意思才完整清楚，才是个语言。他这说话方式能跟我们的一样吗？我们没有这些形式上的东西，完全靠语境。就这样，这不同的语言，数万年来，对于不同的文化中的人们，从生到死，一代一代地进行塑造。西方语言对形式的高度敏感，使得那些以它为第一语言的人，倾向于认为，一切有意义的、真实的东西，都是通过形式法则来实现的。形式（比如语法）相比于内容（比如具体的语词），是不变的，稳定的，所以它是更真实的东西。比如说现实的东西，一棵树，一个人，在亚里士多德看来，都可以通过形式和质料来看待。而且，形式是更重要的，因为形式使得这个东西得以实现。我们的身体一定要有一个形式使得它成为身体，精神的东西更是一定要有形式，通过概念、观念，获得存在。通过概念、推理、定义，达到哲学和科学的思维。甚至在美学上，也充满了形式感。西方人长得也够形式突出的，希腊艺术，比如雕塑、绘画、诗歌，它们的形式多么突出呀！我们的艺术就不像他们那样讲究形似。他们信的神也形式突出，一定是有名有姓的，如宙斯、雅典娜、耶和华。希腊神有形象，被塑成雕像，各个不同。耶和华无具体形象，但有另一种形式存在：他有格位（自在的实体性），有创世的经历，有与人的约定，有各种各样的有模有样的干预人事的方式，被"新旧约全书"讲得头头是道，形式非常突出。中国古人信天，信祖先；天无声无臭，但是有灵验。当年传教士来到中国，感叹中国人不能理解怎么会有那样一种人格神的上帝,于是就觉得要先教中国人欧几里得几何学、西方的天文学,培养出形式感,才能真正信那样一个上帝。汉语鼓励的思维形式,是语境中发生式的,对语境、情境和阴阳对生结构高度敏感。古代中国人认为最重要的东西,是那在形式与质料、整体与个体、一般与特殊、有与无还没有分离前的那种状态,即道的状态、神的状态("阴阳不测之为神")、悟的状态,这个是最真实的。

所以艺术、国家体制都要追求那样一种境界,它从根本上是动态的、发生着的。这与我们的文字、我们的语言是息息相关的。这种境界是在转化的、生成的过程中直接构成意义和存在形态。譬如:《周易》的"易"字,按汉代解《易》者讲,同时有三种含义:变易,不易,简易。也就是:通过卦象这种最简易的形式(只由一正一反两种爻象组成),领会到根本的流变过程本身构成的不变(相对稳定)样式。西方语言鼓励的思想形式更可能产生形式化、公理化的数学和理论物理学,概念逻辑化的哲学,数字化的现代科技,以及以个人或以国家为实体的政体。个人也有多个人、少数人、单个人的算法,法律体系特别详细。它的医学中的解剖学以及可充分形式对象化的研究方式,特别发达。中国这边,汉语更容易激发出对变化过程的各种巧妙的理解方式。比如它对于变化的节奏和结晶方式,也就是"时",特别敏感。孔子就是这样,所以被孟子赞为"圣之时者也"。《易·传》对卦象的解释,也强调"时义""时中",认为明了了《易》的君子仁人,就一定是能够"与时偕行"的智慧者。中医看待疾病的方式不是形式突出的,非要找到"病源"(病菌、病毒),给每个病一个专名,然后用某种"素""射线""解剖刀"来消灭之。它是纯功能的,通过阴阳的动态关系来理解疾病与健康,用天然草药来燮理阴阳,扶正驱邪。而且,中医不仅治已有的病,更是协调人生节奏和样式的时间艺术,从而医治那还未对象形式化的病。还有我们的数学知识也与他们不一样。你会觉得,数学总该是形式突出的吧!可我们中国古代的数学有自己的体系。他们是欧式几何,公理化的形式推衍;我们是《九章算术》,注重算法,特别是那种动态的、巧妙的腾挪算法。中国的艺术、科技、政治都是这个特点。在政治上,我们不特别强调法律。谁都知道要有法律,但我们一定是礼乐教化在先,法治是礼治的最后手段。

最后直接来谈两种哲学传统的具体特点。首先,传统西方哲学最受西式数学的影响,它的起源、创始人、中间的一些极为重要的哲学家,或者本人就是大数学家,或者是与数学有极深渊源的。如泰勒斯、毕达哥拉斯、柏拉图、笛卡儿、莱布尼茨、胡塞尔、罗素、维特根斯坦等。中国哲学家不是那种最受形式突出的数学的影响,而是首先感受到四时即春秋变化的阴阳大化的奇妙,还有就是受《易经》中的动态易象的影响。孔子及其弟子们写的《易·传》,对中国传统哲学影响极大。还有,像诗歌、历史、音乐这些时间之艺,也在中国古代哲学传统的形成中发挥了重要作用。西方传统哲学认为最真实的终极存在一定是不变的,是形式化的或可以形式化的。柏拉图的"理念"(eidos)就是最高的形式,亚里士多德认为最高实体是纯形式,黑格尔讲的"绝对精神"表面上是形式与内容的完美结合,但其实是概念形式唱主角。虽然黑格尔阐发的辩证发展表面上是变化的,但其中有一个不变的核心,即它的发展方向。而中国哲学认为终极实在一定是和变化内在相关的,处于变和不变的交织状态。正如"易",用简单的意象表现变易中的不易,或由变易托浮着、构造着似乎不变的变样(seemingly unchanged pattern of change)。这代表中国典型的终极实在观。孔子的"仁"、老子的"道"、禅宗的"悟",都是这个特点。

其次,西方哲学认为真理是唯一的,或者是形式本身的存在方式,或者是判断对于对象状况的符合,与错误是不相容的。在数学里更明显,一道题算对算错有终极的形式标准。它把这种精神贯彻到后来的哲学中,贯穿到它的整个文化中,认为对与错、善与恶、真理与错误,黑白分明,在人间通过法律加以实现。比如,布什脑中尽是黑白分明的东西。古代中国不是这样。中国古代哲理认为真理是发生型的,原本的真理状态恰恰是主客、彼此还没有分开的形成之中的状态,正在出现。中国哲人认为这个是最具有真理性的,负阴抱阳,冲气以为和,刚刚呈现,还没有确定的形式,惚兮恍兮,但其中有精、有信、有真,充满了各种可能性。总之,中国古代哲理看重的是将要来到的可能性,而不是无时间可言的必然性。所谓"时势造英雄",而英雄所造的也首先是时势。所以,哲人们认为真理要有实现自己的时机,没有一个真理不是时机化、情境化的。这里由于"时间"关系,对这一点便不多讲了。这些特点在《孙子兵法》中活灵活现,在孔子、子思和老庄的言论中成其大观,在不少古代文献如《左传》《国语》《庄子》里也都有鲜活表现。

中国的圣人与西方的不同。西方圣人是指坚持某种原则的人,如苏格拉底、耶稣；中国哲人则是深入领会生存时间本身的节奏和要求的人。这些相异之处，没有谁高谁低的问题，是两方各自构造生存意义的不同方式。如果对此不了解，怎能了解中西哲学的不同？西方的传统思维方式造就了两个世界，即现象世界和本体世界，变化的世界和不变的世界，在其中，知和行是分开的，事实和价值是分离的，哲学和文学是两分的；学术研究则以研究这个领域的相关对象为主，学科越分越细。学术和做人、信仰、修养没有直接的联系。中国在这点上也是与之不同的，中国古代没有两个世界的划分，学问只是讲究举一反三，学问和做人、信仰、情趣息息相通。不然，不算高人。圣贤要有圣贤的气象，而不止于一些业绩成就。

最后，谈一谈方法论。中西传统方法论是不一样的，传统西方哲学用的是概念化观念化的方法。抓住一个思想，一个表述的真实的意义，要通过概念抓住它的本质。一个词的真实意义要通过概念来定义，然后形成判断和推理，最后构造出思想体系。不这样，就不觉得是哲学。表达情感的是文学。诗与思相互陌生，甚至反目成仇。在柏拉图的理想国里，哲学家容不下诗人。中国古代哲学用的却不是概念化的方法。这是否意味着中国人不追求终极的东西呢？才不是，中国人用的是别的方法，他认为西方那种方式是捕捉不到"天人之际，古今之变"的。中国哲学用的是一种重境域中生成意义和存在者的方法，即重情境、重语境的方法，比如技艺化的方法。要想理解"仁"，你就要先学诗，学礼乐，要重原发实践（即实践是意义和存有发生的过程，不只是检验真理的标准），如果仅从概念化方面去抓，就只能抓到骨骼，生机血脉早遗失了。有人说中国古代用的是象思维的方法，是个有启发的提示。中国古代哲人的方法起码是多元化的、时机化的、中道的。这种亦此亦彼（"有无相生"）、非此亦非彼（"彼是莫得其偶，谓之道枢"）的思维方式，看似违反矛盾律、排中律。不，由于它注重意境，能在那个正生发着的上下文中，实现出活生生的、确切的、清楚的、不这样便不能表现出来的含义。这恰恰是"道"的意蕴。有的比较哲学家用三个圆圈来区分中、西、印的哲学思维形式，西方这边画一个圆圈，中间两条直线，这边黑，那边白。中国用太极图来表现，全是曲线，白黑互缠互构。印度画一个圈，里面是空的，缘起性空。

最后，我们来看，中国哲学现在该怎么办？由于我们处在"中西比较"的大环境中，所以即便搞中国的哲学思想（而不只是考据），也离不开西方的那一边。我觉得中国哲学要从思想上复兴，一个契机就是要在西方那边联合与我们差得不太远的哲学学说与思维方法，而且它不只是异端，而是能够与西方传统哲学有某种重要关联，比如某种批判性的关联，那就能够通过它牵动西方哲学的整体。这在我看来应是当代的西方哲学，特别是其中既富于思想方式的革命性，又带有深长的历史视域的学说。黑格尔之后，西方哲学发生了一个很大的变化，在我看来，是一个实质性的方法论的改变，放弃了以往的概念逻辑化的方法，而要从人的实际生存经验中直接得到哲思的动力。这表明他们在求真，而以前的方法恰恰是求不到真的，把握到的是幻影，一个确定的、超时间的幻影。于是造就了虚无主义。西方虚无主义的根子到底在哪里？"[思想上的]上帝"为什么会死？恰恰是因为你把本来是一个动态的、不可能用那种超越的静态方式来加以固定的生命过程框死了，可实际上又无法抓住那水中之月，无法只靠刻舟来求剑、靠守株来待兔；于是就在数学、科学凯歌高奏得胜还朝之时，激生出深深的失望和绝望。所以我们将来的中国哲学，需调整方向，从西方哲学中找到真正的朋友，而不是那从根子上就敌视你、贬低你的套路。这样回头再看我们的古代中国的哲学思想，便会看出更有趣、更全面，也更真实的东西。中国哲学应该有，也值得有一个更好的未来。谢谢大家！

（选自《对话：东西方哲学》，上海三联书店，2012年第2版）

【交流之窗】

西方思想重"逻辑""体系"，中国思想则更注重"感悟"。西方哲学重形式，东方哲学重变化。西方哲学受数学影响甚深，东方哲学受春秋四时和阴阳大化影响更多。西方哲学坚持终极真理的不变论，东方哲学更灵活多变。西方哲学重概念，东方哲学重语境。等等。这就像"男人女人因其身体结构和生活习惯表现出很多思维差异"一样。当然，随着中西方语言的发展与交流，不同的思考方式也在呈现趋同的倾向。使用汉语思考不一定会缺乏逻辑和体系，西方思想也不一定缺乏感悟。对比西方哲学，虽然中国哲学发展史仍有较大空白和差距，但二者之间依然需要相辅相成，共同发展。哲学无高下，东西方唯有相互学习，才能让自身哲学更富有活力与魅力。